KB207026

영화감독 김문경의 영화 속 여행 에세이

영화처럼 걷고 여행처럼 찍다

영화감독 김문경의 영화 속 여행 에세이

영화처럼 걷고 여행처럼 찍다

글 김문경

사유와공감

✈ Prologue

영화라는 새로운 세계관을 창조하는 작업과 달리, 오롯이 내 이야기만을 솔직히 풀어내는 건 결코 쉽지 않았다. 타자율이 800대인 내가, 200타율도 못 들었으니 말이다.

게다가 난 다른 작가들과 달리 감각이 매우 무딘 편이다. 그래서 영화의 명장면 속 장소들의 감각을 온전히 전달받지 못해 직접 떠돌아다녔다. 그리고 그곳에 도착해서야 비로소 느꼈다.

MBTI 중 N(상상) 비율이 80퍼센트를 넘을 정도로 망상 속에 살아가는 나에게 여행과 영화는 삶에서 뗄 수 없는 것들이다. 내가 여행과 영화를 사랑하는 이유는 단순하다. 나는 하나에 빠지면 죽도록 파고드는 진성 오타쿠다. 단지 그 대상이 여행과 영화일 뿐이다. 오타쿠들의 공통된 특징은 대상을 향한 충성도가 이루 말할 수 없이 높다. 나 역시 그 충성심 하나로 가진 돈과 시간을 모두 쏟아부어 34개국을 여행했다.

그렇게 사느라 이 나이 먹도록 여전히 돈 없단 말을 입에 달고 산다. 그래서 '여행은 진정한 자기 자신을 발견할 수 있다' '여행은 인생에 대한 진짜 공부다'라는 거창한 말은 나에게 해당하지 않는다. 나는 무언가 바라고 떠난 적이 없다. 그저 여행을 맹렬히 추종하는 마음 하나만 가지고 떠났다. 생텍쥐페리의 《인간의 대지》 소설 속 구절처럼 나는 시속 3,000킬로미터의 속도만 믿는 사람이었고, 돌아오는 것은 언제나 다시 출발하기 위함이었다.

이 책은 100퍼센트 주관성에 의해 작성되었고, '좋았다'라는 포장이 가득하다. 독자 중 별로였던 여행지일지라도 '괜찮았다'라고 쓰여 있을 가능성이 높다. 여행지 사진들 역시 그 순간 느꼈던 감성대로, 내 주관대로 과보정했다.

'노잼유죄 사상가'라 그때의 기억들을 최대한 맛있게 풀어내고자 했고, 필체로 따지면 궁서체보단 필기체에 가까운 글이다. 그저 여행과 영화를 사랑하는 보통 사람의 가벼운 농담을 듣는 기분으로 읽어주시면 좋겠다.

그리고 나의 무법 같은 여행 궤도에 기꺼이 동행해 준 가족, 친구들에게 감사를 표한다. 나의 여행이 완성될 수 있었던 건 그들 덕분이다.

마지막으로 지극히 평범한 오타쿠의 조그마한 재능을 알아봐 주고 손 내밀어 준 사유와공감에도 큰 감사의 마음을 전한다.

2025년 5월

김문경

✈ Contents

01

완벽한
낯선 낙원,
쿠바

완벽한 낯선 낙원, 쿠바

쿠바 여행은 그야말로 충동적이었다. 아니, 솔직히 말해 무모했다. 하지만 충동적인 결정들은 때론 삶에서 가장 강렬한 순간을 만들어낸다. 나의 오랜 여행 메이트, 절친이 갑자기 회사 휴가가 길게 생겼다며 말했다.

"남미 안 가봤지? 쿠바나 같이 갈래? 너 어차피 백수라 시간 많잖아."

"그러지, 뭐. 시간 남아도는 백수가 같이 가주마."

남는 게 시간뿐인 백수인 난, 가진 돈을 모두 끌어모아 흔쾌히 여행을 수락했다. '쿠바'라는 낯선 이름이 귓가에 들린 순간부터, 미치도록 가슴이 두근거렸으니까. 그렇게 우리는 17시간 동안 경유 비행기를 타야 갈 수 있는 쿠바를, 마치 동네에 생긴 신상 카페라도 가듯 가볍게 결정했다.

쿠바가 한국인들에게 인기 여행지가 된 건 송혜교, 박보검 배우 주연의 드라마 〈남자친구〉 덕분이지만, 내가 떠난 시점엔 그저 머나먼 미지의 낯선 나라였다. 나에게 쿠바란 체 게바라와 헤밍웨이가 사랑한 나라, 여전히 공산국가인 나라, 영화 〈치코와 리타〉 속 몇 장면이 그 나라에 대한 인상의 전부였다. 그야말로 무계획, 무대책, 무모함의 삼박자로 버무려진 여행이었다.

그렇게 아무런 대책 없이 우리는 낯선 미지의 땅, 쿠바로 떠났다. 숙소는 첫날밤만 대충 예약해 두었고, 여행 일정은 비행기 안에서 허겁지겁 짜맞췄다. 설상가상으로 쿠바에는 휴대폰 유심도 없고, 인터넷을 쓰려면 한 시간짜리 와이파이 카드를 따로 구매해 특정 구역에서만 접속할 수 있다는 사실조차 몰랐다. 한마디로, 정보 없는 사막 한가운데 던져진 것이나 다름없었다. 스마트폰 하나로 모든 게 해결되는 여행은 애초에 불가능했다.

어쩌면 그래서 쿠바가 더 특별했던 걸까? 아무런 관념 없이 떠난 쿠바는 그 어디에서도 본 적 없는 자태로 내 마음을 잠식했다. 작열하는 태양, 거리 곳곳에 울려 퍼지는 쿠바 재즈, 그 선율에 몸을 맡긴 채 자유롭게 춤을 추는 쿠바노들. 마치 거대한 낯선 낙원에 불시착한 기분이었다. 쿠바노들은 사소한 해프닝도 웃어넘겼고, 삶의 순간들을 뜨겁게 즐겼다. 그야말로 지상의 유일한 천국 같았다. 아무런 준비 없이 떠난 여행은, 그 어떤 여행보다도 뜨겁고 자유로웠다.

가끔은 무모한 선택이 가장 완벽한 순간을 만들어낸다. 쿠바가 내게 그랬다.

문명을 벗어난 시간여행, 아바나

아바나에 도착한 순간, 현실이라는 단어는 공항 게이트에 내팽개쳐졌다. 지구에서 가장 단절된 도시, 아바나는 1960년대 이후의 시간은 어딘가에 주차해둔 듯했다. 아바나는 내게 강렬하게 속삭였다.

"이제 현실은 잊어. 여긴 쿠바라고! 오늘부턴 당장 쿠바노에 합류해!"

도로 가득 비비드한 색감의 올드카들이 햇살을 받아 반짝거렸고, 파스텔톤으로 빛바랜 낡은 건물들은 바람에 실려 온 낯선 음악과 함께 아바나의 생동감을 불어넣었다. 쿠바노들이 생활하는 카사 하나하나엔 삶의 흔적이 묻어 있었고, 거리에 시가를 문 노인들은 마치 '인생이 뭔지 좀 아는 사람들'처럼 멋져 보였다. 골목 곳곳에 개성 넘치는 그라피티들은 쿠바 특유의 자유분방함을 뽐냈다. 골목 곳곳에 흘러나오는 살사 음악은 몸을 들썩이게 했다. 영화 〈치코와 리타〉 속 아바나의 장면들보다 훨씬 아름답고 생동감 넘쳤다. 아니, 실제 아바나는 영화 속 장면들보다 더 영화적이었다. 왜 많은 사진작가가 쿠바에 와서 사진 작업을 하는지 단번에 이해했다. 도시 곳곳이 마치 현실을 초월한 그림엽서 같았다. 《쿠바에 가면 쿠바가 된다》라는 진동선 작가의 책 제목처럼, 쿠바는 정말 그런 곳이었다. 쿠바에 도착한 순간부터 쿠바에 깊이 스며들 수밖에 없었다.

우린 여행 내내 호텔이 아닌 카사(Casa, 스페인어로 '집'이라는 뜻으로 쿠바에서는 숙소를 의미한다)를 택했다. 현지인이 주택을 개조해 운영하는 카사는 쿠바인의 삶을 엿볼 수 있다. 게다가 조식으론 쿠바의 가정식을 준다 하니, 카사를 선택하지 않을 이유가 없었다. 우린 여행자들에게 가장 사랑받는 '호안끼나 카사'로 향했다. 알고 보니 인기가 많은 숙소라 여행객들 대부분이 예약해야 하는 곳이었다. 운이 참 좋았다. 다행히 도미토리실에 빈 침대가 남아 묵을 수 있었다. 숙소 창문을 열면, 아바나의 상징 카피톨리오(옛 국회의

P037 861

HOTEL
35

사당으로 돔 형태의 웅장한 건축물)가 눈앞에 펼쳐졌다. 아침마다 창문을 열며 "나 진짜 쿠바에 있구나!" 감탄하는 게 일상이 됐다.

우리는 쿠바의 상징인 올드카, 체 게바라와 헤밍웨이의 흔적들을 하나하나 따라갔다. 특히 건물들 벽면엔 체 게바라의 그림과

창밖엔 카피톨리오가,
거리엔 마차와 올드카가 시간 차선을 넘나다녔다.

영화 〈치코와 리타〉의 한 장면을 재생한 아바나 구시가지.

그라피티로 도배되어 있어, 여행 직전 그의 일대기를 다룬 영화 〈모터사이클 다이어리〉를 봐둔 것이 정말 다행이라고 생각했다.

체 게바라는 쿠바 혁명의 가장 상징적인 인물이다. 그는 아르헨티나 출신이지만, 피델 카스트로와 함께 쿠바 혁명을 이끌며 1959년 바티스타 독재 정권을 무너뜨렸다. 이후 혁명을 완수하기 위해 아프리카와 남미 곳곳을 돌며 전투했고, 결국 1967년 볼리비아에서 처형당했다. 그의 마지막 유언, "여기서 쏘라, 비겁한 자여. 너는 단지 한 사람을 죽일 뿐이다"라는 말은 지금도 혁명 정신의 상징이 되었다.

거리 곳곳을 열심히 눈에 담으며 슬렁슬렁 걷다, 여행자들의 성지 '오비스포 거리'에 도착했다. 드디어 첫 끼니를 해결할 시간이었다. 우린 현지인들이 줄 서 있는 800원짜리 피자를 사 먹었다. 한입 베어 문 순간, 정신이 아득해졌다.

"아… 컵라면을 챙겨와야 했는데."

쿠바 음식이 맛없다는 소문은 과장이 아니었다. 피자를 씹으며 우리는 서로를 바라봤다.

"… 태어나서 먹어본 피자 중 역대급이다."

"그러게. 배달의 민족 별점 2점 피자집도 이거보단 낫겠다."

"가위바위보 진 사람이 남은 거 다 먹기."

우린 벌칙 수행하듯 밀가루 반죽 덩어리를 억지로 씹으며, 쿠바의 식문화에 의문이 생겼다. 공산국가라 물자 공급이 어려워 식문화가 발달하지 못한 탓일까? 우리는 여행 내내 김치찌개와 컵라면을 애타게 찾았다. 맛없는 식사의 연속이었던 날은 떡볶이를 한 대접 먹는 꿈을 꾸기도 했다.

그러나 딱 하나 우리의 입맛을 사로잡는 것이 있었다. 바로 헤밍웨이가 그토록 사랑했던 칵테일, '다이끼리'다. 헤밍웨이의 단골 술집으로 유명한 '라 플로리디따(la floridita)' 라이브 바(Bar)는 놓칠 수 없는 코스였다. 바에는 심지어 떡하니 헤밍웨이 동상까지 있었다. 테이블마다 다이끼리가 놓여 있었고, 우리도 두 잔을 주문했다. 첫 모금 후, 단번에 이해했다.

'다이끼리 때문에 헤밍웨이가 쿠바를 못 떠났구나!'

헤밍웨이를 다이끼리 사랑에 빠뜨린 라 플로리디따.

아바나에서 빠질 수 없는 여행 공식 올드카 투어,
행렬에 합류한 관광객들은 서로 반갑게 손을 흔든다.

바에선 음악가들의 흥겨운 라이브 재즈 연주가 흘러나왔고, 분위기를 뜨겁게 달궜다. 여행객과 쿠바노들은 하나 되어 리듬에 몸을 맡겼다. 우리는 다이끼리의 달콤한 향에 취하고, 음악에 취했다. 마치 쿠바는 이 순간을 위해 존재하는 듯했다.

그렇게 흥이 잔뜩 올라, 석양을 보기 위해 말레꼰 해변으로 향했다. 드라마 〈남자친구〉 포스터와 예고편의 로맨틱한 촬영 장소가 바로 이곳이다. 해변에 부딪히는 파도, 붉게 물들어 가는 하늘. 해변에선 연인들이 데이트를 즐기고 있었고, 어디선가 음악이 흐르며, 사람들은 리듬에 맞춰 살사춤을 췄다. 우리는 잠시 말없이 붉게 물드는 말레콘을 바라보며 감성에 젖었다.

쿠바에서 '혁명' 이야기를 빼놓는 건, '다이끼리 칵테일'에서 '럼'을 빼는 것과 같다.

이곳은 혁명의 심장으로 불리는 나라다. 혁명의 상징, 체 게바라의 흔적을 한 번에 따라갈 수 있는 올드카 투어는, 아바나 여행의 필수 관문이자 하이라이트였다. 우리는 올드카를 타기 위해 시청 광장으로 향했다. 광장 앞에는 현란한 형형색색의 올드카들이 줄지어 서 있었고, 운전자들은 손님을 잡으려 열심히 호객 중이었다. 우린 치명적인 매력의 강렬한 핑크색 올드카를 단숨에 골랐다. 그렇게 혁명의 드라이브가 시작됐다.

차에 오르자마자 카밀라 카베요(Camila Cabello)의 〈Havana〉가 흘러나왔고, 핑크색 올드카는 아바나 구시가지를 신나게 내달렸다.

스페인의 흔적이 곳곳에 묻어 있는 골목들을 지나자, 마침내 혁명 광장에 도착했다.

혁명 광장 거대한 건물 벽면엔 웅장한 체 게바라 초상화가 그려져 있었다. 그 옆엔 쿠바 독립의 영웅, 호세 마르티의 기념비도 함께 있었다. 우리는 '혁명의 물결'들을 바삐 인증 샷으로 남기며, 체 게바라 얼굴 아래 새겨진 문구를 바라보았다. 스페인어를 모르는 우리는 그 뜻을 이해하지 못했다. 우리의 표정을 읽은 운전기사는 문구들의 뜻을 열심히 설명해 주었다.

"Hasta la victoria siempre(영원한 그날의 승리까지)."

뜨거운 혁명이 살아 숨 쉬는 문구였다. 체 게바라 옆에는 또 다

혁명 광장의 체 게바라 초상화.
쿠바에 도착한 순간,
누구든 그의 삶을 동경하게 되고, 꿈꾸게 될 것이다.

른 혁명 영웅, 까밀로 시엔 푸에고스의 조각상과 그의 문구도 새겨져 있었다.

"Camilo, voy bien(까밀로, 나 지금 잘하고 있는 거 맞지)?"

이 질문에 대한 피델 카스트로의 대답은 이러했다.

"Vas bien, Fidel(잘하고 있어, 피델)!"

혁명 영웅들의 뜨거운 열기가 혁명 광장을 가득 매웠다. 문득 이런 생각이 들었다. 쿠바인들은 어떻게 매 순간을 뜨거운 열정으로 살아가는지. 어쩌면, 오랜 시간 자유를 빼앗겼던 역사가 그들에게 매 순간을 소중하게 여기는 법을 가르쳐 준 건 아닐까? 그래서 매일 혁명처럼 뜨겁게, 전심전력으로 즐기는 것 아닐까?

오비스포 거리의 작은 서점에도 체 게바라가 있었다.
그는 쿠바의 국민 모델이자 간판스타다.

쿠바의 숨겨진 보석, 트리니다드

쿠바의 보석 같은 소도시, 트리니다드로 떠날 시간이었다. 우리는 숙소에서 콜렉티보(합승 택시)를 예약하고, 덜컹거리는 도로를 달렸다. 트리니다드는 쿠바에서도 과거가 가장 보존된 곳으로, 사탕수수 농장과 무역으로 번성했던 과거 덕에 도시 전체가 유네스코 세계문화유산으로 지정된 곳이다. 작고 소담하지만 아기자기한 풍경에 쿠바 여행자들에게 가장 인기 있는 도시로 꼽히는 곳이다.

트리니다드에 도착하자마자 아기자기한 풍경에 탄성이 절로 나왔다. 마치 아이스크림 가게에서 파스텔톤 색깔을 빼앗아 한 번에 쏟아부은 듯한 풍경들. 이곳은 복잡한 아바나와 달리, 차분하고 평화로웠다. 돌길 위에는 말이 끄는 수레와 자전거 소리가 달그락거렸고, 그 사이 올드카들이 뒤섞여 있었다. 골목 어귀에서는 길거리 이발사가 노천에서 사람들을 이발해 주고, 어린아이들은 낡은 축구공을 차며 소리를 질렀다. 많은 쿠바노들이 우리에게 "올라!"라며 손을 흔들어 인사를 건넸다. 트리니다드 쿠바노들의 친절함은 환대 그 이상이었다. 마치 오랫동안 알고 지낸 친구처럼 친근하게 다가왔다. 하늘색, 노란색, 연두색으로 칠해진 집들은 낡고 오래되었지만, 그 투박함이 오히려 '이게 바로 진짜 감성이다'라는 느낌이었다. 뜨겁게 내리쬐는 햇빛에 얼굴이 빨갛게 그을렸지만, 그마저 기분 좋았다.

우리는 한국인들 사이에서 입소문 난 '차메로 까사'를 예약했다. 한국인 여행자들 사이에서 '트리니다드 여행은 차메로 아저씨 하나면 끝난다'라는 말이 있을 정도의 인기 숙소다.

알록달록 파스텔 물감을 엎질러 놓은 듯한 트리니다드.

마차와 올드카가 함께 달리는 '동화 마을 실사판'.
영화 스튜디오도 이만큼 구현하긴 어려울 것이다.

숙소에 도착 후 펄럭이는 태극기를 보고, 순간 한국에 온 줄 알았다. 심지어 카카오톡으로 예약까지 가능하다니, 이쯤 되면 차메로 아저씨가 한국 대사관을 운영해도 되지 않았나 싶었다. 사실 이곳을 선택한 가장 큰 이유는 '밥'이었다. 쿠바 여행 내내 음식이 맞지 않아 고역이었는데, 차메로 까사의 10달러짜리 랍스터 요리는 한국인들에게 입소문이 자자했다. 테이블에 나온 큼직한 랍스터를 보고는 입이 떡 벌어졌다. 신선한 해산물에 마늘 버터 소스가 듬뿍 더해진 랍스터는, 그야말로 한국인 입맛 취향 저격이었다. 쿠바 여행 중 유일하게 컵라면이 생각나지 않는 순간이었다.

트리니다드에서의 하루하루는 마치 영화 속 장면들 같았다. 낮에는 살사 레슨을 받으며 쿠바노들에게 춤을 배웠고, 밤이 되면 'Disco Ayala'라는 전설의 동굴 클럽에서 직접 배운 살사를 실전으로 펼쳤다(물론 그들 눈엔 엉망진창인 실력 때문에 우스꽝스러웠을 것이다). 이 클럽은 말 그대로 거대한 동굴 속에 만들어진 곳인데, 천장에

거리의 악사들, 노천 이발소 사람들.
트리니다드 여행은 사람들의 장면으로 완성되었다.

는 석순이 늘어져 있고 벽면에는 자연 암벽이 그대로 있었다. 신나게 춤추다 보면 '혹시 동굴이 무너지는 거 아니야?'라는 걱정이 들기도 했다. 하지만 걱정도 잠시, 살사 리듬에 몸을 맡기고 흔들다 보면 어느새 걱정 따위는 금세 잊었다. 그 순간만큼은 나도 영화 속 '치코'와 '리타'가 되었다.

트리니다드에서 가장 마음 깊이 남은 건 쿠바노들의 따뜻한 정과 순수한 마음이었다. 여행에서 가장 소중한 건 그곳에서 만난 사람들일 것이다.

골목길을 걷다 눈이 마주치면 "올라!" 하고 손을 흔들며 인사해 주던 쿠바노들, 기타를 연주하며 흥겨운 리듬을 선물해 주던 거리의 악사들, 살사 음악이 흐르면 낯선 이에게도 망설임 없이 손을 내밀어주던 사람들. 여행의 온기를 더해 준 그들의 미소, 작은 친절들이 쌓여 마음을 두드렸던 곳. 그래서 트리니다드는 더더욱 오래 머물고 싶은 곳이었다(차메로 아저씨의 부드러운 랍스터도 함께).

도시 전체가
유네스코 세계유산답게,
발 닿는 곳곳마다 노천 미술관 같았다.

누구나 태어났다면 한 번쯤은 카리브해에 가봐야 한다, 플라야 히론

쿠바에서 카리브 해를 만끽하는 방법은 두 가지다. 하나는 '바라데로'에서 호캉스를 즐기는 것, 다른 하나는 소박하고 한적한 시골 마을 '플라야 히론'에서 쿠바노의 로컬 여행을 경험하는 것. 대부분의 관광객이라면 당연히 바라데로를 택하겠지만, 이제 쿠바노 마인드를 완벽히 장착한 우리는 히론을 선택했다.

한 번 태어났다면, 카리브해는 무조건 봐야 한다. 정말이다. 다른 휴양지는 단연코 대체 불가다. 사람들이 괜히 긴 시간을 경유하며 멕시코 칸쿤으로 신혼여행을 가는 게 아니었다. 카리브해는 내가 본 바다 중 가장 아름다운 곳이었다. 아니, 태어나서 본 장면 중 가장 아름다웠다. 얼마나 아름답냐고? 그저 이곳에 잠시 존재할 수 있다는 것만으로도 가슴이 벅찼다. 심지어 친구는 이미 칸쿤까지 다녀왔는데, "여기 진짜 끝내준다"라며 감동했다.

플라야 히론은 여행 가이드 북에도 거의 언급되지 않을 정도로 작은 시골 마을이다. 두메산골이란 표현이 맞을 정도로 자연 그대로의 모습이 펼쳐진다. 길가에는 말이 한가로이 풀을 뜯어 먹고 있고, 하늘에는 일본 애니메이션에서나 볼 법한 몽글몽글한 구름이 흘러간다.

우리는 단돈 15달러에 올인클루시브 비치를 즐길 수 있는 '푼타 페르디즈(Punta Perdiz)'로 향했다.

왜 사람들이 카리브해를 찬양하는지, 그 순간 깨달았다. 햇살이 그대로 투과되는 투명한 바다, 보석처럼 반짝이는 물결, 끝없이 펼쳐진 에메랄드빛 수평선. 현실이 아니라 꿈 같았다.

스노클링하면서는 물속에서 손을 뻗으면 잡힐 것 같은 수백 마리의 열대어들, 빛을 받아 오묘한 색으로 빛나는 산호들, 신비로운 수중 세계는 경이로울 정도였다. 그곳에서 우리는 그저 웃었다. 행복해서, 말도 안 될 만큼 아름다운 풍경에 마음이 벅차서.

쿠바에서의 시간은 한 편의 영화 같았다. 낡고 운치 있는 올드카가 천천히 거리를 가로지르고, 어디선가 부에나 비스타 소셜 클럽의 쿠바 재즈가 흐른다. 아바나의 낡고도 우아한 거리, 바람에 실려 오는 쿠바 재즈, 말레콘 해안을 따라 펼쳐진 푸른 카리브해.

쿠바노들은 '치코와 리타'처럼 뜨겁게 사랑하고, 체 게바라처럼 하루하루를 열정적으로 살아간다. 현실과 영화의 경계가 흐려지는 그곳에서, 나는 가장 자유롭고 가장 뜨거운 장면으로 살았다. 엔딩크레딧이 스크린을 천천히 채워나가듯, 쿠바의 기억들은 내 마음을 천천히 감쌌다.

이 글을 쓰는 지금, 나는 언젠가 쿠바라는 영화의 속편을 다시 찍을 날을 꿈꾼다.

쿠바 재즈의 낭만 속으로, 〈치코와 리타〉

쿠바는 음악의 섬이다. 쿠바노들은 대화만큼 음악으로 교감하며, 거리는 자유롭게 노래하며 춤추는 이들이 넘쳐난다. 공산국가라는 이유로 쿠바를 낯설고 위험한 곳으로 보는 이들도 있지만, 실제 쿠바는 삶에 음악과 춤이 깊게 스며든, 흥의 민족이다. 라틴 재즈 역사에서 빼놓을 수 없는 전설의 밴드 '부에나 비스타 소셜 클럽' 역시 쿠바에서 탄생했으니까. 쿠바가 음악의 성지이자, 라틴 재즈의 정수라 불리는 이유다.

라틴 댄스는 음악만큼 쿠바를 상징하는 문화이다. 살사와 룸바, 차차차. 이름만 들어도 흥겨운 이 춤은, 모두 쿠바에서 파생되었다. 나 역시 쿠바 여행에서 가장 흥겨웠던 순간을 떠올리면, 바에서 다리끼리(쿠바 대표 칵테일)를 한 모금 들이켜며, 쿠바노들과 라틴 음악에 맞춰 춤췄던 순간이다.

쿠바노들에게 음악과 춤은 유희를 넘어 삶의 일부일지도 모른다. 그들은 음악과 춤으로 마음을 전하고, 사랑을 표현한다. 쿠바 재즈는 오랜 세월 쿠바노들의 삶 속에 진하게 배어 쿠바 역사의 한 페이지를 채워왔다.

〈치코와 리타〉는 1940년대 아바나를 배경으로, 천재 피아니스트 '치코'와 재능 넘치는 보컬 '리타'의 사랑을 그린 영화다. 1940년대 쿠바는 문화적으론 황금기였지만, 국제 정세가 복잡했고, 쿠바노들이 계층의 한계를 겪었던 시대였다. 〈치코와 리타〉는 이런 제약된 시대 속에서 음악과 사랑에 대한 열망으로 운명적 사랑을 이뤄가는 이야기다.

이 영화는 이 책에서 다루는 유일한 음악 영화이자 애니메이션 작품이다. 사랑과 음악이라는 공통된 키워드로 인해 쿠바판 〈라라랜드〉라고 불리기도 한다. 영화 속 아름다운 재즈 선율, 관능적인 작화는 100분 동안 우리의 눈과 귀를 황홀함에 빠뜨린다.

1948년 아바나. 치코는 쿠바의 최고 피아니스트로 음악에 대한 열망이 가득한 남자다. 그는 아바나의 한 클럽에서 운명적으로 리타를 만난다. 클럽에서 노래를 부르고 있던 리타. 그녀의 매혹적인 목소리는 한순간에 치코의 마음을 사로잡는다. 그는 확신한다. 그녀는 자신이 기다려 온 운명적 사랑이라고. 그녀와 함께라면 음악 경연대회에서 우승할 수 있으리라고. 치코는 리타에게 다가가지만, 단박에 거절당한다.

"치근덕거리지 말아요."

그날 밤, 치코는 아쉬운 마음을 달래려 다른 파트너와 함께 간 나이트클럽에서, 운명처럼 다시 리타를 다시 마주친다. 치코는 말한다.

"난 당신을 모르지만 평생을 기다려온 느낌이야."

리타는 막무가내로 호감을 표시하는 치코에게 시큰둥할 뿐이다.

그 순간, 나이트클럽에서 예상치 못한 난관에 부딪힌다. 그날 공연 예정이었던 피아니스트가 갑작스러운 사고를 당해 공연이 무산될 위기였다. 결국 치코가 피아니스트 자리에 급히 투입되고, 그는 천재적인 예술성을 발휘해 처음 보는 악보조차 완벽하게 연주한다. 그 순간, 리타는 그의 연주에 압도당하고, 마음을 빼앗긴다. 그렇게 강렬한 사랑에 빠지고 만 두 사람. 치코와 리타는 피아노와 노래로, 음악의 바닷속에서 사랑의 화음을 이룬다. 이윽고 이들은 쿠바 음악 경연대회에서 1등을 차지하며 영광의 순간까지 함께 누린다.

하지만 운명적인 사랑은 시련을 동반하는 법. 이들의 공연을 본 부유한 후원자가 리타에게 다가와 뉴욕에서 데뷔할 기회를 제안한다. 당시 뉴욕은 쿠바 음악가들에게 꿈과 기회의 땅이었고 치코 역시 성공에 대한 열망이 가득했다. 결국 리타는 치코를 뒤로한 채 미국으로 떠난다. 그렇게 후원자의 연인이 되어 뉴욕에서 화려한 스타가 된 리타. 그녀는 정상의 자리에 오르지만, 치코 없는 낯선 미국 땅에서 끝없는 방황의 나날을 보낸다. 치코 역시 홀로 쿠바에 남아 리타를 그리워하며 힘겹게 살아간다.

운명적 사랑은 드디어 치코에게 기회의 손을 내민다. 그가 뉴욕에서 피아니스트로 데뷔할 기회가 찾아온 것이다. 마침내 두 사람은 운명처럼 재회하고, 뜨거운 사랑을 불태운다. 하지만 운명적 사랑은 언제나 무수한 장벽을 동반하기 마련이다. 치코의 정체를 알게 된 리타의 후원자는 질투심에 사로잡혀 치코를 세계 순회공연에 보내 버린다. 그렇게 다시 엇갈리는 두 사람.

한참의 시간이 흐르고, 리타는 치코 없는 공허함에 허덕인다. 치코 역시 리타에 대한 사랑을 잊지 못하고, 그리움을 곡으로 만든다. 그녀를 위해 작곡한 '릴리'는, 아름다운 선율로 세계적으로 연일 화제에 오르게 된다. 리타는 치코의 음악을 듣고, 그의 마음을 확신한다. 여전히 그가 자신을 사랑하고 있음을. 하지만 스타의 숙명이란 잔인한 것이다. 세상은 세계적인 스타가 된 리타와 치코의 사랑을 허락하지 않는다.

결국 리타는 그리움을 견디지 못하고, 그의 공연장에 불쑥 찾아간다. 끝끝내 자신의 마음을 고백하는 리타.

"미래 같은 건 의미 없어. 내가 바라는 건 모두 과거에 있어."

다시 만난 두 사람은 운명적인 입맞춤을 나누는데, 그 순간 파파라치에게 찍히고 신문 1면을 장식한다. 후원자는 또다시 치코를 없앨 계략을 꾸민다. 다시는 리타 곁에 돌아올 수 없도록, 그에게 마약 혐의를 씌워 미국에서 강제 추방한다. 다시 절망에 빠진 리타. 그녀는 마지막 삶의 의미를 잃고, 스스로 자처해서 무대에서 추락한다.

"흑인 예술가의 삶은 정말 놀라울 따름이죠. 전 이 멋진 호텔의 훌륭한 클럽에서 노래하고 있어요. 하지만 이 호텔에서 묵을 순 없죠. 잠은 시외 모텔까지 가서 자야 해요. 사람들은 항상 저보고 스타라고 하는데 어떻게 생각하나요? 이런 대접 받는 스타가 세상에 어딨나요?"

쿠바로 돌아온 치코는 천재 예술가에서, 평범한 삶으로 전락한다. 쿠바 혁명 이후, 재즈는 제국주의 음악이라는 이유로 탄압을 받았고, 그는 인생의 전부였던 음악을 내려놓을 수밖에 없었다. 그렇게 구두닦이의 삶을 살아가게 된 치코.

리타 역시 스타의 자리에서 추락해 평범한 삶으로 돌아간다.

하지만 운명적 사랑은 끝내 그들을 놓아주지 않았다. 노년이 된 치코에게 일생일대의 기회가 찾아온다. 미국의 대스타가 '릴리'를 그의 피아노 연주와 함께 공연하고 싶다는 제안을 한 것이다. 결국 황혼의 나이에 예술가로서 최고의 영광을 누리게 된 치코. 하지만 성공을 맛본 이 순간에도, 몇십 년이 지났어도 여전히 리타를 향한 그의 사랑은 변함없었다.

영화의 마지막, 노인이 된 치코는 리타에게 향한다. 긴 세월의 엇갈림 끝에 마침내 리타의 집 문 앞에 선 치코. 마침내 뜨거운 포옹을 나누는 두 사람. 리타는 나지막이 말한다.

"47년간 하루도 빠짐없이 당신이 이 문을 두드리기를 기다렸어요."

그렇게 수십 년 동안 엇갈렸던 두 사람의 운명적 사랑은, 마침내 서로의 품에서 완성된다.

음악과 사랑으로 빚어낸 황금기의 아바나

1940년대 아바나는 독창적인 문화로 화려한 황금기 시절이었다. 고급 사교 클럽과 카바레가 번성하며, 그곳에서는 쿠바 재즈 선율이 밤마다 짙게 번졌다. 영화는 그 시절 화려했던 재즈 클럽의 열기, 석양에 물든 해변 말레꼰, 강렬한 원색의 도심 거리 풍경을 감각적으로 되살린다. 특히 아바나의 밤 문화를 상징하는 '트로피카나 클럽'과 유명 공연장들에서의 즉흥 연주 장면들을 통해 쿠바 음악의 열정을 생생히 내뿜으며, 아바나 황금기의 정점을 보여준다. 영화의 주 배경인 올드 아바나는 식민지 시대의 건축 양식이 고스란히 재현되어 아바나의 생동감을 가득 채운다. 밤거리를 누비는 쿠바의 상징, 올드카의 헤드라이트 불빛, 화려한 가로등이 어우러진 풍경들엔 아바나 특유의 낭만적 공기가 짙게 드리워져 있다.

당시 아바나는 독창적인 문화의 중심지였지만, 그 번영은 미국 자본에 의해 좌우되었고, 쿠바노들은 자신의 나라에서조차 출입이 제한되는 차별을 겪어야 했다. 영화는 이러한 시대적 모순을 포착해 쿠바 사회를 사실감 있게 묘사한다. 영화 속 등장하는 현대적인 건축물은 미국의 영향을 받았던 쿠바의 현실에서 비롯된 것이며, 치코가 머무는 허름한 거주지는 혁명 이전, 빈부 격차가 극심했던 쿠바 사회의 현실이 녹아 있다.

강렬한 색감들로 표현된 아바나는 쿠바노들의 음악에 대한 뜨거운 열정을 반영하며, 묵직한 터치감의 작화들로 아바나의 붉은 노을, 네온사인, 도심의 선명한 색조들이 조화를 이뤄 농밀한 분위기를 조성한다. 특히 아바나의 야경과 재즈 클럽의 짙은 색채감, 밤거리에 드리운 그림자의 농도들은 매혹적인 음악과 아바나가 품은 낭만을 한층 더 배가시킨다.

〈치코와 리타〉는 1940년대, 황금기 시대의 아바나를 배경으로 한 아름다운 노래 같은 영화이다. 영화 속 재즈 선율은 서사를 뜨겁게 달구고, 치코와 리타는 원색 가득한 아바나 거리에서 음악에 몸을 맡긴다. 운명적 사랑에 끌려 격정적으로 타오르고, 때로는 아픔 속에 흔들리는 그들의 뜨거운 이야기는 쿠바노들의 열정과 삶을 대변하는 한 편의 영화다.

체 게바라의 혁명 서막, <모터사이클 다이어리>

쿠바 혁명의 심장 한가운데에는 체 게바라가 있다. 쿠바에서 체 게바라는 단순한 역사를 뛰어넘어 여전히 살아 숨 쉬는 존재다. 쿠바 어디에서나 체 게바라의 초상화, 그라피티, 만국기가 가득하고, 쿠바를 여행한다면 그의 삶에 대해 미리 알고 가야 한다는 건, 쿠바 여행의 명제 같은 것이다. 나 역시 쿠바에 도착한 순간, 그의 존재는 과거를 넘어서 여전히 지금도 남아 있음을 느낄 수 있었다. 심지어 쿠바에서 그의 흔적들에 감동받아 체 게바라의 얼굴이 새겨진 티셔츠를 한아름 사 들고 돌아왔다.

스페인의 식민지였던 쿠바는 1898년 독립했지만 이후 또다시 미국의 지배를 받았다. 미국은 쿠바의 정치와 경제를 쥐락펴락하며 '자유'라는 이름 아래 또 다른 지배를 시작했다. 그 시절 쿠바는 미국 부호들의 놀이터였고, 부패한 독재자들은 나라를 장악했다.

그런 쿠바를 바꾼 것이 바로 1959년 '쿠바 혁명'이었다. 체 게바라, 피델 카스트로, 카밀로 시엔푸에고스를 주축으로 젊은 혁명가들이 부패한 독재 정권을 몰아내고 쿠바를 새로운 세상으로 만들었다. 쿠바 혁명은 단순한 정권 교체가 아니라, 한 나라의 정체성을 뒤바꾼 거대한 사건이었다. 그리고 그 중심에 체 게바라가 있었다.

그렇기에 쿠바 이야기에선 언제나 체 게바라를 빼놓을 수 없다. 그는 쿠바 그 자체를 상징하는 아이콘이고, 여전히 자유와 투쟁을 대표하는 인물이다. 철학자 장 폴 사르트르는 그를 '우리 시대의 가장 완전한 인간'이라고 극찬했고, 《연금술사》의 작가 파울로 코엘료는 "열일곱 살 때 체 게바라 같은 급진적인 혁명가에 심취해 부모가 나를 미쳤다고 여겼다"고 말하기도 했다. 여전히 그의 비범함과 용기를 선망하고 닮고 싶어 하는 사람들이 많다.

체 게바라를 다룬 책과 영화 역시 무수히 많다. 2019년 개봉한 〈체 게바라〉 1, 2부는 본격적인 혁명과 전쟁을 다루고 있고, 여기서 다룰 〈모터사이클 다이어리〉는 그가 혁명가가 되기 전, 그의 젊은 청년 시절을 그린 영화다. 체 게바라가 8개월 동안 남미 대륙을 여행하며 세상을 깨달아가는 과정을 담은 이 영화는 그를 혁명가가 아닌 한 인간으로서 이해할 수 있는 최고의 작품이다. 이 영화에서 체 게바라는 총을 들지 않는다. 혁명도, 전쟁도 없다. 대신, 낡은 오토바이와 함께 떠난 세상에서 가장 무모하고 대담한 그의 여정을 그려낸다.

체 게바라는 어떻게 쿠바의 혁명가가 되었을까? 그의 시작은 어디였을까?

그는 낡은 오토바이 한 대로 남미 대륙을 여행한 뒤 의사 가운을 벗고 혁명의 길을 택한다. 그 여정을 담은 영화가 〈모터사이클 다이어리〉다.

흔히 체 게바라가 쿠바 출신이라고 알고 있는 사람들이 많지만,

그는 아르헨티나에서 태어나고 자랐다. 심지어 부에노스아이레스 의과대학을 졸업한 의사였다.

스물세 살의 '에르네스토 게바라(체 게바라)'와 그의 친구 '알베르토'는 10년간 계획해 온 대모험을 실행에 옮긴다.

- 목적: 4개월 동안 8,000km 남미 대륙 횡단
- 이동 수단: 낡은 오토바이 포데로사(이름은 '위대한 것'이지만, 언제 고장 나도 이상하지 않은 고철 덩어리)
- 여행 스타일: 돈 없음, 계획 없음, 하지만 꿈과 열정만큼은 가득함
- 목표: 알베르토의 생일까지 여행을 마치는 것

두 청년은 낡은 오토바이 포데로사에 배낭을 싣고 남미 곳곳을 누빈다. 길 위의 삶은 거칠고 고달프다. 거센 바람에 텐트가 날아가고, 돈이 없어 길가의 오리를 잡아먹으며, 흙바닥에 누워 잠을 청했다. 게다가 낡은 오토바이는 소 떼와 부딪혀 망가지고, 그들은 더 이상 오토바이 여행자가 아닌, 낯선 땅 위를 걸어가는 나그네 신세가 된다.

그들은 칠레, 페루를 지나며 남미의 가혹한 현실과 마주한다. 하루하루 겨우 살아가는 농장의 노예들, 빈민층의 처참한 삶을 마주한다. 처음엔 자유로운 모험처럼 시작되었지만, 시간이 흐를수록 남미 사회의 뼈아픈 현실과 빈부 격차, 사회적 부조리를 깊이 체감한다.

칠레에선 삶의 터전을 빼앗기고 방황하는 한 부부를 만나고, 광

산 노동자의 가혹한 삶을 목격한다. 페루에선 원주민들의 참담한 현실을 보고 분노한다. 그들은 자신의 땅에서 쫓겨났고, 교육조차 받지 못한 채 착취당하고 있었다. 아름다운 마추픽추를 보면서 감동이 아닌 스페인 침략의 흔적을 보고 분노한다. 그렇게 체 게바라는 총 없는 혁명을 꿈꾸기 시작한다. 또 자신은 더 이상 이전의 삶으로 돌아갈 수 없을 것이라는 걸 깨닫는다.

그리고 그의 삶에 결정적인 순간이 찾아온다.

여행의 마지막, 그는 페루의 나병 환자 요양소로 향한다. 의료진과 환자들은 거대한 강 하나를 사이에 두고 생활하고 있었지만, 체 게바라는 그런 차별을 거부했다. 그는 스스럼없이 맨손으로 나병 환자들과 인사를 나누고, 환자들을 인간 대 인간으로 존중했다. 요양소를 떠나기 전 마지막 날, 그는 '나는 아무도 건넌 적 없는 강을 건넌다'라고 마음속으로 외치며, 요양소와 의료진을 가르던 강을 헤엄쳐 건넜다. '세상을 구하겠다'라는 체 게바라의 신념이 생긴 순간이었다.

그들의 여행은 4개월 일정이었지만, 결국 1년을 넘겨 끝이 났다. 그리고 여행이 끝난 후, 그는 의사 가운을 입고 환자를 돌보는 것만으로는 세상을 바꿀 수 없다는 걸 깨닫는다. 여정에 함께한 친구 알베르토는 병원에 취직했지만, 체 게바라는 혁명의 길을 선택한다.

그렇게 그는 쿠바로 향했고, 피델 카스트로와 운명적으로 만나게 된다.

체 게바라의 본명은 '에르네스토 라파엘 게바라(Ernesto Rafael

Guevara)'이다. 하지만 그는 쿠바 혁명을 일으키며 스스로를 체 게바라라 불렀다. '체'는 스페인어로 '어이!' '이봐!'라는 의미로, 동료를 부를 때 쓰는 말이다. 자신을 낮추고, 국민들과 가까이 가겠다는 의지의 뜻이었다. 그는 늘 불의에 저항했고, 신념을 지키려 했다. 그렇게 체 게바라는 혁명과 쿠바의 상징이자 자유의 아이콘이 되었다.

〈모터사이클 다이어리〉는 위대한 한 혁명가의 시작을 보여주는 영화다. 낡은 오토바이를 타고 무모하게 떠난 여행이 어떻게 한 혁명가를 만들어냈는지 그리고 세상을 바꾸는 것은 대단한 일이 아니라, 낡은 오토바이 한 대와 뜨거운 가슴에서 시작될 수도 있다는 것을 말이다.

02

영혼을 울리는 속삭임, 인도

영혼을 울리는 속삭임, 인도

인도로 떠나기 전 가장 걱정됐던 건 납치, 사기, 더러운 화장실이 아니었다. 부모님이었다. 인도는 여행지 중에서도 악명 높은 '험지'였고, 부모님에게 인도로 여행 간다는 말조차 꺼낼 수 없었다. K-장녀이자 외동딸로 수십 년 세월을 부모님 과보호 아래 살아온 나. 인도에 가는 순간, 부모님은 날 막으려 인도 공항까지 쫓아오셨을 것이다. 내게 선택지는 하나뿐이었다. 바로 거짓말 하는 것.

"엄마, 저 인도네시아로 여행 가요. 요즘 인도네시아 한 달 살기 유행이래요."

그렇다. 인도와 인도네시아는 전혀 다른 나라다. 하지만 난 일단 저질러 놓고 수습하는 덴 전문가 아닌가. 이름이라도 비슷한 인도네시아 여행을 간다고 거짓말을 하고 기어코 인도행 항공권을 끊었다. 나중에 들통나도 이름이 헷갈렸다고 우길 최소한의 핑계는 될 수 있으니까.

친구들도 하나같이 입을 모아 말했다.

"그렇게 세계 곳곳을 떠돌더니, 기어코 사서 고생하러 인도까지 가는구나."

심지어 절친은 인도 여행 중 극심한 배탈을 앓다가 조기 귀국했다며, 제발 가지 말라고 나를 뜯어말렸다. 하지만 그런 말들은 호기심 강한 나에게 자극이 될 뿐이었다. 인도라는 미지의 땅은 나를 끊임없이 유혹했으니까.

그렇게 출발 전부터 온갖 갈등을 짊어지고 떠난 인도는 무수한 갈등만큼이나 강렬했다. 새로운 세계에 도달한 듯한 생경함. 익숙한 건 단 하나도 없었고, 하루에 수십 번 놀라고, 감동하고, 좌절하고, 화내고, 환희를 느끼게 만든 곳. 이곳은 어메이징 달란트의 본고장이었다. 인도에 다녀온 많은 이들은 말했다. '인도 여행이 인생을 바꿨다' '영혼의 울림을 느꼈다' 등. 사실 그런 후기들이 과장이라고 생각했다. 하지만 막상 이곳에 와보니 그 말들은 모두 사실이었다. 인도 여행은 20대 중반, 삶의 갈피를 잡지 못하던 내게 중요한 터닝 포인트가 되었으니까.

인도에서의 경험과 감정들은 말로 다 설명하기 어렵다. 평소 감정 변화가 거의 없는 나조차 여행 도중 아무 이유 없이 눈물을 흘리고, 그 슬픔은 30분 만에 기쁨으로 변하는 감정의 롤러코스터를 탔다. 길거리 한복판에서 릭샤 사기꾼과 소리 지르며 싸우고, 숙소에서는 온수가 끊겨 샤워를 포기했고, 거울을 볼 때마다 '제발 제대로 씻기라도 했으면' 하는 끔찍한 몰골로 돌아다녔다. 며칠간 물갈이 때문에 침대에서 꼼짝 못 했고, 사막에서는 낙타 똥 옆에서 잠들었으며, 북새통 시장을 지나다 소(cow)와 부딪힐 뻔한 적도 있었다. 길거리 로컬 식당에서는 밥을 먹으며 '어느 지역 바퀴벌레가 더 큰지' 토론하는 지경까지 갔다.

솔직히 말해 인도 여행은 고생의 연속이었다. 릭샤 기사들과 끝없는 흥정 배틀, 기차를 탔을 땐 연착 때문에 10시간 넘게 갇힌 적도 있다. 기차에서 화장실에 갔다가 다시 돌아왔을 때 내 자리를 뺏겨 처절한 몸싸움도 했다. 매일 도 닦는 심정으로 여행했다. 어쩌면 인도가 '명상의 나라'가 된 이유는 '여기서 살아남으려면 명상으로라도 화를 다스려야 하기 때문 아닐까?'라는 생각까지 들었다.

인도에서는 하루에 수십 번도 넘는 예상치 못한 사건 사고가 벌어진다. 이곳에선 마음을 다스리지 않으면 매일 화를 내게 될 것이다. 하지만 그래도 나는 단 한 순간도 인도 여행을 후회한 적이 없다. 오직 인도에서만 가능했던 경험들은 결국 나를 더 단단하고, 유연하게 만들어 주었다. 그리고 나는 확신한다.

'인도 여행을 하면, 누구나 인생이 조금은 달라질 것이다.'

인도는 모든 것이 '델리'에서 시작된다

델리 공항에 도착한 순간, 나를 반갑게 맞이해 준 건 택시 호객꾼들이었다. 늦은 밤 비행기로 도착한 우리는 그들에게 아주 좋은 먹잇감이었다. 어리바리한 표정으로 두리번거리니 내 얼굴엔 '저는 여러분의 완벽한 타깃입니다'라고 쓰여 있었을 것이다. 그들은 우리에게 돌진했다. 우린 여행 출발 전 "절대 사기당하지 말자!"라고 다짐하고 또 다짐했다. 공항에서 숙소까지는 한 시간, 단 한 시간만 버티면 된다. 우린 긴장 상태에 돌입했다. 그리곤 택시 기사 중 가장 선해 보이는 아저씨에게 다가갔다.

"우리 델리 시내까지 갈 건데요. 꼭! 미터기를 켜고 갔으면 해요. 미터기! 꼭이요."

그는 환한 미소로 "No problem!"이라고 외쳤다. 아뿔싸, 그 노프라블럼이 '너희들에게 사기치는 데 문제없고말고!'라는 뜻이었을 줄이야. 우린 인도 땅에 도착한 순간부터 호되게 당하고 말았다. 긴 비행시간에 지친 우리는 순간 셈도 제대로 못 해 기존 요금의 두 배를 내버렸다. 시작부터 인도 여행 '사기'의 참맛을 겪었다.

하지만 괜찮다. 드디어 인도의 심장, 델리에 왔으니까!

인도 전역을 전부 보려면 한 달의 시간은 부족하다. 최소 두세 달의 시간이 필요하다. 하지만 우리에게 주어진 일정은 총 25일이었다. 인도 전역을 도는 것이 불가해 인도 여행 초행자들이 선택하는 북인도 지역을 여행 리스트에 넣었다. 가장 아쉬웠던 건, 영화 〈런치박스〉의 촬영지 '뭄바이'를 리스트에 넣지 못한 점이다. 뭄바이에 가기 위해 아무리 머리를 굴려도 방법이 없었다. 어떻게 해도 뭄바이에 가는 순간, 모든 동선이 꼬였다. 뭄바이를 방문하지 못한다는 게 이번 여행의 유일한 아쉬움이었다. 그래서 이 아쉬움을 달래기 위해 택한 곳이 델리였다.

보통의 여행자들은 델리를 다른 지역으로 가기 위한 허브 도시로 이용한다. 하지만 나에겐 영화 〈런치박스〉 때문에 특별한 도시였다.

세계에서 가장 인구가 많은 도시. 혼을 쏙 빼놓을 정도로 사람들로 빽빽한 도심. 도로 속 무자비한 차와 오토바이들의 클랙슨 소리, 뿌연 매연들. 소음과 혼잡함이 뒤섞인 로컬 시장들까지. 영화에서 본 뭄바이의 분위기는 델리의 분위기와 흡사했다. 〈런치박스〉에서 주인공 '사잔'이 정신없이 배회하던 인도의 풍경 그 자체였다. '델리는 최대한 짧게, 가능한 한 머물지 말고, 바로 떠나라'

라는 게 인도 여행객들 사이의 암묵적인 룰이었지만, 그 말은 뒤로한 채 며칠간의 시간을 델리에서 보냈다. 영화 〈런치박스〉의 다와발라(인도판 배달의 민족, 집에서 만든 도시락을 오토바이로 회사까지 배달해주는 시스템) 라이더는 없어도, 영화 속 인도의 짙은 민낯을 느낄 수 있었다.

무굴제국 시절 지어진 유적지와 현대 고층 건물들이 어우러져 있는 곳, 전통과 현대가 다채롭게 공존하는 델리. '인도는 델리로부터 시작된다'라는 말처럼, 다양한 문화와 인도인들의 삶의 진풍경이 뒤섞여, 활기찬 인도 여행의 시작을 북돋았다.

끼니마저 영화 〈런치박스〉의 도시락처럼, 로컬 음식들을 사 먹었다. 현지인처럼 손으로 카레를 퍼먹어야 하나 고민했는데, 그래서 물티슈도 넉넉히 챙겼는데, 외국인 우대 서비스로 숟가락을 받았다. 다행이었다. 하마터면 식사 때마다 물갈이할 뻔했다. 매번 고수를 빼달란 말을 깜박해서 샴푸 맛 나는 고수 카레를 먹었지만, 괜찮았다. 내가 언제 또 3분 카레 대신 인도 카레를 이렇게 줄기차게 먹을 수 있겠는가.

영원한 불멸의 사랑, 아그라 그리고 타지마할

이번 여행에서 가장 기대했던 건 '골든 트라이앵글'로 불리는 라자스탄 지역이었다. 라자스탄에 영화 〈김종욱 찾기〉의 촬영지 '조드푸르'가 있었으니까.

우린 라자스탄으로 떠나기 전, 인도 여행의 필수 관문 '타지마할'로 먼저 향했다. '아그라'에 간 건, 오직 타지마할 하나 때문이었다.

델리. 세계에서 가장 많은
인구의 나라답게
사람, 차, 심지어 동물들까지
모든 것이 넘쳐난다.
통제 따윈 벗어 던지는
도로 위 무법자들,
여행자마저 세상의 질서를
거스르는 방랑자로 만드는 곳.

하얀 벽에 부딪힌 햇살 조각들이 황금빛 자수를 놓은 타지마할,
영원한 시간을 붙잡는 불멸의 아름다움.

건축비만 약 1조 원, 투입된 노동자 2만 명, 완공까지 22년. 무굴 제국 황제 샤 자한이 부인 뭄타즈 마할의 죽음을 슬퍼하며 그녀를 추모하기 위해 지은 인도 최대 건축물 타지마할.

우린 타지마할을 마주하자마자 탄성과 함께 말을 잃어버렸다. 사람이 너무 놀라면 할 수 있는 말을 잃어버려 입을 다물게 된다.

타지마할을 본 우리가 그랬다. 타지마할의 장엄함은 우리를 한순간에 압도했다. 시간의 흐름에 따라 변하는 타지마할의 빛 기울임과 그림자는 한없이 신비롭고 아름다웠다. 그저 바라만 보고 있어도 벅찬 감동이 밀려왔다. 그래서 인도 여행자들 모두 타지마할을 돌림노래처럼 꼭 봐야 한다고 외쳤다. 우린 타지마할을 배경으로 의미 있는 기념사진을 남기기 위해, 인도 전통의상인 '사리'를 챙겨 입었다. 그런데 그게 인도 현지인들에게 재밋거리가 되었을 줄이야. 나는 인플루언서도 아니고, 유튜버도 아니고, 연예인도 아닌데 '아그라의 스타'가 되었다. 현지인들이 사리를 입은 나를 보고 사진을 같이 찍자며, 한두 명 줄을 서기 시작하더니, 한두 명은 열 명이 되고, 스무 명이 되었다. 우린 그들에게 붙잡혀 한참 동안 함께 사진을 찍었다. 나중에 우연히 만난 한국 여행객의 말을 들으니, 인도 현지인들은 외국인들과 사진 찍는 걸 엄청나게 좋아하는데 사리까지 입었으니 말 다 한 상황이라고 했다. 이후 전통의상 사리는 25L 배낭 저 구석에 넣어 놨다. 극 내향인인 나는 바람처럼 공기처럼 소리 소문 없이 나타났다 사라지는 것이 적성에 맞는다. 이후 몇천 원 주고 산 코끼리 바지만 주야장천 입고 다녔다.

인도의 보석, 라자스탄주

이제 대망의 〈김종욱 찾기〉 촬영지 조드푸르가 있는 곳, 라자스탄 지역으로 향할 차례였다. 인도는 지역마다 도시의 특색이 뚜렷하다. 어떤 도시는 '핑크 시티' 어떤 곳은 '화이트 시티'라는 색깔 명칭도 있다.

라자스탄의 첫 번째 여행지는 '블루 시티' 조드푸르였다.

이번 인도 여행의 가장 큰 목적은 〈김종욱 찾기〉 촬영지 방문이었다. 명분은 영화 속 블루 시티의 모습이 궁금해서였고, 실제 속내는 '나도 인도에서 김종욱 한번 만나보자'가 진짜 욕망이었다.

그래서 이곳에서 김종욱을 찾았냐고? 당연히 못 찾았다. "영화에 제대로 속았구나…!" 탄식이 절로 나왔다. 난 김종욱을 찾기 위해 13시간 경유 비행기를 타고 왔다. 하지만 아무리 눈 씻고 찾아봐도 그는 안 보였다. 왼쪽 0.5, 오른쪽 0.7, 내 나쁜 시력 때문에 그를 못 찾은 걸까? 아니다. 그는 진짜 없었다. 나와 같은 처지의 동지들이 각종 로컬 식당, 라씨(인도식 요구르트 가게) 벽면 가득 '김종욱 찾아요. 제발요. 연락해 주세요. 010-XXXX-XXXX'라는 문구들을 적어 놓았다.

생각해 보면 이곳에 김종욱이 있을 리 없다. 그는 공유 배우다. 내가 임수정 배우가 아닌데, 내 앞에 공유가 나타날 리가. 비록 영화에 속았지만, 조드푸르의 풍경들이 김종욱을 잃은 공허한 마음을 위로해 주었다. 그리스 '산토리니'처럼 산뜻한 분위기는 아니었지만, 채도 낮은 푸른빛의 고요한 도시는 아늑한 무드로 가득했다. 옥상 카페에서 내려다본 풍경은 도시가 아닌 몽환적인 푸른 바다가 넘실거리는 듯했다. 그 순간만큼은 나도 임수정과 공유가 된 기분이었다. 푸른 물결의 조드푸르는 동네 이장님도 김종욱처럼 보이게 만들 만큼 감미로웠다.

우리는 이곳을 좀 더 액티비티하게 구경하기 위해 '메헤랑가르 요새'로 향했다. 무려 해발 410m의 거대한 성벽을 넘나들 수 있는 집라인을 타기 위해서였다. 우리는 집라인에 몸을 매달고, 조드푸르의 푸른 물결과 함께 바람을 맞으며 스릴을 만끽했다.

김종욱 없음, 공유 없음, 임수정 없음.
하지만 낭만은 있음.

파란 물결 도시에선 지나가는 소도 GQ 잡지 모델이 된다.

라자스탄주의 자이푸르. 이곳은 도심의 건물들이 핑크빛으로 물들어 있어 '핑크 시티'라 불리는 곳이다. 핑크 시티라니, 이름만 들어도 정말 사랑스럽다. 영화 〈바비〉에서 봤던 그 세트장 같단 말인가? 이곳이 핑크 시티가 된 이유는 이렇다. 영국 왕세자가 이곳을 방문했을 당시, 그를 환영하기 위해 자이푸르 전역을 핑크빛으로 칠했다고 한다. 인도에서 핑크색은 환영을 뜻한다.

진한 핑크빛으로 덧칠된 도시. 조드푸르만큼 크진 않지만, 소담한 이곳은 핑크빛이 제격인 곳이었다. 아기자기한 도시에 일렁이는 핑크빛은 도시를 사랑스럽게 만들었다.

우린 자이푸르의 풍경을 더 자세히 눈에 담기 위해, 나하르가르 요새로 향했다. 도시 전경이 한눈에 펼쳐지자, 핑크빛 도시에 퍼지는 부드러운 빛의 잔영은 현실을 달콤한 꿈으로 뒤바꿨다.

여행책에서 흥미로운 정보를 입수했다. 이곳에 전통 발리우드 영화를 상영하는 영화관이 있다는 것이다. 영화로 여행지를 정하는 여행 덕후가 현지 영화관을 그냥 지나칠 수 없다. '치앙마이' 한 달 살기를 할 때도, 기본 회화만 가능한 영어 수준인 내가 크리스토퍼 놀런 감독의 전쟁 영화 〈덩케르크〉를 꾸역꾸역 보았다. 그런

태어날 때부터 본투비
'블랙 러버'였던 나조차
추구미가 핑크로 바뀔 뻔했다.

순백의 도시 우다이푸르, 여행 중 잠시 한 템포 쉬어가기.

데 현지 발리우드 영화라니! 절대 지나칠 수 없었다. 우린 홀린 듯, 발리우드 영화관 '라지 만디르'로 향했다.

인도에서 영화 관람 문화는 철저하게 관객참여 형이다. 주인공이 악당을 무찌르면 손뼉 치고, 춤추고 노래하면 같이 어깨를 들썩거린다. 힌디어는 전혀 모르지만, 영화 중간중간 "야, 이놈아! 저놈은 악당이라고! 속지 마!"라는 식의 말을 던지는 관객들도 있었다. 사실 진짜 볼거리는 영화보다 관객 구경이었다. 전 세계 7위인 영화 시장의 위엄답게 관객들 리액션이 블록버스터급이었다.

라자스탄의 보석, '화이트 시티'로 불리는 '우다이푸르'. 도시 전역이 흰색으로 물든 우다이푸르는 인도에서 좀처럼 경험할 수 없는 평온함이 가득했다. 인도인들이 신혼 여행지로 많이 찾는 지역이라는데, 정말 그럴 만했다. 피촐라 호수를 감싸안은 하얀 궁전과 옅은 안개로 뒤덮인 호수, 매 시각 바삐 움직이던 인도에서 오랜만에 쉼 같은 시간을 보냈다.

인도 여행에서 두 번째로 기대했던 건 바로 사막 투어였다. 낙타 등에 올라타 사막의 모래바람을 뚫고 낭만적인 하룻밤을 보내는 로망. 인도 여행에서 사막 투어를 뺀다는 건 태국에서 팟타이를 먹지 않고, 일본에서 스시를 생략하는 것과 같다.

우리는 사막의 도시 '자이살메르'로 향했다. 드넓은 사막 때문에 골드 시티로 불리는 자이살메르. 이곳엔 이미 우리처럼 사막으로 떠나려는 여행객들이 한가득했다.

그 시점은 여행의 반이 지난 때였고, 슬슬 카레가 지겨워질 때쯤이었다. 마침, 한국인들 사이에서 기가 막히게 한식을 잘한다고 입소문난 게스트 하우스가 있었다. 바로 '가지네 게스트 하우스'다. 특히 김치찌개가 그렇게 맛있다며, 소문이 어마어마했다. 우린 숙소 컨디션은 제쳐 두고, 오직 김치찌개를 먹기 위해 그곳으로 돌진했다. 막상 한국에선 김치를 잘 먹지도 않는데, 외국에서 김치를 찾는다는 건 여행 일정이 꽤 지났단 증거다.

'가지네 식당' 김치찌개는 인도 사막 한가운데서 오아시스를 찾은 기분이었다. 이곳의 요리사는 인도의 한식 미슐랭 스타가 분명했다(물론 객관적 평가가 아닌 주관성에 의한 평가다). 한국 김치찌개 특유

대자연은 매 순간 같은 자리에서,
보잘것없는 인간들에게 품을 내어준다.

의 칼칼한 맛을 구현한 건, 해외여행 중 난생처음이었다. 인도 땅 한복판에서 김치찌개로 광명 찾았다. 우린 찌개를 한입 먹은 순간 심 봉사가 눈 뜨듯, 눈이 두 배로 커졌다. 그렇게 김치찌개로 기운을 얻고 힘차게 드넓은 사막 한가운데로 향했다. 짐을 한가득 실은 낙타 등은 기분 좋게 덜컹거렸고, 사막은 어디부터 시작이고 어디까지가 끝인지 경계선이 흐릿했다. 우린 사막이란 드넓은 바다 한가운데 푹 빠졌다.

뜨거운 태양이 고개를 내리고 어둠이 짙게 깔린 밤. 사막 하늘엔 휘영청 한 달빛과 쏟아질 듯 무수한 별들이 가득했다. 생텍쥐페리

그것이 자연의 가장 큰 힘이고,
여행의 원동력이다.

의 소설 《인간의 대지》 속 '이 새하얀 지면은 수십만 년 전부터 별들에만 바쳐져 왔구나'라는 구절이 하늘에 펼쳐졌다. 우린 하늘에 수 놓인 별들을 바라보며, 사막의 품에 안겨 잠들었다. 사막에서 잠들었던 그날 밤은 살면서 본 장면 중 가장 영화 같은 순간이었다.

영혼이 살아 숨 쉬는 바라나시

"'바라나시'는 꼭 가야 하지 않을까? 갠지스강 한쪽에서 시체를 태우는데, 그 옆에선 종교의식을 한대."

"오… 아주 구미가 당기는데? 나 그런 기묘한 거 완전 취향이지."

바라나시 그리고 갠지스강. 과연 인도를 갠지스강 빼고 설명할 수 있을까? 인도 최고의 성지순례지이자 성스러움의 상징인 곳, 북인도 여행의 필수 관문으로 통하는 곳.

바라나시는 인도 여행의 필수코스답게 다른 지역보다 많은 한국인을 볼 수 있었다. 심지어 우리가 한국인인 걸 알아보고 "Do you need 마약?"을 외치는 현지인도 있었다. 인도 여행 중 가장 걱정했던 게 안전 문제였는데, '마약'이란 단어가 귀에 꽂힌 순간, 바로 긴장 상태로 돌입했다.

"우리 무사히 귀국하자. 엄마 아빠 내가 인도네시아 간 줄 알아. 문제 생기면 나 호적 파여."

"나도 마찬가지야. 넌 호적만 파이지, 난 머리 밀고 산에 가야해. 인도 한번 왔다가 진짜 수행자 신세 될 판이야. 빨리 도망가자."

3,000년 역사의 바라나시, 신성한 숨결이 맴도는 갠지스강.
불꽃과 재, 기도와 침묵, 수많은 수행자.
누군가는 생의 끝을 준비하고, 누군가는 깨달음을 염원하며,
누군가는 윤회를 간절히 바라는 곳.

우린 한국인들에게 입소문 난 라씨 가게로 향했다. 달콤한 요구르트를 삼키며 긴장을 푸는데, 그곳에 있던 한국 여행객들과 대화를 나누며 알게 되었다. 알고 보니 바라나시에선 마리화나와 비슷한 '방(Bhang)'이라는 마약이 합법이라는 것이다. 심지어 정부가 공식으로 허가해 준 판매 매장도 있다고 한다. 힌두교에선 방이 영적으로 도달할 수 있는 신성한 식물로 여겨지기 때문이란다. '성스러운 갠지스강'과 '수행자'가 공존하는 곳에서 마약이 합법이라니, 이런 신성한 공간에서 마약을 허락해준다니. 이게 바로 종교의 너그러운 포용력인가. 그 어마어마한 포용력의 갠지스강에 한 걸음이라도 일찍 도착하고 싶었다. 갠지스강은 인도인들에게 '어머니의 강'으로 통한다. 그들은 이곳에서 치유 받고 환생을 꿈꾼다. 갠지스강은 신의 숨결이 스며든 듯, 경이로움이 물결쳤다. 저녁이 되면, 갠지스강 앞에서 성스러운 종교의식(아르띠뿌짜)이 치러졌고, 한편에선 24시간 내내 시신이 불타고 있었다. 힌두교도들은 성스러운 갠지스강에서 시신을 씻기고 화장하면, 윤회에서 벗어나 하늘로 올라갈 수 있다고 믿는다. 용감한 여행객들은 갠지스강에서 시신이 불타는 광경을 구경하며 수영을 즐기기도 한다. 하지만 간이 작은 겁쟁이 두 명은, 그저 보트를 타고 갠지스강을 보는 것만으로 만족했다. 짙은 새벽녘, 보트를 타고 바라본 일출 속 갠지스강은 인도 여행 중 가장 신비로운 순간이었다.

오랜 시간의 틈새로 이어진, 미로 같은 바라나시의 골목들. 빛바랜 힌두 신들의 벽화들. 갠지스강 가트(강과 맞닿아 있는 계단들)에 울려 퍼지는 종교의식의 노랫소리. 언제부터 길렀는지 가늠조차 어려운 기다란 수염의 백발노인 수행자.

우린 혼란과 질서가 공존하는 바라나시에서 '진정한 인도'의 숨결을 음미했다.

인도의 작은 티베트, 맥그로드 간즈

"인도에 티베트인들이 사는 지역이 있대. 달라이 라마가 중국에서 쫓겨나서 인도로 왔잖아."

인도 속 작은 티베트라 불리는 '맥그로드 간즈'. 히말라야 주변, 해발 1,800mm 고산지대에 있는 이곳은 여행자들 사이에서는 티베트보다 더 티베트 같은 곳으로 불린다.

맥그로드 간즈는 오직 달라이 라마와 티베트 때문에 떠났다. 인도에서 티베트인들의 삶의 터전을 볼 수 있다니. 장시간의 고된 기차 여정이었지만, 어떻게든 가야만 했다.

그렇게 바라나시에서 떠난 기차는 오랜 시간 천천히 달렸다. '진짜 인도의 참맛을 느껴보자'란 목표로 기차도 삼등석을 끊었다. 삼등석 자리엔 한 칸에 3개의 침대가 달려 있어서, 자리가 곡예 수준이란 후기를 읽었다. 그래서 삼등석을 끊은 거다. 인도 왔으면, 이왕 고생할 거 제대로 고생해 봐야지! 그런데 문제는 좌석이 아니었다. 자꾸만 늦어지는 기차의 연착 시간이었다. 기찻길 가운데서 갑자기 정차한 기차는, 예정 시간의 두 배가 넘어서야 목적지에 도착했다.

"그냥 이등석 끊을 걸 그랬다."

"지금이야 힘들지. 시간 지나 봐라. 이것도 다 나중에 좋은 추억으로 남을걸. 우리가 언제 이렇게 기차 안에 몸 욱여넣고 자보겠어."

티베트 '14대 달라이 라마'의 망명 임시 정부, 맥그로드 간즈.
여전히 티베트의 승려들과 난민이 공존하며 살아간다.

추억이 된 건 맞다. 근데 좋은 추억이 아니라 고된 추억으로 남았다. 솔직히 너무 힘들었다. 만약 인도에 다시 간다면, 돈 더 내고 일등석을 탈 것이다. 연착 시간은 둘째 문제고, 화장실에 갈 때마다 인도인 대가족에게 자리를 뺏겨 고생이 이만저만이 아니었다.

그렇게 고생 끝에 도착한 맥그로드 간즈는 인도와는 완전히 다른 공기로 우리를 인도했다. 끝없이 이어지는 산 능선, 자연이 빚어낸 고요한 물결, 황톳빛 가사를 두른 승려들, 뗌뚝과 모모(네팔과 티베트의 전통 요리)를 만드는 데 한창인 노점들에서 피어나는 뜨거운 증기와 고소한 냄새들. 이곳엔 티베트의 문화와 숨결이 가득했다.

맥그로드 간즈는 많은 티베트 망명인이 살아가고 있었고, 티베트의 풍경을 고스란히 간직하고 있었다. '티베트 박물관'에서 티베트인들의 역사와 현실을 마주했을 때, 골목을 오가는 티베트 난민들을 바라보았을 때, 마음 한편이 아릿했다. 인도를 여행하며 유일하게 슬픔에 빠진 곳이 바로 맥그로드 간즈였다. 타국 땅에서 영원히 '이방인'으로 살아간다는 건 어떤 기분일까? 어디에도 돌아갈 곳이 없다는 건 어떤 마음일까? 잠시 여행자로 불시착한 난 영원히 이해하지 못할 것이다. 그들의 현실이 내 마음을 오랫동안 짓눌렀다.

그렇게 인도 여행의 마지막은 맥그로드 간즈에서 조용하고 고요한 시간으로, 한 달간의 여정을 차분히 마무리할 수 있었다.

20대 중반, 낯선 미지의 땅 인도 여행은 무궁한 수수께끼와 호기심이 점철된 내 인생의 가장 큰 모험담으로 남았다. 나는 이곳에서 살아생전 경험하지 못한 무수한 감정들을 마주했다. 예상치 못한 혼란과 갈등 순간마다 마음을 다잡는 연습을 했고, 고된 순간 속에서 삶의 작은 생명력을 발견했다. 거친 파도처럼 많은 시련이 몰아쳤지만, 그 안에 새로운 기쁨과 깨달음이 샘솟았다. 그래서일까. 지금도 내 삶에 시련이 찾아올 때면, 인도에서 힘들었던 순간을 이겨내던 내 모습을 떠올리곤 한다. 그리고 지금도 시련이 찾아올 때면, 그때의 기억으로 어려움을 극복해낸다.

수십 개국을 여행했지만, 인도만큼 놀라움으로 가득했던 곳은 그 어디에도 없었다.

인도는 끊임없이 자신을 되돌아보게 만드는 거대한 배움의 장이었다. 여전히 나는 인도를 떠올리며, 그곳에서 얻은 깨달음을 되새긴다.

인도가 내게 선물해준 건 아름다운 여행의 추억을 넘어선 '삶에 대한 깨달음'이다.

로맨틱 인디아! 영화, 〈김종욱 찾기〉

만약 이 글을 읽고 있는 당신이 인도 여행을 떠난다면, 반드시 한국인들에게 유명한 로컬 레스토랑들을 방문했으면 한다. 벽면 가득 한국인들이 적은 낙서를 보고 피식 웃게 될 것이다.

'김종욱은 없다. 영화가 나를 속였어.'

'김종욱 찾으러 비행기 열 시간 타고 왔는데 허탕 침.'

'김종욱 님, 이 글 보시면 연락해 주세요. 010-XXXX-XXXX….'

사람들이 그토록 애타게 찾은 김종욱은 누구인가. 바로 영화 〈김종욱 찾기〉에서 지우(임수정)의 첫사랑이었던 남자, 배우 공유다. 인도에서 공유 찾기라니. 장담컨대 하늘에서 별을 따는 것이 더 쉬울 것이다. 인도 여행객 대부분은 거적때기 같은 남루한 차림에, 제대로 씻지 못하는 날들이 부지기수라 냄새라도 안 나는 게 다행이니까. 역시 여행이란 사람을 쉽사리 낭만으로 빠뜨리는 신기루 같은 것이다.

영화 〈김종욱 찾기〉는 주인공 서지우가 인도 여행에서 우연히 만난 첫사랑 김종욱을 잊지 못하고, 그를 찾는 여정을 그린 로맨틱 코미디이다. 인도라면 여행객들 사이 험난한 여행지로 늘 1~2위를 다투는 곳이지만, 이 영화에선 사랑의 도시로 불리는 파리보다 더욱 낭만적으로 그려졌다. 나 역시 〈김종욱 찾기〉 때문에 인도에 대한 기대와 환상을 품고 인도로 떠났으니까. 하지만 내 부푼 기대와 달리 아무리 눈을 씻고 찾아봐도 김종욱은 그 어디에도 없었고, 나 같은 피해자를 속출하게 만든 영화다. 인도 여행을 떠나기 전, 이미 인도에 다녀온 친구가 신신당부했다. 인도에서 우연히 만난 남자와 짜릿한 썸을 탔는데, 한국에서 바로 깨졌다고.

"분명 인도에선 김종욱 같았는데, 귀국해서 여행 사진 다시 보니 그냥 거지 부랑자였더라고. 그냥 인도 풍경에 취했던 거야. 그래서 썸이 아름답게 느껴졌던 거야. 김종욱 절대 없어! 너 그 영화에 절대 속지 마!"

친구는 길거리에 소 천지니, 소 구경이나 실컷 하고 오라며 단단히 일러주었다. 하지만 친구의 말은 귓등으로도 들리지 않았다. 인도라면 분명 김종욱 같은 사람을 만나, 사랑에 빠질 수 있을 거라 믿었으니까. 하지만 친구의 말이 맞았다. 김종욱은 없었다. 영화는 영화일 뿐이었다. 그런데도 내가 인도 편에 이 영화를 추천할 수밖에 없는 이유는, 단 하나다. 우연히 여행지에서 만나 운명 같은 사랑에 빠진다는 건 얼마나 짜릿한 건지, 인도의 황홀한 풍경과 함께라면 누구와도 사랑에 빠질 수 있을 것 같다는 확신을 주는 작품이기 때문이다. 한국 영화 중 낯선 여행지에서 피어난 사랑을 이보다 달콤하게 그려낸 작품은 단연코 없다.

〈김종욱 찾기〉는 요즘 말로 '혐관' 서사가 쫄깃한 로맨틱 코미디이다. 국내에서 주목받았던 창작 뮤지컬이 원작이고, 뮤지컬계에서도 워낙 정평 난 작품이었기에 영화 역시 많은 팬의 사랑을 받았다. 나 역시 뮤지컬과 영화 모두 관람했고, 뮤지컬 무대의 제약으로 아쉬웠던 장면들, 특히 인도 여행지의 스토리가 영화에서는 현지의 아름다운 영상미로 펼쳐졌다. 주인공은 멜로 연기의 대가인 임수정, 공유 배우가 호흡했고, 특히 공유는 180도 다른 캐릭터의 1인 2역을 소화해 색다른 재미를 주었다.

주인공 지우는 뮤지컬 무대감독으로 주체적인 삶을 살아가는 당찬 여성이다. 그녀는 털털하고 꼿꼿한 성격으로 강인해 보이지만, 사실 첫사랑에 대한 아픔이 있다. 10년 전 인도 여행에서 우연히 만난 남자와 사랑에 빠졌고, 여전히 그를 잊지 못한다. 이루어지지 못한 첫사랑의 아픔은, 근사한 파일럿의 청혼도 거절하게 만들고, 집에서는 결혼 적령기가 한참 지난 골칫거리 취급을 받게 했다.

주인공 기준은 지우와 정반대 성향의 캐릭터이다. 그는 꼼꼼하지만 고지식하고, 겁이 많아 매사에 소심하다. 그는 일터인 여행사에서 골칫덩어리 1순위다. 여행을 예약하려는 손님에게 가고자 하는 여행지가 얼마나 위험한지, 납치, 폭탄 테러가 얼마나 자주 일어나는지, 예약은 고사하고 여행 상품 판매에도 매번 실패한다. 기준은 매일 회사에서 눈칫밥을 먹기 일쑤다. 그런데 매사에 소심한 그가 인생 처음 과감한 결심을 한다. 여행사를 그만두고, 자신의 재능을 살린 회사를 창업하는 것. 바로 '첫사랑 찾기 사무소'이다.

영화는 첫사랑 찾기 사무소에 의뢰인으로 찾아간 지우와 기준의 첫 만남으로 시작된다. 사실 지우가 자발적으로 사무실에 찾아갔다기보단 아빠 손에 강제로 끌려왔다. 그녀의 아빠는 첫사랑 김종욱 때문에 번번이 연애와 결혼에 실패한다고 굳게 믿어, 그녀를 기준의 회사에 강제로 넣어버린 것이다.

지우와 기준. 정반대 성향의 두 사람은 '김종욱 찾기 프로젝트'를 함께하지만 하루가 멀다고 투덕거린다. 기준은 매사에 심드렁하고 털털한 지우를 보며 '뭐 저런 희한한 여자가 다 있나?' 질색하고, 지우는 기준의 고지식하고 소심한 모습에 '거참 남자가 되게 좀스럽네' 혀를 찬다.

기준은 완벽주의 기질을 발휘해 '김종욱'을 찾기 위해 온갖 수단과 방법을 동원한다. 퇴사한 여행사 거래처에 뻔뻔하게 찾아가 10년 전 인도 여행객 리스트를 달라며 떼를 쓰고, 몇 년 동안 연락 한 번 안 한 국정원 친구에게까지 연락한다. 기준이 김종욱을 찾기 위해 매일 발로 뛰지만, 정작 지우의 반응은 심드렁하다. 심지어 이번 의뢰를 했다 셈 치고 김종욱을 그만 찾아달란 요구까지 한다. '원리 원칙' '철두철미'가 가치관인 기준이 이 황당한 요구를 들어줄 리 없다. 기준은 죽이 되든 밥이 되듯 지구 끝까지 가서라도 김종욱을 찾을 것이라고 선언한다.

사실 지우의 진짜 속내는 따로 있었다. 그녀는 첫사랑 김종욱과의 재회가 두렵다.

"끝을 안 내면 좋은 느낌 그대로 두고두고 남잖아요."

그녀는 모든 관계의 끝을 두려워하는, 자신의 스토리가 상상했던 엔딩과 다를까 봐 그와의 재회를 원하지 않았다. 완벽한 첫사랑의 기억이 깨질까 봐 애초에 끝을 보고 싶지 않았다. 지우의 속내와 달리 김종욱 찾기 프로젝트는 이어진다. 기준과 지우는 김종욱을 찾기 위해 전국 각지를 돈다. 로맨틱 코미디의 서사가 그렇듯, 둘은 함께하는 시간이 지날수록 서로에 대한 마음이 커진다. 하지만 이들은 첫사랑 찾기 프로젝트란 특수한 상황에 놓여있지 않은가. 이들은 서로의 호감을 쉽사리 내비칠 수 없다.

그러던 어느 날, 기준은 지우의 숨겨진 진실을 알게 된다. 지우의 아버지에게 받은 그녀의 다이어리 속에서 김종욱의 이름과 연락처가 적힌 쪽지를 발견한 것이다. 지우는 사실 김종욱의 존재를 알고 있었다. 즉 지우는 김종욱을 찾지 못했던 것이 아니라 찾지 않은 것이다. 알 수 없는 엔딩을 두려워하는 지우에게 기준은 말한다.

"끝을 알아야 다시 시작할 수 있어요."

기준은 그렇게 찾아 헤매던 김종욱을 우연한 계기로 찾게 된다. 아니, 정확히는 그가 기준에게 찾아왔다. 이번엔 김종욱이 지우를 찾기 위해 첫사랑 찾기 사무소로 연락한 것이다. 한국을 떠나기 전, 마지막으로 지우를 꼭 만나고 싶다며. 기준의 마음속엔 이미 지우를 향한 사랑이 싹텄는데 김종욱이 당신을 찾고 있다고, 기준은 이 상황을 지우에게 알리는 게 맞는지 고민에 빠진다. 결국 자신의 마음을 숨기고, 김종욱이 그녀를 찾고 있다는 사실을 알리고 만다.

김종욱이 한국을 떠나는 날, 지우는 큰 용기를 내 결심한다. 김종욱과 관계의 끝을 확인하기로. 그렇게 그녀는 김종욱을 만나기 위해 공항으로 향한다. 기준 역시 더 이상 지우에 대한 사랑을 숨길 수 없다. 기준은 지우를 잡기 위해 자신의 마음을 고백하고자 공항으로 향한다.

지우는 김종욱과 관계의 끝을 확인한다. 그리고 첫사랑에 안녕을 고하며 아름다운 이별을 맞이한다. 이젠 지우의 마음속에도 김종욱이 아닌, 기준을 향한 사랑이 자리 잡았기 때문이다. '끝을 알면 다시 시작할 수 있다'라는 기준의 말처럼, 지우는 첫사랑에 붙잡혀있던 과거의 자신에게도 이별을 고한다.

그렇게 서로의 사랑에 한 발짝 용기를 낸 지우와 기준.

서로에 대한 진정한 마음을 확인한 두 사람은 아름다운 사랑 이야기를 써 내려간다.

사랑을 싹틔우는 곳, 인도의 조드푸르

〈김종욱 찾기〉에서 가장 낭만적인 장면은 지우와 김종욱의 인도 여행 장면들이다. 지우는 10년 전 인도의 공기와 냄새, 사람들을 오랫동안 잊지 못했다고 말한다. 영화 속에 담긴 인도의 풍광들을 보면 그 이유를 충분히 이해할 수 있다.

영화 속 인도 장면의 주요 촬영지는 '블루 시티'로 불리는 조드푸르이다. 조드푸르는 '파란빛으로 물든 도시'로 푸른색으로 페인트칠한 수백 개의 건물이 점점이 이어져, 파도가 넘실거리는 듯 신비롭다. 그래서 조드푸르는 그리스의 화이트 도시, 산토리니에 비유되기도 한다. 산토리니만큼 깨끗하고 정제되진 않았지만, 오히려 그 투박함에 정감이 간다.

특히 조드푸르의 전경 촬영은 카메라가 상단부에서 찍은 장면(부감)이 많다. 푸른 물결 같은 조드푸르의 풍경 속에 두 사람의 사랑이 어우러져 한 폭의 로맨틱한 그림처럼 펼쳐진다.

두 사람이 처음으로 손을 잡는 공간도 조드푸르의 뷰가 한눈에 들어오는 옥상 카페에서 촬영되었다. 뜨거운 햇빛이 스며든 도시에 신비로움이 감돌고, 두 사람은 서로를 마주 본다. 이런 곳이라면 누구라도 사랑에 빠질 듯하다.

조드푸르의 명소들 역시 배경으로 등장한다. 인도 라자스탄의 성 중에서 가장 웅장하다고 알려진 메헤랑가르 요새, 인도의 진풍경이 물씬 풍기는 활기찬 시장, 굽이치는 골목들, 끝없이 펼쳐지는 사막은 인도의 생동감 넘치는 모습을 고스란히 담아낸다. 인도의 이국적이고 장엄한 공간들은 이들의 사랑을 낭만으로 물들인다.

낯선 여행지에서 운명적 사랑에 빠지는 순간, 이것이야말로 여행의 가장 황홀하고 낭만적인 경험일 것이다. 이국적이고 신비로운 땅, 인도에서 펼쳐지는 강렬하고 두근거리는 사랑 이야기, 영화 〈김종욱 찾기〉는 그 설렘을 온전히 만끽할 수 있다.

때로는 잘못된 기차가 삶의 목적지로 인도한다, 〈런치박스〉

〈런치박스〉는 인생의 목적을 상실했을 때, 삶이 잘못된 방향으로 흘러가고 있다고 느껴질 때 꺼내 보기 좋은 작품이다. 영화 속 명대사인 '때로는 잘못된 기차가 삶의 목적지로 인도한다'가 의미하듯, 영화는 인생이 어긋난 이들의 삶을 바로잡기 위한 여정을 담아낸다. 영화가 끝나면 우리 역시 각자 인생의 지난 흔적들을 되돌아보게 만든다.

이 영화는 인도의 남부 지역 '뭄바이'를 배경으로, 인도인들의 밀착된 삶과 생활을 면밀히 담아낸다. 흔히 인도 영화라고 하면 '발리우드'가 먼저 떠오르겠지만, 이 영화에서는 발리우드처럼 신나는 노래도 뮤지컬 장면도 등장하지 않는다. 심지어 배경 음악마저 거의 없다. 그 대신 생활 소음이 그득한 버스와 기차, 릭샤와 자동차가 뒤섞인 혼잡한 도로, 북새통인 시장들, 생활 공간을 배경으로 인도인들이 살아가는 일상의 모습과 공간음들을 영화에 촘촘히 채워 넣는다.

〈세 얼간이〉와 더불어 여전히 회자하는 인도 영화 중 하나인

〈런치박스〉는 탁월한 서사로 칸 영화제, 로테르담 영화제 등 유수한 영화제에서 수상해 작품성을 인정받았고, 인도의 명배우인 '이르판 칸' '나와주딘 시디퀴' 등이 출연해 화제를 낳았다.

영화의 중축을 이루는 사건은 인도만의 '다바왈라'라는 독특한 시스템에서 시작된다. 다바왈라는 가정에서 만든 도시락을 직장인들의 회사에 전달하는 인도만의 독특한 풍습이다. 인도는 한국의 지옥철은 우습게 느껴질 정도로 출퇴근 시간이 혼잡해 다바왈라 배달 시스템이 보편화되었다. 다바왈라는 무려 120년 동안 이어졌고, 뭄바이의 전통으로 자리 잡은 역사 깊은 문화이다.

영화는 은퇴를 앞둔 중년 회계사 '사잔'과 남편과 권태기인 30대 주부 '일라'를 중심으로 전개된다. 사잔은 아내의 죽음 이후, 삶의 목적성을 잃고 권태로운 하루하루를 보낸다. 그의 삶은 무채색으로 뒤덮여 있다. 모든 사람과의 소통을 단절하고 오직 고독함으로 마음을 일군다. 일라는 30대의 젊은 나이가 무색할 정도로 삶이 퍼석퍼석하다. 눈에 넣어도 안 아플 사랑스러운 딸이 있고, 잘나가는 남편도 있지만 정작 그녀의 외로움을 알아주는 이는 하나도 없다. 심지어 남편의 외도 이후 자괴감 속에 매일 허덕인다. 삶의 유일한 위로는 위층에 사는 이모 '안티'다. 안티 역시 15년째 혼수상태로 침대에 누워있는 남편과 함께 살고 있다.

영화 속 등장인물들은 삶에 조금씩 균열이 있고, 영화는 그들의 변화하는 내면을 쫓으며 서사가 전개된다.

사건은 사잔과 일라의 도시락이 뒤바뀌며 시작된다. 다와발라의 배달 실수로 일라의 남편 도시락이 사잔에게 배달된다. 일라는 외도 중인 남편의 마음을 되돌리기 위해 애써 만든 도시락이 바뀌었단 사실에 상심하지만, 이내 그에게 편지를 쓴다. 또다시 도시락이 잘못 배달되길 기대하며 도시락 안에 편지를 넣는다.

'도시락을 깨끗이 비워 주셔서 감사해요. 제 남편을 위해 만든 음식이었어요. 빈 도시락으로 와서 몇 시간 동안 진심으로 행복했어요.'

다와발라의 도시락 배달 실수는 이어진다. 하지만 실수는 뜻밖의 기쁨의 순간을 낳고, 일라와 사잔은 도시락으로 편지를 주고받으며 둘만의 소통을 시작한다. 휴대폰 메시지와 이메일이 익숙한 시대에 편지란 아날로그 시대, 이들은 편지로 쉽사리 내비칠 수 없는 속마음을 진솔하게 담아낸다. 일라 남편의 외도 이야기, 사잔 아내의 죽음 이후 권태로운 삶 등 둘은 서로의 외로움과 고독을 위로받는다.

도시락 배달 실수는 필연적인 우연이었으리라. 일라와 사잔은 편지로 깊은 내면을 공유하는 관계로 발전한다. 더 나아가 각자의 삶을 성찰하고, 어긋난 삶을 어떻게 해야 바로 잡을 수 있을지도 고민한다.

'저녁에 길을 걸어가고 있었어요. 걸음을 멈추니 화가의 그림이 있었죠. 그런데 그림들이 다 똑같은 거예요. 하지만 아주 자세히 보니 다 달랐어요. 차가 다르고, 버스에서 멍때리는 남자가 다르고… 화가의 상상에 따라 달라졌죠. 그런데 그 속에서 절 봤어요. 그날 전 오토릭샤를 탔어요. 똑같은 게 있더군요. 낡은 우체국, 내가 태어나고 부모님과 아내가 죽은 병원도요. 말할 상대가 없으면

다 잊어버리나 봐요.'

아내가 죽은 뒤 말할 상대가 없었던 사잔은 일라로 인해 일상의 풍경마저 바뀐다. 바삐 지나쳤던 거리의 모습, 그의 삶 전부마저. 그렇게 둘의 마음엔 자그마한 사랑이 자리 잡기 시작한다.

일라는 남편을 떠나기로 결심한다.

'남편에게 외도를 따지려 했는데 용기가 없어요. 전 어디로 가야 할까요? 부탄에선 다들 행복하대요. 거기선 총생산 지수 말고 총 행복지수만 따진대요.'

사잔은 화답한다.

'내가 당신과 같이 부탄에 가면 어떻겠소?'

무채색이었던 사잔의 삶은 일라로 인해 채색된다. 일라 역시 사잔으로 인해 저만치 멀어 보였던 희망이 가까워진다. 둘은 만남을 기약한다. 일라가 제일 좋아하는 메뉴를 파는 레스토랑에서.

그렇게 일라는 레스토랑에서 하염없이 그를 기다린다. 하지만 일라 앞에 나타나지 못한 사잔.

'어제 내가 오기를 한참 기다렸죠? 그날 아침, 난 욕실에서 냄새를 맡았어요. 할아버지가 샤워하고 난 후 똑같은 냄새였죠. 내가 노인이 됐나 봐요. 사실 나도 식당에 갔어요. 당신에게 가서 말하고 싶었지만, 그냥 당신을 바라봤죠. 당신은 아름다웠어요. 당신은 젊어요. 꿈꿀 수 있는 나이죠. 잠시나마 나도 꿈꿀 수 있었어요. 그럴 수 있게 해 줘서 고마워요.'

결국 일라는 다와발라 배달부를 통해 사잔의 사무실을 알아내고 찾아간다. 하지만 이미 사잔은 은퇴 후 뭄바이를 떠난 뒤다.

일라는 사잔과 이별 후 상념의 나날을 보낸다. 결국 남편을 떠나기로 마음의 결단을 내린다. 영화의 엔딩, 일라는 부탄으로 가기 위해 뭄바이를 떠나고, 사잔은 마음을 바꾸고 일라를 만나기 위해 뭄바이에 다시 돌아온다.

영화는 두 사람의 마음만을 남긴 채, 끝내 만남은 보여주지 않고 막을 내린다.

현대와 전통이 공존하는 역동적인 도시, 뭄바이

뭄바이는 인도에서 가장 현대화된 경제 도시이지만, 전통적인 삶의 방식이 공존하는 곳이다. 뭄바이는 세계적으로 인구 밀도가 높은 도시 중 하나이고, 인도 내 금융과 상업의 중심지이기도 하다. 영화는 언제나 붐비는 거리, 콩나물시루같이 사람들이 빼곡한 기차 풍경, 릭샤와 차들로 복잡한 도로 등 뭄바이의 혼잡한 도시의 전경들을 꾸밈없이 보여준다.

인도는 여전히 사회적 계층이 존재하고, 고층 빌딩의 한 구역을 지나면 바로 슬럼 지역이 펼쳐질 정도로 격차가 극단적이다. 그중에서도 뭄바이는 인도에서 경제적으로 가장 부유한 도시이며, 물가가 비싸고 중산층이 가장 많이 거주하는 곳이다. 여행객에게는 인도 남부 지역, 특히 뭄바이 여행을 하려면 다른 지역보다 두둑한 지갑을 챙겨 다녀야 한다는 말이 있을 정도다. 일라는 뭄바이의 중산층 가정으로, 집은 그녀가 가장 많은 시간을 보내는 공간이다. 일라의 일상 묘사를 통해 우리는 인도의 중산층 삶을 간접적으로 엿볼 수 있다.

영화의 주요 매개체인 편지는 아날로그적인 소통 방식으로, 뭄바이의 현대성과 전통성이 공존하는 도시의 특성을 반영한다. 또

한 주인공들이 편지를 읽는 순간은 복잡한 도시에서 유일하게 고요한 시간을 보낼 수 있는 순간이 된다.

영화는 어딜 가나 사람이 붐비고, 현대와 전통의 가치가 혼재되어 있으며, 복잡하고 혼란스러운 도시의 모습을 섬세히 담는다. 그리고 이와 함께 인물들의 복잡한 감정들, 외로움과 고독을 강조하며 현대사회의 소통과 관계의 중요함을 되새긴다.

〈런치박스〉는 대단한 사건도 화려한 이야기도 없다. 로맨스 장르이지만 아름다운 사랑의 결실도 없다. 하지만 주인공들의 일상을 함께 따라가다 보면, 마침내 삶의 진정한 가치를 깨닫게 된다. 나이 듦과 혼자가 됨을 두려워하지 않는 것, 진정한 사랑의 의미에 관하여.

어떤 영화들은 머리가 아닌 마음에 스며들어 오랫동안 잊히지 않는다. 이 영화가 우리를 향해 건네는 메시지는 가슴 한편에 짙게 스며들어 쉽사리 지워지지 않을 것이다.

03

붉게 타오르는 정열의 땅, 스페인

붉게 타오르는 정열의 땅, 스페인

어느 날, 축구 덕후인 친구가 내게 진지하게 선언했다.

"죽기 전에 메시는 꼭 한번 봐야겠다. 스페인에 가야겠어!"

"메시? 축구 선수 맞지?"

축구의 '축' 자도 모르는 내겐, 메시는 머릿속에 바로 떠오르는 인물이 아니었다.

"너 진심이야? 메시를 모른다고? 집에 인터넷 안 돼? 와이파이 없어? 너 여행 많이 다녔다며, 그러니까 나랑 스페인 좀 가자. 나 좀 데려가!"

축구 선수라면 박지성, 호날두밖에 모르는 내게, 친구는 필사적으로 메시를 봐야 한다며 졸라댔다. 마침, 스페인에선 챔피언스 리그가 열리고 있었고, 일정만 잘 맞추면 아스널과 FC 바르셀로나 경기를 볼 수 있었다. 축구는 문외한이지만, 저 정도 팀들은 들어본 적이 있었다.

타이밍도 절묘했다. 그때 나는 스페인 감독 '페드로 알모도바르' 영화에 빠져 살던 시기였다. 원색 가득한 영화 속 스페인 풍경이 과연 진짜일까 궁금하던 차였고, 이 기회에 직접 눈으로 확인하고 싶었다. 단, 한 가지 조건이 있었다. 여행 일정에 포르투갈도 포함할 것. 그때 한창, 영화 〈리스본행 야간열차〉 때문에 '리스본 앓이' 중이던 나는 비행기로 고작 한 시간 거리인 포르투갈을 빼놓을 수 없었다.

그렇게 축구 덕후와 영화 덕후는 각자의 욕망을 쫓아 한 달간의 여행길에 올랐다.

마드리드 공항에 도착하자마자 우리를 가장 먼저 반긴 건 다름 아닌 스페인 국기였다.

강렬한 붉은 띠 사이에 낀 황금빛 노란 띠. 여행을 마치고 돌아보니, 이 두 가지 색이야말로 스페인을 가장 잘 담아낸 색감이라는 걸 깨달았다. 뜨거운 열기로 가득한 거리, 정열적이고 활기찬 사람들, 황금빛 태양 아래 강렬한 햇살까지. 스페인은 붉은 정열과 황금빛 활기가 넘실대는 나라였다.

붉은 향기와 색채가 머무는 도시, 마드리드

마드리드는 수많은 여행객과 현지인들로 북적이며, 혼잡하고 정신없는 분위기로 나를 아찔하게 만들었다. 사람들로 북적북적한 거리를 요리조리 피해 가며 커다란 캐리어를 끌고 숙소로 향하느라 진땀을 뺐다.

"Hola! Senorita! Do you need help?"

친절한 현지인은 돌바닥 위를 위태롭게 덜컹거리는 내 캐리어를 보고 어딜 가는지 물었다.

캐리어를 대신 끌어줄 모양이었다. INTJ 중에서도 가장 '극 내

주황빛으로 치장한 솔 광장,
마드리드의 시작과 끝은 솔 광장으로 통한다.

향인'인 난, 그가 캐리어를 끌어 주는 내내 스몰토크를 해야 할까 봐 애써 웃으며 고맙지만, 괜찮다고 거절했다. 그뿐만 아니라 많은 현지인이 눈이 마주칠 때마다 먼저 "Hola!"라고 인사를 건네주기도 했다. 여행 전, 스페인 사람들은 다혈질이란 이야기를 들었는데, 나에겐 그저 오지랖 넓지만 정 많고 마음씨 좋은 동네 삼촌들 같았다. 그렇게 활기찬 현지인들의 환대와 함께, 마드리드의 정신없고 역동적인 분위기에 금세 익숙해졌다.

그제야 스페인의 강렬한 생동감과 활력 넘치는 풍경들이 눈에 들어왔다. 마드리드는 온몸으로 생명력을 뿜어내는 도시였다. 거리를 수놓은 짙은 초록빛 나무들, 고풍스러운 붉은 타일로 꾸며진 광장을 밝히는 붉은 가로등. 마드리드는 페드로 알모도바르 영화

〈귀향〉의 원색 가득한 장면 그 자체였다.

우리는 여행자들에게 마드리드의 중심지로 불리는 솔(Sol) 광장 근처에 숙소를 잡았다. '태양의 문'이라 불리는 이곳 광장 한가운데는 '0km' 표시석이 있다. 스페인의 모든 도로가 이 점에서 시작된다는 표시석 앞에서 여행자들이 앞다투어 기념사진을 찍는 진풍경을 볼 수 있었다. 그것은 바로 표시석에 관련된 속설 때문이다.

'0km 표시석에 발을 디디고 사진을 찍으면, 언젠가 다시 스페인에 돌아오게 된다.'

나도 그 속설을 믿으며 표시석이 닳도록 발로 꾹꾹 밟았다. 또다시 스페인이 나를 불러주었으면 하는 기대감과 함께.

유럽 여행에서 미술관 투어가 빠진다면, 유럽 여행을 반만 한 것이라는 말이 있다. 내겐 파리에서 '에펠탑'을 마주했던 순간보다 '오르세 미술관'에 갔을 때, 로마에선 '콜로세움'보다 '바티칸 박물관'에 갔을 때 더 큰 감동을 받았던 기억이 있다. 우린 재빨리 숙소에 짐을 풀고, 쉴 새 없이 세계 3대 미술관 중 하나인 '프라도 미술관'으로 향했다.

프라도 미술관은 예상보다 훨씬 컸고, 2시간 넘게 돌아다녀도 끊임없이 작품들이 펼쳐졌다. 아무리 걸어도 끝날 기미가 안 보여, '오늘 안에 다 볼 수 있을까?' 슬슬 걱정되던 차였다. 유독 사람들이 몰려든 한 작품에 우리도 발걸음을 멈췄다. 바로 스페인 국민화가 '벨라스케스'의 〈시녀들〉이었다. 프라도 미술관을 찾는 이유는, 스페인의 천재 화가 '고야'의 작품을 보기 위해 찾는 이들이 많겠지만, 나는 벨라스케스 작품의 강렬함에 완전히 사로잡혔다. 좋은 그림은 작품의 메시지를 이해하지 못하더라도, 그림만으로 사람을 매료시키기 마련이다. '오디오 가이드를 빌려 작품 해설이라도 들어 볼걸!' 작품을 100% 이해하지 못해 금세 후회했다.

사실 축구와 영화에 이끌려 이곳에 왔지만, 가장 많이 기대했던 건 미식 탐방이었다. 스페인 사람이라면 누구나 술과 음식에 열광하며, 한 끼의 식사도 축제 같이 즐긴단 말이 있다.

우린 1725년에 오픈한, 세계에서 가장 오래된 레스토랑 '보틴(Botin)'으로 향했다. 이곳의 대표 요리인 아기 돼지 통구이와 상그리아를 주문했고, 그야말로 환상적인 맛의 대향연이었다. 포크를 살짝 얹기만 해도 부드럽게 잘려 나가는 고기의 풍미, 달콤한 과일 향의 상그리아에 탄성이 절로 나왔다.

"이거 한국 가서 팔면 대박 날 것 같지 않아? 우리 한국 가면 이걸로 장사할래? 내일 또 와서 레시피 좀 연구해 볼까?"

"괜찮은 생각인데, 여기 예약이 너무 힘들어. 나 바르셀로나 가 있는 동안 네가 레시피 배워 놓으면 되겠다. 한국 가면 같이 창업하자."

체육 선생님이 꿈이었던 친구는, 맛에 취해 금세 자신의 꿈을 바꿔버렸다. 심지어 영화감독이 꿈이었던 나마저 말이다. 우리는 한 끼 식사를 축제처럼 즐겼다. 레스토랑이 300년 동안 그 자리를 굳건히 지킬 수 있었던 이유일 것이다.

스페인은 음식에 진심인 나라다. 스페인 사람들에게 식사는, 먹는 행위를 넘어서 함께 시간을 나누고 즐기는 문화 그 자체다. 많은 유럽 나라들이 늦은 저녁이 되면 레스토랑 문을 닫아, 곤욕을

마드리드는 혀끝을 설레게 만든 미식의 도시였다.
아기 돼지 통구이, 상그리아 그리고 스페인의 상징 파에야.

치른 적이 많았지만, 스페인은 그럴 걱정이 없었다. 늦은 시간까지 많은 타파스(Tapas) 가게들이 문을 열었고, 사람들로 북새통이었다. 우린 마드리드의 도심 투어는 뒤로한 채 매일 밤, 늦은 시간까지 상그리아와 타파스 파티를 즐겼다. 친구는 "너 앞으로 술 안 좋아한단 소리 입 밖에 꺼내기만 해봐라"라며 나를 놀려댔다. 그렇다. 우린 매일 밤 술꾼이 되어 상그리아에 취해있었다. 심지어 너무 취해 타파스를 8개나 시켜 계산서를 받고 당황한 적도 있었다. 붉은빛의 달콤한 상그리아를 마시며 스페인의 붉은색과 향이 온몸에 퍼질 때마다, 알모도바르의 영화 속 한 장면이 자꾸만 떠올랐다. "스페인은 이 상그리아처럼 농염한 붉은색을 형상화한 나라구나!" 붉은 천을 흔드는 투우사가 '스페인의 영혼'으로 불리는 것처럼, 이곳은 정열의 원색을 빼놓고는 이야기할 수 없는 나라였다.

며칠 뒤, 우리는 중세가 살아 숨 쉬는 '톨레도'로 향했다. 마드리드의 진짜 매력은 마드리드의 근교 도시에서 진가를 발휘한다. 톨레도는 돈키호테의 배경이 된 도시로도 잘 알려져 있는데, 중세 시대의 흔적이 가득해 마치 한 폭의 명화 같았다. 심지어 도시 전체가 유네스코 세계문화유산이라니, 과거의 정취에 흠뻑 빠져 '여기서라면 누구라도 돈키호테 기분 좀 나겠는데?'라는 생각이 들었다.

톨레도를 떠나는 순간, 이 웅장한 풍경을 다시 볼 수 있을까? 아쉬움에 발걸음이 떨어지지 않았다. 영화 〈귀향〉의 여인들이 그러했듯, 언젠가 다시 이곳에 다시 돌아올 날을 꿈꾸며 마지막 한 걸음을 남겼다.

톨레도에선 누구나 상상력이란 방패만 있다면,
비범한 갑옷을 입은 돈키호테가 된다.

가우디의 손길로 완성된 아름다운 캔버스, 바르셀로나

보틴 레스토랑에서 '아기 돼지 통구이' 레시피를 배우겠다던 친구는 기어코 바르셀로나에 쫓아왔다. 바로 FC바르셀로나 경기 때문이었다. 나는 축구장 중간쯤 자리의 15만 원 티켓을 구매했지만, 친구는 기필코 앞자리에서 봐야겠다며 50만 원짜리 티켓을 끊었다.

"그래서 전반전이 60분, 후반전도 60분 맞아? 영화랑 똑같이 2시간인데, 너 지금 2시간에 50만 원이나 쓴 거야? 영화는 만 원이면 보는데."

틀렸다. 축구는 전반전 45분, 후반전 45분이다. 내가 아는 유일한 축구 공식은 '골 많이 넣은 팀이 이기는 것'이 전부였다. 친구는 한숨을 쉬며 바르셀로나에 가는 내내 축구 룰에 대해 일장 연설했

시체스 해변, 거리의 음악가들이 감미로운 운치를 완성했다.

지만, 듣는 둥 마는 둥 했다. 내가 바르셀로나로 가는 이유는, 오로지 영화 〈내 남자의 아내도 좋아〉에서 보았던 '가우디 투어'가 목적이었으니까.

바르셀로나는 마드리드와는 전혀 다른 세상이었다. 마드리드처럼 오지랖 넓고 정 많은 동네 삼촌 대신 뉴요커 같은 세련된 현지인들이 가득했다.

또한 도시 전체가 마치 살아있는 미술관 같았다. 세련된 색감과 부드러운 곡선 형태의 건물들, 불규칙하고 뒤틀려 독특한 건축물들은 미술관의 구조물들을 보는 듯했다. 한국에서 직선 형태의 천편일률적인 아파트 풍경들만 보다 보니 절로 눈 정화가 되는 기분이었다. 건물마다 색색의 빛이 투영되는 창문들, 그 아래 개성 넘치는 테라스까지. 순간 나는 과학자가 되어 도시 속 건물들을 눈으로 해부했다. '스페인 수도는 마드리드인데 왜 사람들은 바르셀로나에 열광하지?' 스페인 출발 전 머릿속 가득했던 물음표들이 바로 지워졌다.

문득 프라도 미술관에서 미술 작품들을 멀뚱멀뚱 보고 서 있던 기억이 떠올랐다. 이렇게 아름다운 도시를 상그리아에 취해 허투루 보낼 수 없다. 나는 바르셀로나만큼은 완벽히 이해해 보기로 마음먹었다.

우리는 바르셀로나의 심장, 가우디의 건축물을 제대로 이해하기 위해 가우디 투어를 신청했다.

'바르셀로나 모더니즘'의 시작이자, 스페인의 천재 건축가 가우디.

투어는 그의 초기작 '카사밀라' '카사 바트요'로 시작했다.

스페인은 산업혁명 이후, 기계가 만들어내는 산물들에 싫증 난 바르셀로나의 예술가들이, 많은 물건이 '직선' 형태로 똑같은 모습을 띠자 이에 싫증을 느꼈고, 새로운 미술 형식을 창조했다. 이것이 '바르셀로나 모더니즘'의 시작이었다. 바르셀로나 모더니즘은 자연에서 영감을 받아 이때 지어진 건축물들은 대부분 곡선 형태로 이루어져 있다.

'카사밀라'는 마치 SF영화의 외계인들이 사는 우주선같이 기묘했다. 곡선 형태로만 이루어진 원형 건물에, 건물 층층 사이 동그란 곡선들이 레이어를 쌓아 독특함을 만들어냈다.

'카사 바트요'는 마치 《헨젤과 그레텔》에 나올 법한 과자 집처럼 생긴 공동주택이다. 형형색색 깨진 유리 조각과 모자이크 조각이 벽면을 채우고, 스테인드글라스 창이 한데 어우러져 만화에서 툭 튀어나온 3D 건물을 연상시켰다.

이제 대망의 '파밀리아 성당'으로 향할 차례였다. 1882년부터 지어져 여전히 공사가 한창임에도, 도착하자마자 건물의 웅장함과 아름다움에 압도당했다. '만약 바르셀로나에서 딱 한 가지 관광지를 선택해야 한다면 파밀리아 성당으로 가야 한다'라는 말은 거짓이 아니었다. 유럽 여행 중 여러 성당을 구경해 봤지만, 이렇게 놀란 적은 처음이었다. 나는 불교 신자이지만 이 순간만큼은 마음속으로 '주여…!'를 외쳤다. 파밀리아 성당은 그 자체가 성경이라는 말이 사실이었다. 멀리서 보면 촛농 여러 개가 서 있는 것처럼 보이지만, 가까이 다가가서 보면, 엄청난 디테일의 조각들이 살아 움직이는 듯했고, 내부는 화려함의 극치였다. 스테인드글라스 창으로 떨어지는 채광에 잠시 눈이 어지러웠지만, 열심히 사진과 동

카사 바트요, 상상 속 헨젤과 그레텔 과자 집이 눈앞에 서 있었다.

영상으로 찍기 위해 셔터를 바삐 눌렀다. 하지만 이 영롱한 모습은 절대 카메라 프레임 안엔 담기지 않았다. 옆에서 셔터를 열심히 누르던 친구는 조심스레 입을 열었다.

"나 전과할까? 체육교육과 말고 건축학과도 나쁘지 않은 것 같아."

140년 넘게 건설 중인 사그라다 파밀리아 성당,
가우디 사망 100주기인 2026년에 완공될 예정이다.

FC바르셀로나 홈 경기장인 캄프 누(Spotify Camp Nou),
메시의 열정보다 10만 명 관중의 열기가 더 뜨거웠다.

금방이라도 미키마우스가 튀어나올 것 같았던 구엘 공원.

"미안한데 가우디는 천재야. 임용고시 준비나 열심히 해라."

친구는 도시가 바뀔 때마다 자꾸 직업을 바꿔댔다. 우리는 천주교가 아닌 '가우디 교'에 신앙심이 생겼다. 이제 마지막 코스, '구엘 공원'으로 향할 시간이었다.

구엘 공원은 1900년대 초, 가우디가 후원자 구엘을 위해 만든

주택 단지이다. 하지만 건설 도중, 후원 자금이 부족해서 그 목적이 틀어져서 공원으로 변모한 곳이다. 돌로 지은 파도처럼 굽이치는 산책길을 걷다 보면, 원색 타일이 가득한 정원이 눈앞에 펼쳐졌다. 언덕 위에서 바라본 바르셀로나의 시내 전경과 사랑스러운 구엘 공원의 건물이 한눈에 펼쳐지자, 마치 동화책 속의 한 장면에 서 있는 듯했다. 우리는 디즈니랜드에 온 어린애들처럼 잔뜩 신나 도마뱀 분수에서 열심히 기념 샷을 찍었다.

바르셀로나는 그 모든 것들이 좋았다. 노천카페에서 앉아 뜨거운 햇살을 맞았던 순간도, 먹물 파에야를 먹다가 입술에 검정 잉크 칠이 된 순간도, 낭만으로 얼굴과 마음을 그을렸던 해안가 '시체스'도, 그곳의 반짝이는 지중해를 바라보며 마음이 탁 트였던 순간도. 심지어 FC바르셀로나 경기 때 50만 원짜리 티켓을 잃어버린 친구 때문에 경기를 못 볼뻔한 순간까지도(그는 티켓을 무사히 찾았고, 나에게 사고 쳐서 미안하다고 기념품 가게에서 비싼 축구팀 티셔츠를 사줬다. 그 티셔츠는 한국에서 잠옷으로 썼다). 바르셀로나의 모든 것들이 내 마음에 낭만이라는 조미료를 잔뜩 뿌렸다.

〈내 남자의 아내도 좋아〉의 감독 우디 앨런은 미감의 귀재다. 그는 아름답지 않은 도시에선 애초에 카메라를 꺼내지 않는다. 그는 언제나 감각적인 도시로 알려진 파리, 뉴욕과 같은 도시에서만 영화를 찍어왔다. 나는 깨달았다. 왜 그가 뜨거운 삼각관계 로맨스를 위해 바르셀로나를 캔버스로 택했는지. 가우디의 예술적인 유혹과 도시의 세련된 굴곡들, 뜨겁고 눈부신 지중해 바다, 그 모든 것들이 영화의 우아하고 요염한 무대가 되어 한 편의 로맨스 영화를 담아내기 제격이었다.

*네르하 최고의 여행 플랜, 아무것도 하지 않기,
하루 종일 넋 놓고 지중해 해변만 바라보기.*

스페인의 진가는 남부에서 시작된다

(네르하, 프리힐리아나, 세비야, 그라나다)

솔직히 스페인 남부, 안달루시아 지역에 대한 기대감은 거의 0%였다. 보통 여행을 떠나기 전, 영화를 통해 그곳의 이미지를 먼저 접하는데, 안달루시아가 배경인 영화를 단 한 번도 본 적이 없었다. 여행 책자에 적힌 몇 줄로도 도무지 이곳의 분위기가 잘 그려지지 않았다.

하지만 내 생각은 완전히 오산이었다. 스페인의 진가는 바로 안달루시아였다.

'유럽의 휴양지'라는 얘기만 듣고 찾아온 네르하는 '유럽의 발코

새하얗게 표백된 프리힐리아나, 하얗게 빛나는 순백의 도시.

알람브라 궁전, 그라나다는 이곳을 품기 위해 존재했다.

니'라는 낭만적인 이름으로 불리던 곳이었다. 우리에게도 익숙한 '말라가' 주에 속해 있고, 작고 소담한 마을에는 지중해 바다의 평온함과 안달루시아 특유의 풍경이 가득했다. 유럽인들과 스페인 사람들이 휴양지로 즐겨 찾는 곳이라니, '나도 비행기 한 시간 거리였다면 맨날 왔을 텐데' 조금 질투가 났다. 야자수와 산맥이 맞닿은 완벽한 지중해의 파노라마 뷰. 하루 종일 무료하게 시간을 보내도 기분이 좋아질 만큼, 이곳 일정을 짧게 잡은 게 너무 아쉬웠다.

네르하와 가까운 '프리힐리아나'도 빼놓을 수 없었다. '스페인의 산토리니'로 불리는데, 심지어 스페인 관광청이 지정한, 안달루시아에서 가장 아름다운 도시다. 직접 가보니 관광청 관계자들의 안목이 훌륭한 게 확실했다. 산 중턱을 따라 빼곡히 들어선 하얀 집들은 아름다운 책 속 삽화 그 자체였다. 구름 한 점 없는 하늘이 만들어낸 완벽한 그러데이션 풍경은 포토샵 AI에 "예쁜 도시를 배경으로 사진 만들어줘"라고 시킨다면 이런 장면이 나오지 않을까 생각했다.

그리고 대망의 '그라나다'. 오로지 스페인의 가장 아름다운 건축물로 알려진 '알람브라 궁전' 하나만을 보기 위해 향했다. 알람브라 궁전은 여태껏 본 유럽의 궁전 중 손꼽힐 정도로 아름다웠다. 궁전의 아랍풍 아치문 사이로 스며드는 석양빛, 황금빛으로 빛나던 궁전의 실루엣. 모든 것이 너무 아름다웠고, 이유는 모르겠지만 '언젠가 다시 한번 오게 되지 않을까'라는 예감이 들었다.

'세비야'는 그런 예감조차 필요 없는 도시였다. 그곳은 그저 머물러야만 했다. 가능한 한 아주 오래.

아주 옛날, 김태희 배우가 빨간 원피스를 입고 플라멩코를 추는 장면으로 유명해진 핸드폰 광고가 있다. 세비야가 우리나라 매체

에서 비춰진 장면은 그것이 전부다. 어떠한 영화나 드라마에서도 소개된 적이 없었다. 그런데 내가 스페인으로 떠나기 전, 스페인에 먼저 다녀온 영화과 동기가 이렇게 말했다.

"스페인 남부 여행은 세비야 일정을 아주 아주 길게 잡아야 할 거야. 세비야가 스페인에서 제일 좋거든. 나는 3년 안에 세비야에서 한 달 살기 하면서 게스트 하우스 알바할 거야."

나는 되물었다.

"세비야가 어딘데? 거기가 그렇게 좋아?"

친구는 답답하단 표정으로 나를 바라보았다. 그로부터 한 달 후, 나는 세비야 어느 골목에서 친구에게 메시지를 보냈다.

"친구야, 세비야 한 달 살기 나도 끼워줘라."

"내가 뭐랬어? 세비야 진짜 좋지?"

거리마다 오렌지 나무가 줄지어 선 세비야, 걷는 것만으로도 오렌지 향에 흠뻑 취했다.

좋다 못해 황홀했다. 스페인에서 가장 아름다운 도시는 단연코 세비야였다. 아니, 유럽 전체를 통틀어도 내 마음속 0순위 도시가 되었다. 많은 영화가 세비야에서 촬영되지 않은 건 의도가 다분했다. 좋아하는 맛집을 남들한테 알려주면, 너무 유명해져서 자기는 못 갈까 봐, 혼자 알고 싶은 그런 심리일 것이다. 이곳을 촬영지로 찍었다간 관광객이 너무 몰릴까 봐, 독점하고 싶은 마음에 세비야 배경의 영화가 거의 없는 것 아닐까?

우린 오렌지 나무들이 옹기종기 모여 있는 가로수길을 지나 스페인 광장으로 향했다. 눈앞에 펼쳐진 건 한 폭의 그림이었다. 화려한 아줄레주 타일로 장식된 스페인 광장, 그 광장을 가로지르는 수로, 수로 위를 유유히 떠다니는 보트들, 곳곳에서 흘러나오는 버스킹 연주까지. 스페인의 기품과 품격이 흘러넘쳤다. FC바르셀로

아기자기한 동화 속 한 페이지 같은 세비야의 풍경들.

오래된 필름 같았던 세비야 광장,
말과 마차, 고풍 넘치는 수로는 고전 영화 속 서사 같았다.

나 때문에 스페인까지 온 친구도 탄성을 질렀다.

"세비야 너무 좋다. 이제 메시는 생각도 안 나!"

우리는 낮이고 밤이고 스페인 광장에 출석 체크했다. 뜨거운 햇살이 내리쬐는 한낮에도, 황홀한 조명이 반짝이는 밤에도. 수로 위에서 보트를 타며, 물에 비친 로맨틱한 광장의 모습까지 눈에 열심히 담아두었다.

세비야의 모든 것들이 너무도 행복했다. 격정적인 플라멩코 공연도, 길가에서 색소폰을 부는 멋쟁이 음악가도, 코끝을 간지럽히는 달콤한 오렌지빛 향기까지도. 상그리아 한 모금 없이 이 도시에 취하게 했다. 정말 마법 같은 도시였다.

스페인은 환상으로 가득한 나라였다. 이곳은 내가 꿈꾸는 여행의 모든 순간이 있었다. 경이로움이 가득한 가우디의 건축물들, 붉은빛의 정열 가득한 플라멩코와 상그리아, 마음을 풍요롭게 만들어준 지중해 해변까지. 도시로, 해변으로 그리고 여행자들의 뜨거운 환대로 여행지가 선보일 수 있는 '완벽함'을 선사했다.

페드로 알모도바르의 강렬한 색감과 우디 앨런의 농염한 시선이 녹아든 나라 그리고 그들이 만든 영화보다 더 영화적이었던 스페인.

플라멩코 댄서들이 탱고 리듬에 맞춰 만들어낸 경쾌한 구두 굽 발소리는 여전히 내 마음을 두드리고 있다. 나는 이곳과 사랑에 빠졌고, 어쩌면 영원히 빠져 있을지도 모른다.

도발적이고 열정적인 스페인의 사랑, 〈내 남자의 아내도 좋아〉

스페인은 유럽 여행 중 현지인들이 가장 많은 호의를 베풀었던 나라다. 무거운 캐리어를 들고 있으면 누구든 목적지까지 대신 끌어주려 했고, 거리에서는 자연스레 스킨십을 나누는 연인들, 친구 사이에서도 자연스러운 스킨십이 오가는 모습을 자주 목격했다. 특히 스페인의 인사법인 'Dos Besos(두 번의 키스)'는 그들의 친밀함을 상징하는 문화로, 양쪽 뺨에 키스하듯 인사하는 모습을 보며 스페인 사람들의 애정과 사랑을 느낄 수 있었다.

〈내 남자의 아내도 좋아〉는 이 책에서 다루는 영화 중 가장 자극적이고 도파민 가득한 사랑 영화일 것이다. 영화 속 로맨스는 삼각관계를 넘어 무려 4각 관계다. 영화를 같이 본 친구는 '이 정도면 네이트판 불륜 글로 영화 만든 거 아냐? 이 영화 내용 그대로 인터넷에 올리면 주작이냐고 욕먹을 것 같은데?'라며 혀를 내둘렀다. 자극적인 스토리에 머리가 아찔했고, 유튜브 도파민에 길들인 난, 도발적인 장면들을, 넋을 놓고 봤다. 2시간 동안 펼쳐지는 스페인의 아름다운 공간들에 눈이 황홀했고, 강렬하고 격정적인 서사는 2시간의 러닝타임을 30분처럼 느끼게 했다.

영화는 현존하는 영화감독 중 대사를 감칠맛 나게 잘 쓰는, 매혹적인 사랑 이야기꾼 '우디 앨런'의 작품이다. 우리에겐 〈미드나잇 인 파리〉로 잘 알려진 감독이다. 뉴요커로 유명한 우디 앨런은 대부분의 작품을 뉴욕에서 만들었지만, 이 영화는 미국이 아닌 타국에서 찍은 몇 안 되는 작품 중 하나이다. 우디 앨런 감독의 장점이라면 영화 속 공간을 누구보다 매혹적으로 담아낸다는 것이다.

이 영화 역시 스페인의 지역들을 어느 곳보다 매혹적으로 담아내어 당장이라도 스페인으로 떠나고 싶게 만든다.

처음 영화 제목을 봤을 땐, 아무리 스페인 사람들이 사랑을 열정적으로 한다 해도 '어떻게 내 남자의 아내까지 사랑한단 말인가?'라는 물음표가 한가득이었다. 원제는 〈비키, 크리스티나, 바르셀로나〉로 한국의 번역된 제목과는 느낌이 완전히 다르다. 많은 관객과 평론가들 사이 '제목이 너무 유치하다. 배급사가 제목을 잘못 번역한 거 아닌가'라는 논란이 많았다. 나 역시 영화 제목을 보고 '이거 우디 앨런 영화 맞아? IPTV 영화 아냐?'라며 의심했다. 하지만 영화가 끝난 뒤, 제목에 MSG가 많이 가미되긴 했지만, '낯뜨거운 스토리를 잘 표현하긴 했네'라며 이내 수긍했다. 실제 영화 줄거리는 '폴리아모리(연애 대상 한 명으로 제한하지 않고 동시다발적으로 만나는 것)'식 사랑 이야기니까.

주인공은 비키와 크리스티나. 크리스티나는 미국의 섹시 아이콘 '스칼릿 조핸슨'이, 두 사람을 삼각관계로 만드는 후안 안토니오는 스페인의 대표 연기파 배우이자 페넬로페 크루즈의 남편인 '하비

에르 바르뎀'이 연기했다. 후안의 전 부인 마리아 역은 스페인의 김혜수로 불리는 세계적인 톱배우 '페넬로페 크루즈'가 맡았다. 미국과 스페인을 대표하는 명배우들이 펼쳐 보이는 뜨거운 연기 열전은 단 한 순간도 시선을 떼지 못하게 만든다.

이야기는 두 친구 비키와 크리스티나가 바르셀로나로 휴가를 떠나며 시작된다. 두 사람은 180도 다른 성향이지만 둘도 없는 절친 사이다. 비키는 안정적이고 모범적인 삶을 지향하며, 착하고 성실한 약혼자와 결혼을 앞두고 있다. 반면 크리스티나는 예술적인 감성이 풍부하며 자유롭고 모험심이 강하다. 영화는 스페인의 뜨거운 한낮처럼 그들의 여름휴가 동안 펼쳐지는 강렬한 사랑 이야기를 그려낸다.

두 사람은 바르셀로나를 여행하던 도중 전시회에 방문하게 되고 화가 후안을 만난다. 후안은 둘에게 자신과 함께 오비에도로 가자는 제안을 한다.

"주말 동안 관광하고, 고급 와인에 진수성찬도 즐기고, 셋이 같이 사랑도 나누죠. 인생은 짧은데. 어때? 사는 것도 지겨운데 뜨겁게 즐겨야죠!"

초면에 셋이 같이 사랑을 나누자는 충격적인 말을 하는 후안. 비키는 단박에 거절하지만, 크리스티나는 그의 도발적인 제안에 단숨에 반한다. 결국 크리스티나는 제안을 승낙하고 비키는 그를 탐탁지 않게 여긴다. 비키는 처음 보는 남자인데 크리스티나가 너무 충동적이라며, '지옥에 떨어지려는 너를 구출해야겠다'라고 친구를 걱정한다. 결국 비키는 굽히지 않는 크리스티나의 뜻대로 함께 오비에도로 향한다. 셋은 오비에도를 관광하고, 어느덧 밤이 찾아온다.

또다시 낯 뜨거운 제안을 하는 후안. "이제 내 방에 두 여인을 모시면 되나?" 비키는 자신은 약혼자가 있다고 질색하며 이혼한 충격으로 정상이 아닌 것 같다고 그를 비난한다. 결국 크리스티나와 단둘이 밤을 보내게 된 후안. 둘이 키스를 나누는 도중 크리스티나는 무언가 잘못됨을 감지한다. 음식을 잘못 먹었는지 위궤양과 식중독이 한꺼번에 온 것이다. 절대적 안정을 취해야 한다는 의사의 말에 홀로 방에 남게 된 크리스티나.

결국 후안과 비키는 남은 주말을 단둘이 보낸다. 함께 근사한 유적지를 투어하고, 로맨틱한 바닷가를 거닐며 처음으로 진솔한 대화를 나누는 두 사람. 비키는 의외로 진지한 후안의 모습에 점점 매력을 느끼고 그의 제안으로 아버지까지 만나게 된다. 그리곤 그의 아버지가 시인이라는 사실을 알게 되고, 대신 쓴 시들은 출간하지 않는다는 말에 의구심이 생긴다. 비키는 조심스럽게 그 이유를 묻는다.

"아버지는 세상이 싫으시대. 아름다운 시를 써서 책으로 안 내야 세상에 복수하는 거래. 아버지가 인간이 싫은 건 사랑도 제대로 못 하는 것들이라서야."

그의 말을 듣고 사랑에 대해 고민하는 비키. 둘은 처음으로 속마음을 나누고, 낭만적인 스페인 기타 연주를 들으며 분위기에 취한다. 결국 비키는 후안의 유혹으로 함께 밤을 보내게 된다.

그녀는 반듯했던 원래의 삶으로 돌아가려 애쓰지만, 후안으로 인해 삶이 흔들린다. 심지어 약혼자와의 관계를 개선해 보려 다시 바르셀로나로 돌아가지만, 그녀의 마음은 이미 후안에게 빠진 상태였다. 결국 비키는 자신의 욕망을 애써 외면한 채 약혼자와 결혼하고, 크리스티나는 후안과 동거를 시작한다.

크리스티나와 후안은 서로의 예술성을 채워주며 영혼의 단짝처럼 행복한 시간을 보낸다. 한동안 평화로웠던 시간도 잠시, 갑작스러운 후안의 전 부인 마리아의 등장으로 둘의 관계는 복잡해진다. 그녀가 수면제를 다량으로 먹고 자살 시도를 하자 후안은 그녀를 혼자 둘 수 없어 집으로 데려온 것이다. 결국 셋은 미묘한 감정적 줄다리기 속에서 함께 살게 된다.

크리스티나와 마리아는 후안을 사이에 두고 끊임없이 서로를 질투하고 갈등한다. 그러던 어느 날, 크리스티나가 사진에 관심 있다는 사실을 알게 된 마리아. 화가이지만 사진에도 일가견 있던 그녀는 크리스티나에게 사진 찍는 법을 알려주고, 그녀의 사진 속 모델이 되어주기도 한다. 게다가 크리스티나를 위한 사진용 암실까지 만들어준다. 결국 크리스티나는 마리아의 예술적인 면모와 관능적인 모습에 알 수 없는 끌림을 느낀다. 그녀의 사진 작업은 마리아에게 영감을 받는 지경에 이른다. 결국 암실에서 사진을 인화하던 도중, 충동적으로 키스하게 된 마리아와 크리스티나.

그렇게 셋은 기묘한 삼각관계가 되어 사랑하는 사이가 된다. 크리스티나는 마리아와 후안을 동시에 사랑하고, 마리아도 크리스티나와 후안을 동시에 사랑한다. 후안 역시 두 여자를 동시에 사랑한다. 살면서 어디에서도 본 적 없는 내용이지만, 영화 속 진짜 줄거리가 맞다.

크리스티나는 인생에 갈등이 없다면 만족을 못 느끼는지, 셋의 사이가 안정되자 흥미를 잃는다. 결국 후안과 마리아를 떠나기로 결심한 크리스티나. 그녀의 영향으로 마리아도 후안을 떠나고 만다.

두 여자가 한꺼번에 그의 곁을 떠나고 로맨스 중독자, 후안이 가만히 있을 리 없다. 결국 비키에게 연락해 '네가 사랑하는 남자는 바로 나잖아'라며 그녀를 꼬드긴다. 후안의 유혹에 또다시 넘어가는 비키. 결국 비키는 남편을 속이고 후안 집으로 향한다. 둘은 로맨틱한 시간을 보내는데, 이때 뜻밖의 인물이 등장한다. 바로 그의 전부인 마리아다. 심지어 그녀의 손엔 총이 들려 있다. 총을 쏘려는 마리아와 그녀를 말리려는 후안의 난투극이 벌어지고, 결국 총 한 발이 비키의 손을 비켜가고 만다. 결국 손을 다치게 된 비키, 그녀는 이들에게 '너희들은 사이코'라고 소리치며, 비로소 현실을 깨닫게 된다. 자신의 평온했던 삶의 소중함에 대해.

그렇게 격정적이던 사랑으로 가득했던 뜨거운 여름은 끝났다. 비키와 크리스티나는 원래의 일상으로 돌아가기 위해 스페인을 떠난다.

영화는 이제 막 전투를 끝낸 병사들처럼 지친 두 사람의 무표정 얼굴로 끝이 난다.

태양과 정열의 상징, 스페인 그리고 바르셀로나

우디 앨런 감독은 한 인터뷰에서 "바르셀로나를 사랑하기에 이 도시의 아름다움을 관객에게 보여 주고 싶었다. 아름답고 감각적이면서 로맨틱한 도시에서 펼쳐지는 파격은 바르셀로나 같은 도시에서만 일어날 수 있는 스토리"라고 말했다. 영화는 비키와 크리스티나, 후안의 삼각구도로 전개되지만, 원제는 후안이 제외된 〈비키, 크리스티나, 바르셀로나〉이다. 이는 우디 앨런의 바르셀로나에 대한 애정과 예찬으로 볼 수 있다.

영화는 바르셀로나 헌정 작품이라는 생각이 들 정도로 도시에 대한 감독의 애정이 스크린 곳곳에 묻어난다. 바르셀로나 특유의 컬러풀한 색채로 가득한 공간들, 활기 가득한 도심의 풍경은 사랑 이야기를 타고 강렬하게 그려진다. 담대하고 치명적인 네 사람의 뜨거운 사랑이 이뤄지는 곳은, 바르셀로나가 아니라면 불가능할 정도로 대체할 도시가 생각나지 않을 정도이다.

영화 속 주요 장소는 바르셀로나의 랜드마크가 전부 등장한다. 특히 주인공 비키는 가우디에 반해 스페인 문화를 전공한 설정으로, 그녀가 바르셀로나를 탐험하는 장면들을 통해 바르셀로나의 전통적이며 스페인의 문화가 드러나는 공간들이 자주 등장한다. 바르셀로나에서 가장 사랑받는 장소이자 세계적인 건축물인 사그라다 파밀리아 성당, 가우디의 건축물로 유명한 카사밀라와 구엘 공원, 바르셀로나의 한낮 여유를 느낄 수 있는 고딕 지구의 산 필립 네리 광장, 스페인의 천재 예술가 호안 미로의 작품들을 감상할 수 있는 호안 미로 미술관 등 스페인의 눈부신 대표 관광지를 영화 내내 탐험할 수 있다.

또한 영화의 주 갈등을 이루는 후안의 작업실과 거처는 스페인의 전통적인 지중해 양식으로 설계되어 스페인만의 독특한 건축 양식과 정체성을 엿볼 수 있다.

고풍스럽고 낭만적인 오비에도

영화의 또 다른 촬영지는 '오비에도'로 바르셀로나와 180도 다른 분위기의 공간이다. 이곳은 실제 스페인 사람들에게 '시체스'와 함께 휴양과 미식으로 인기 있는 지역이다. 소담하고 한적하지만, 그 여유가 낭만적인 공간이다. 푸르른 녹색 자연 풍경과 아름다운 고대 건축물들은 도시의 평화로움을 만들어낸다. 특히 이곳에서 비키와 후안이 황혼의 바닷가에 앉아 대화를 나누며 사랑에 빠지는 장면은 영화에서 손꼽히는 아름다운 장면 중 하나이다.

고통과 모험 속에서 피어나는 사랑이 진정한 사랑일까, 안정과 평화가 공존하는 사랑이 진정한 사랑일까? 〈내 남자의 아내도 좋아〉는 다소 가벼워 보일 수 있는 제목과 달리, 사랑에 대한 다채로운 관점을 제시하며 사랑에 대해 질문한다. 스페인의 뜨거운 태양 아래 펼쳐지는 격정적인 사랑은 마치 이들의 4각 관계를 직접 경험한 듯한 몰입감을 느낄 수 있을 것이다.

열정과 낭만의 도시, 바르셀로나, 태양과 정열의 스페인. 어쩌면 이토록 뜨거운 사랑은 스페인, 오직 바르셀로나였기에 피어날 수 있었던 이야기일지도 모른다.

붉게 타오르는 모성애, 〈귀향〉

감각적인 색채 예술가, 페미니즘을 사랑하는 남자 감독, 영화계 악동.

스페인 영화계 대표 거장 '페드로 알모도바르'에겐 수많은 수식어가 붙는다. 그는 언제나 욕망, 젠더, 다양성 등 세계를 관통하는 주제들로 영화계를 뜨겁게 달궜다. 그의 대다수 작품은 칸 영화제, 오스카 시상식에 오를 만큼 작품성이 뛰어나고, 그는 스페인의 문화와 역사, 다양한 이슈들을 면밀히 그려왔다. 그의 작품은 스무여 편에 달하는데, 그중에서도 〈귀향〉은 '마드리드'를 배경으로 스페인 사람들의 삶과 일상을 정교하게 그려낸 작품이다. 빼어난 작품성만큼 충격적인 스토리 역시 흥미진진하고, 미장센마저 미학적이다. 그는 우리에게도 잘 알려진 스페인의 대표 여배우 '페넬로페 크루즈'와 주로 작업을 해왔는데, 이 작품의 주인공 역시 그녀가 도맡았다.

페드로 알모도바르 영화에서 붉은색은 다양한 의미를 내포한 상징 그 자체다. 그의 영화를 이야기할 때, 붉은색은 빠질 수 없는 요소이다. 붉은색은 스페인의 정열을 상징함과 동시에, 그의 작품에선 욕망과 사랑, 생명과 죽음 등 다양한 의미로 확장된다. 이 영화 역시 붉은 색감이 가득하다. 영화의 포스터와 주인공 '라이문다(페넬로페 크루즈)'의 의상들, 화면 속 배경과 오브제들, 심지어 영화 제목마저 강렬한 붉은색으로 물들어 있다.

영화는 할머니, 엄마, 딸 3대 모녀를 둘러싼 비밀과 함께 여성들의 뜨거운 연대 서사를 보여준다. 언제나 그의 영화에서 주요 주제는 여성 키워드였다. 그는 많은 작품에서 여성의 삶이 지닌 고통과 인내, 그 속에서 피어나는 위대함을 서사로 펼쳐냈다. 이 영화 역시 강인한 유대로 갈등을 이겨내는 모습을 통해 여성들의 강인함을 보여준다.

스페인의 소도시 라만차, 공동묘지에 모인 여성들. 이들이 가족들의 무덤을 돌보는 장면으로 영화는 시작된다. 마드리드에서 살고 있는 라이문다와 쏠레 자매는, 부모님의 묘지를 찾기 위해 오랜만에 고향을 방문한다. 13년 전, 이 마을에선 대형 산불이 일어나 주인공 라이문다와 쏠레 자매의 부모, 친구 아구스티나의 엄마는 희생자가 되었다. 하지만 이상하게도, 그때 당시 아구스티나 엄마의 시신만 발견되지 않아 의문을 남겼다.

라이문다 자매는 고향에 내려온 김에 치매를 앓고 있는 이모를 찾아가는데, 걸음조차 불편한 그녀의 집에 실내 자전거가 있고, 음식과 식기가 정리되어 있는 걸 보고 이상함을 느낀다. 마치 누군가가 보살피고 있었음을 보여 주는 단서들처럼 말이다.

그날 저녁, 라이문다는 다시 마드리드로 돌아갔고, 실직한 남편은 술에 취해 딸 파울라를 불길한 눈빛으로 바라본다.

집안의 실질적 가장인 라이문다는 생계를 책임지기 위해 하루 종일 노동에 치인다. 오전엔 조리사로, 오후엔 공항 청소부로 쉴 새 없이 일한다. 그런데 그날 밤, 집에 도착한 그녀는 충격적인 장면을 목격한다. 바로 남편이 칼에 찔려 죽어있었던 것이다. 그는 파울라가 친딸이 아니라는 명분으로 강간을 시도했고, 파울라는 이를 피하고자 아빠에게 실수로 칼을 휘둘렀다. 결국 라이문다는 딸의 모든 죄를 자신이 덮어쓰기로 결심한다. 남편의 시체를 식당 대형 냉장고에 넣어 보관하고, 시체 처리 비용을 벌기 위해 그 식당을 운영한다.

절묘한 타이밍으로, 고향 이모가 작고하고 쏠레는 장례식을 치르기 위해 라만차로 향한다. 그런데 이모의 집에서 죽은 줄 알았던 엄마의 유령을 목격한다. 사실 엄마는 유령도, 환영도 아닌 사람이었다. 엄마는 13년 전 산불사고 때 죽은 게 아니라, 여전히 살아 있었다. 그리고 치매 걸린 이모를 돌봤던 건, 다름 아닌 엄마였다. 엄마는 쏠레와 함께 마드리드로 향하고, 그녀의 불법 미용실에서 함께 지내며 비밀스러운 동거를 시작한다.

한편, 아구스티나는 시한부 선고를 받고 마드리드로 온다. 그리고 라이문다에게 암에 걸려 시한부 선고를 받았다는 뜻밖의 연락을 하게 되고, 엄마의 생사를 확인해달라는 부탁을 한다. 하지만 라이문다는 그 문제보다 남편의 시체 처리가 우선이었다. 그녀는 가장 믿을 만한 여자 친구들의 도움을 받아, 남편의 시체를 땅에 묻는다. 친구들은 상황을 눈치챘지만, 이유를 묻지 않고 묵묵히 그녀를 돕는다. 이들의 연대는 단순한 우정을 넘어선 깊은 신뢰에서 비롯된 것이다.

며칠 뒤, 아구스티나는 라이문다에게 충격적인 사실을 털어놓는다. 13년 전 산불이 난 그해, 라이문다의 아버지와 자신의 엄마가 불륜 관계였다는 것이다.

라이문다는 이 비밀을 쏠레에게 털어놓고, 결국 쏠레는 엄마가 사실 살아 있으며, 자신과 함께 마드리드에서 지내고 있었음을 고백한다. 결국 라이문다와 엄마, 두 모녀는 극적인 재회를 한다. 그리고 그녀의 엄마는 오랜 시간 마음을 짓누르던 죄책감을 털어놓는다. 사실 라이문다는 아빠에게 성폭행을 당해 임신을 했고, 그 충격으로 마드리드로 도망쳤다. 즉 파울라는 그녀의 딸이 아니라 여동생이었다. 엄마는 이 사실을 뒤늦게 알았고, 결국 복수를 위해 남편을 죽이기로 결심했다. 하지만 남편을 죽이기 위해 오두막을 찾아갔을 때, 그가 아구스티나의 엄마와 함께 잠든 모습을 발견했고, 홧김에 오두막에 불을 질렀다. 하필 그날 바람이 심해서, 거세진 불길은 마을 전체에 퍼졌고, 묘지에 묻힌 것은 그녀가 아니라 아구스티나의 엄마였던 것이다.

사랑하는 딸, 파울라를 지키기 위해 죄를 뒤집어쓰고 남편의 시체를 유기한 라이문다, 라이문다를 지키기 위해 남편마저 죽인 그녀의 엄마. 그렇게 수십 년간 얽히고설킨 오해가 모두 풀리고 3대 모녀는 다시 고향인 라만차로 돌아와 평화로운 일상으로 돌아간다.

그리고 엄마가 생이 얼마 남지 않은 아구스티나에게 과거를 용서받기 위해, 그녀를 병간호하는 장면으로 영화는 끝난다.

생동감의 도시 마드리드, 오래된 벽화처럼 고요한 라만차

영화는 스페인 라만차와 마드리드라는 상반된 공간을 통해 과거의 흔적들과 현재를 보여준다.

라이문다가 살아가는 도시, 마드리드. 이곳은 라이문다의 들끓는 감정만큼이나 뜨겁고 분주하다. 마드리드는 그녀에게 조금의 숨 쉴 틈도 주지 않는다. 도시의 시간은 늘 바삐 흘러간다. 거리 속 활력 넘치는 사람들은 어딘가로 향하고, 도로 위 자동차들, 벽에 붙어 있는 광고들까지 모든 것들이 도시 안에서 쉼 없이 움직인다. 그녀의 일터인 주방과 공항마저 도심의 소음이 가득하다. 영화 속 마드리드는 생동감이 가득하다.

그녀가 가족과 살아가는 집은 스페인만의 개성이 가득하다. 붉은색과 따뜻한 톤의 벽지들, 인테리어 장식들, 비좁은 공간에 세월이 느껴지는 가구들마저 강한 존재감을 드러낸다.

활력 넘치는 마드리드는 억척스러운 라이문다를 이곳에서 살아남기 위해 더욱 강인하게 만든다. 그래서 붉은색이 가득한 마드리드의 모습은 라이문다의 뜨거운 열정과 모성애를 더욱 강조하는 색채로 쓰인다.

두 자매의 고향인 라만차는 마드리드와 상반된 곳이다. 라만차는 실제 페드로 알모도바르 감독의 고향이자, 돈키호테가 풍차를 향해 돌진했던 곳으로도 알려져 있다.

영화 속 라만차는 라이문다의 과거 감정과 기억이 숨 쉬는 곳이다. 한적한 길과 낮은 돌담길, 라이문다 엄마의 집은 마드리드의 분주한 삶과 달리 심리적 여유를 만들어준다. 마치 라만차의 풍경은 우화 속 한 장면처럼, 과거의 기억 속 풍경처럼 보인다. 이 모호한 분위기는 라이문다 자매가 지난 시간을 쉽게 떠올릴 수 있을 만큼 과거의 흔적들이 가득하다. 이곳에서는 현실과 과거 이야기가 교차하며, 생자와 망자의 경계가 모호해지기도 한다. 이곳에서 주인공들은 마음속 상처를 치유 받기도 하고, 과거와 화해를 하기도 한다. 마드리드가 강렬한 조명과 색채가 가득했다면, 이곳은 부드러운 햇살과 따뜻한 색감이 가득하다. 이렇게 상반된 마드리드와 라만차 두 공간을 오가는 라이문다의 감정 변화는 영화가 진행될수록 더욱 선명해진다.

〈귀향〉 속 붉은색에는 깊은 이야기와 감정이 깃들어 있다.

뜨거운 붉은색만큼이나 강렬한 여성들의 연대와 사랑. 우리는 라이문다의 여정을 따라 생동감 넘치는 마드리드를 시작으로, 과거의 풍경처럼 아득한 라만차까지 그 길 위에서 여성들의 강인함을 온전히 마주한다.

영화 속 뜨거운 맥박처럼 피어나는 붉은색은 단순한 색채가 아닌 그녀들의 삶과 사랑, 모성의 위대함이다.

Foreva

정체된 시간, 느림의 미학, 포르투갈

정체된 시간, 느림의 미학, 포르투갈

2002년 월드컵. 대한민국은 환희로 가득 찼다. 포르투갈과의 경기로 16강을 앞다툰 그날, 결정적인 순간 '해버지' 박지성 선수는 환상적인 슈팅을 날렸다. 대한민국이 들썩였고, 그의 세레머니 짤은 인터넷을 뜨겁게 달궜다.

왜 하필 여행지도 아닌 월드컵 이야기로 시작되냐고? 포르투갈은 내게 단 하나의 이미지로 각인되었으니까. 호날두 보유국, 축구를 무진장 잘하는 나라, 유럽 국가 중에서도 유독 이름이 투박하게 느껴진 곳. 이것이 내가 기억하는 포르투갈의 전부였다. 솔직히 말해, 유럽 국가들은 나라 이름의 어감 자체가 우아하다. 나는 사대주의자가 아니고, 유럽에 대한 환상은 더더욱 없다. 심지어 유럽 몇몇 나라들은 '여기 다신 오나 봐라!' 여행을 후회한 순간도 있었다.

영국, 프랑스, 스위스, 오스트리아, 이탈리아. 실크처럼 부드러운 음률과 달리 '포르투갈'은 어딘가 거칠고 꾸밈없다. 프라하처럼 이름만으로도 로맨틱한 이미지가 떠오르지도 않았다.

북유럽을 제외한 웬만한 유럽 나라들은 전부 여행했지만, 심지어 아시아와 유럽 사이에 있는 터키마저 가봤지만, 애석하게도 포르투갈은 그다지 끌리지 않은 나라였다. 유럽 여행지 리스트에 포르투갈은 늘 없었다.

포르투갈에 대한 궁금증은 한 편의 영화로부터 시작됐다. 스크린 속 오래된 회화처럼 깊고 아련한 풍경은 마치 숨겨진 보석을 발견한 기분이었다. 그렇게 '한번 가볼까?' 하는 가벼운 마음으로 포르투갈로 떠났다.

사실 영화를 보고 여행지에 갔다가 속은 순간들도 있다. 대표적으론 파리가 그렇다. 〈미드나잇 인 파리〉의 파리는 영화 속에만 존재했다. 소매치기들과 끊임없는 눈치 싸움, 파리지앵 특유의 불친절함은 여행 내내 울화가 치밀었다. 심지어 쥐들이 너무 많아, 친구에게 "네 앞에 라따뚜이 있다. 길 비켜 드려라"라는 말을 '봉쥬흐'보다 더 많이 했다.

포르투갈만은 제발 내 환상을 깨지 않았으면 하는 바람과 함께 비행기에 올랐다. 하지만 그것이 예상치 못한 사랑에 빠지는 순간이 될 줄은 몰랐다.

포르투갈 여행은 유난히 편안하고 여유로웠다. 유럽을 여행할 때면, 더 많은 목적지를 보고 말겠다는 욕심 때문에 하루 3만 보씩 너끈히 걸어야 했다. 그 욕심에 저당 잡힌 사람처럼, 명소들을 마음에 충분히 담기도 전에 사진만 찍고 서둘러 다음 목적지로 향하기도 했다. 하지만 포르투갈은 달랐다. 이 작은 나라는 소담하지만, 마음을 풍요롭게 해주었다. 느긋하게 흐르는 포르투갈의 시간은 여행자의 느린 발걸음을 허락했다.

그렇게 포르투갈 땅에 첫발을 내디딘 순간, 조급함을 내려놓고 여유로운 여행을 시작할 수 있었다.

포르투갈행에 대한 설렘의 시작은 영화 〈리스본행 야간열차〉 때문이었다. 스크린 속 리스본의 풍경을 직접 내 눈에 담고 싶었다. 영화를 보고 특정 장소를 찾아 떠나고 싶은 마음과 그저 풍경 자체를 감상하고 싶다는 욕망은 조금 다르다. 이탈리아나 프랑스 영화를 보았을 땐 '저긴 어딜까? 한번 가보고 싶다'라는 궁금증이었다면, 리스본은 그저 '도심 풍경을 내 눈에 담고 싶다'라는 순수한 동경이었다. 대개 영화는 정제된 모습들을 스크린에 펼쳐내기에, 순도 백 퍼센트의 리스본 모습이 궁금했다. 느릿하게 언덕을 오르는 노란 트램, 햇살 머금은 레트로풍 골목들. 스크린 속에서 느꼈던 그 낭만을 내 발걸음으로 직접 따라가고 싶었다.

리스본의 상징 12번 트램,
낡은 골목들 사이를 비집고 돌바닥을 달릴 때
비로소 리스본 여행이 완성된다.

유럽의 숨겨진 보석, 리스본

리스본은 '빠름의 미학'을 거부한다. 잰걸음 대신, 천천히 걸을수록 더 많은 것들을 음미할 수 있는 도시다. 따뜻한 텅스텐 가로등 빛이 감도는 골목, 레트로한 푸른빛 아줄레주 타일들, 리스본의 상징인 노란색 28번 트램까지. 리스본의 시간은 0.5배속으로 흘렀다. 유럽에서 그리스 '아테네' 다음으로 역사가 오래된 도시여서일까? 몇백 년이 지난 세월을 지탱한 건지 가늠조차 어려운 고풍스러운 풍경은 잠시나마 고고학자가 되어 이곳을 탐구하고 싶은 욕망을 느끼게 했다.

리스본에서만큼은 잠시나마 〈리스본행 야간열차〉의 주인공 그레고리우스가 되고 싶었다. 그는 노란색 트램이 오가는 굽이진 골목에 있는 숙소에 묵는다. 나 역시 에어비앤비로 그가 묵은 숙소와 비슷한 알파마 구시가지의 현지인 집을 예약했다. 편한 호텔도 있었지만, 잠시나마 이곳의 현지인이 되어 리스본의 일상을 느끼고 싶었다.

'알파마구'는 리스본에서 가장 오래된 동네로, 현지인들이 가장 많이 살고 있는 소담한 동네다. 창문을 열면 끝없이 펼쳐지는 주황색 지붕들, 골목을 유유히 스치는 노란 트램들. 길 건너편 백발 할머니는 빨래를 널고 있었고, 건물 앞 한 아저씨는 창가에 걸터 앉아 오후의 햇살을 즐기며 커피를 음미했다. 빨랫줄에 걸린 흰 천들마저 부드러운 바람에 춤추며 '리스본의 낭만'이란 장면을 완성했다.

리스본은 도시 전체 바닥에 모자이크 모양의 돌들이 빼곡하게 박혀있다. 나의 25kg 캐리어는 한 달 여정의 짐으로 꽉 차 있었고, 언덕배기 골목과 돌바닥에선 마치 100kg처럼 느껴졌다. 하지만 무거운 캐리어의 적당한 피로감마저 마음을 달뜨게 했다.

에어비앤비의 호스트는 조그만 동양인 여행객을 보고 깜짝 놀라며 — 그 먼 나라에서 어떻게 이곳까지 왔냐며 — 환대의 미소로 반겼다. 9년 전 포르투갈은 우리나라 사람들에게 인기 여행지가 아니었고 동양인 여행객도 거의 없던 시절이었다.

이제 영화 속 주인공처럼 대망의 28번 트램을 탈 차례였다. 노란색 28번 트램은 리스본의 상징 그 자체다. 트램은 단순한 교통수단이 아니라 '시간을 달리는 감성 머신'이었다. 리스본에서 트램만 타면 여행의 반이 끝났다는 말이 있을 정도다. 트램이 기우뚱거리며 언덕을 오르는 동안, 창밖으로 펼쳐지는 리스본의 일상을 조용히 들여다보았다. 노천카페에서 커피를 마시는 사람들, 골목길에서 파두를 부르는 거리 음악가, 느릿한 걸음으로 하루를 즐기는 현지인들. 28번 트램이 가장 인기 있는 이유는 종착역이 모두 리스본의 랜드마크들을 지난다는 점 때문이다. 나는 트램을 따라 리스본의 랜드마크들을 열심히 눈에 담았다. 그리고 아름다운 경치가 보이면 즉흥적으로 내렸다.

에어비앤비 숙소였던 알파마 지구,
미로 같은 골목들, 낡은 노란 벽에 손때 묻은 타일들은
시간이란 붓질로 그려진 회화였다.

벨렘 지구의 제로니무스 수도원,
16세기 중세 시대의 화려함과 항해 시대의 야망이 뒤섞여
거대한 역사를 드러낸다.

리스본의 하루에선 에그타르트가 빠질 수 없다. 벨렘 지구는 순전히 '파스테이스 드 벨렘(Pastéis de Belém)'의 에그타르트를 맛보기 위함이었다. 단언컨대, 태어나서 맛본 에그타르트 중 아니 세상에서 맛본 모든 베이커리 중 가장 충격적으로 맛있었다. '4개나 먹을 수 있을까?' 잠시 망설였지만, 역사적인 한 입을 베어 문 순간 깨달았다. '내가 바보 같은 생각을 했구나. 4개가 아니고 10개를 사야 했네!' 바삭한 페이스트리 사이로 부드러운 커스터드 크림이 흘러나오는데, 만약 과자였다면 백 개를 사서 국제 택배로 한국에 부쳤을 것이다.

벨렘 지구에서의 시간은 마치 휴양 같았다. 황금빛 햇살이 파도에 부서지던 테주강, 붉은 물감이 하늘에 스며들고 강물까지 붉게 물들이던 강의 일몰 풍경, 산책길에서 맞았던 강가의 기분 좋은 바람들까지. 바람결에 타고 오는 달큼한 와인 향을 맡으며 아주 천천히, 오랫동안 그 시간을 음미했다.

벨렘 지구는
맥도날드마저 남다르다.
패스트푸드점도 우아하다.

그리고 벨렘 지구의
진짜 주인공은 파스테이스 드
벨렘의 에그타르트다.

리스본에서 한 시간 남짓 달리면 신트라에 도착한다.
울창한 숲 위에 색색의 탑과 황금빛 돔을 얹은 페나 성이
이곳에 있다.

리스본 근교의 두 번째 명소, 세상의 끝 호카곶,
이곳에서 유라시아 대륙의 땅이 끝나고 바다가 시작된다.

그날 밤, 난 〈리스본행 야간열차〉 주인공의 흔적을 따라 알칸타라 전망대로 향했다. 오렌지빛 가로등이 도시를 따스하게 감싸고, 그 아래 노을처럼 물결치는 주황색 지붕들. 화려하진 않지만 소담하고 아늑한 도시 풍경은 내 마음을 주황빛 따스함으로 물들였다.

여행의 끝자락에서 맞는 도시의 풍경은 언제나 특별하지만, 리스본의 밤은 유독 가슴을 두드렸다. 마치 나를 위해 준비된 풍경처럼 착각도 했다. 그때 깨달았다.

포르투갈은 영원히 감각으로 기억될 곳이라는 것을.

오렌지빛 낭만의 물결, 포르투

리스본은 포르투갈에 대한 내 사랑을 싹틔웠고, 포르투는 그 마음에 마침표를 찍었다.

핑크색, 하늘색, 파스텔톤으로 채색된 건물들, 도루강을 따라 줄지어 선 오렌지빛 지붕들, 파랗고 하얗게 반짝이는 아줄레주 타일들까지. 마치 오래된 필름 카메라에 찍힌 한 장의 사진처럼 짙은 감성이 스며든 도시였다.

〈리스본행 야간열차〉가 발걸음을 포르투갈로 이끌었지만, 도리어 난 포르투의 매력에 깊이 빠져버렸다. 유럽 여행을 다니며 그림 같은 풍경들이야 무수히 많이 보았다. 하지만 포르투는 여행의 순간순간 발걸음을 멈추게 만드는 무언가가 있었다.

유럽, 이탈리아의 베네치아, 그리스의 아테네, 스위스의 인터라켄 등 눈길을 사로잡았던 그곳도 아름다웠지만, 마음 깊은 울림을 주진 못했다. 마치 여행자들을 위해 예쁘게 꾸며진 관광지처럼 느껴졌고, 그래서 적당히 괜찮았던 여행지로 남았다. 하지만 포르투

주황빛 지붕의 물결들, 파란 아줄레주 타일이
눈부신 팡파르를 터뜨리는 포르투,
이곳은 색감이란 축제를 여는 도시다.

는 달랐다. 도시 곳곳에 흘러넘치는 온화한 정서와 따뜻함, 사람들이 왜 그렇게 포르투 한 달 살기를 꿈꾸는지 수긍했다. 그렇게 포르투는 스페인의 세비야와 함께 유럽에서 가장 사랑하는 도시가 되었다.

동화 같은 풍경 속 여유와 낭만을 즐기는 사람들. 하루하루를 천천히 음미하며, 작은 순간들에도 미소 짓는 사람들. 포르투는 느리게 흐르는 시간 속, 내 마음을 조용히 어루만졌다.

시인, '페르난두 페소아'의 시를 볼 때면 어떻게 그렇게 아름다운 언어를 구사할 수 있는지 감탄하곤 했는데, 포르투에서 나고 자란 그의 배경을 이해하면 '그런 시들이 탄생할 수밖에 없겠다'라고 생각했다. 그리고 그의 한 줄 명언이 떠올랐다. "인생도 좋지만, 더 좋은 것은 와인이다." 나는 술과 거리가 먼 사람이었다. 술자리에서 "그냥 알코올램프 맛 아냐?"라고 되물을 정도로 술엔 도통 흥미가 없었다. 하지만 페르난두 페소아의 한 문장은 기어코

오색 빛깔 음표가 춤추는
오케스트라 같은 도시.

나를 포르투 와이너리 탐방을 하도록 만들었다. 단언컨대, 포르투에서 맛본 와인은 태어나서 먹어 본 알코올 중 가장 환상적이었다. 입안에 신선한 포도 향이 부드럽게 퍼지고, 달콤함과 깊은 풍미가 입안을 감싸 머리가 아찔해졌다. 술이 입에서 녹는다는 말을 그제야 깨달았다. 이후 나는 '포르투 와인 덕후'가 되었다. 이제 와인바에 가면 고민 없이 포르투 와인을 주문한다.

포르투 여행은 그 모든 게 완벽했다. 그저 강변을 따라 걷는 것만으로도 근사한 하루가 완성되었다. 석양이 도루강 위를 붉게 물들고, 바람이 살랑살랑 불어오며, 어디선가 기타 선율이 흐른다. 이곳에서는 아무것도 하지 않아도 된다. 그저 앉아서 감상하는 것만으로도 여행이 완성된다.

여행자의 마음을 적시는 도루강.

세계에서 가장 아름다운 서점으로 알려진 렐루 서점,
아르누보 양식과 나선형 계단의 신비로운 조화로
'해리포터 서점'으로 불린다.

'빨리빨리'의 민족, 대한민국에서는 모든 것들이 속도로 평가된다. 우리는 1분 1초도 손해 보지 않기 위한 강박 속에 살아가고, '갓생'이라는 이름 아래 치열한 삶에 대한 압박을 느낀다.

하지만 포르투갈은 느린 삶을 허락하는 곳이다. 더 나아가 진정으로 '시간을 음미할 수 있는 법'을 알려준다. 천천히 흐르는 포르투갈의 시간 속 여행자들의 발걸음은 자연스레 느려진다. 느지막이 일어나 창밖을 바라보고, 한적한 거리를 여유롭게 걸으며, 아무런 목적 없이 도심을 거니는 것. 해 질 무렵 노을을 바라보며 하루를 마무리하는 것. 그렇게 포르투갈은 '조금 느리게 살아도 괜찮은 인생'을 알려 주었다. 진정한 안식처와 휴식 같은 여행이었다.

귀국 후 바쁜 현실에 치일 때마다, 난 여전히 그곳의 하루들을 떠올린다. 여전히 포르투갈의 느린 시간은 언제나 나를 부르고 있다.

포르투의 낮과 밤, 해를 품은 한낮이 지나면
어둠 속 별빛 같은 낭만이 펼쳐진다.

FARMÁCIA
DOS
Clérigos

인생의 진정한 감독은 우연이다, 〈리스본행 야간열차〉

거대한 유럽 대륙을 동유럽, 서유럽으로 나눠 갈 정도로 긴 여정을 떠났지만, 여행지 리스트에 늘 포르투갈은 없었다. 아마도 포르투갈, 하면 떠오르는 대표적인 명소가 없어서일 것이다. 프랑스에는 '에펠탑'이, 이탈리아에는 '피사의 사탑'이, 스위스에는 '융프라우'가 있지만, 포르투갈은 이렇다 할 상징적인 장소가 없다.

그러던 어느 생일날, 친구에게 《리스본행 야간열차》 소설을 선물 받았다. 소설 양이 워낙 방대했기에 책을 읽기 전, 영화 먼저 감상하는 치트 키를 썼다. 포르투갈에 대한 궁금증이 생긴 건 그때부터였다. 나는 영화 속 명장면들을 머릿속에 떠올리며, 자연스레 포르투갈을 검색하기 시작했다. 구글링으로 포르투갈의 정보들을 모았고, 동화 같은 아기자기한 풍경은 결국 나를 그곳으로 이끌었다.

〈리스본행 야간열차〉로 포르투갈의 매력에 빠진 건, 단순히 동화 같은 아기자기한 풍경 때문만은 아니었다. 영화는 40년간 포르투갈의 독재정권에 저항하는 레지스탕스들의 이야기를 담고 있다. 독재라는 아픈 역사는 우리에게도 낯설지 않다. 유신정권과

5공화국을 겪은 우리에게 포르투갈인들의 분노와 저항은 익숙한 정서다. 타국의 문화에 마음이 동하는 이유는 공통된 역사적 경험에서 비롯되기 마련이다.

사실 영화의 재미만 놓고 보자면, 누군가에겐 지루한 작품이 될 수 있다. 원작이 소설이라 대사들이 다소 문학적이고, 영화의 호흡은 느리게 흘러간다. 하지만 도파민 중독에 시달리는 나조차 영화에 흠뻑 빠져 울림을 느낀 건, 영화 속 주인공의 삶이 내가 동경해온 모습을 닮아있었기 때문이다. 여행을 통해 제2의 인생을 찾은 주인공은 내가 여행으로 이루고 싶었던 이상과 맞닿아 있었다.

주인공 그레고리우스는 권태로운 삶을 살아가던 중 충동적으로 떠난 여행으로 운명처럼 인생이 뒤바뀐다. 우리는 여행을 떠나며 무의식적으로 기대하는 욕망이 있다. 낯선 여행지에서 예상치 못한 순간들로 삶이 변화하는 것, 더 나아가 삶의 새로운 방향성을 깨닫게 되는 것.

누구나 가슴 깊은 곳엔 더 나은 삶을 향한 막연한 갈망 하나쯤은 품고 있을 것이다. 여행을 떠나는 이유도 그런 것 때문이 아닐까? 여행이 내 삶을 조금이나마 바꾸어 줄 것이란 막연한 기대감 말이다. 그래서인지 리스본 여행을 통해 삶의 행로가 바뀐 주인공을 보며, 리스본에 대한 궁금증이 더 커졌을지 모른다.

스위스, 베른의 학교에서 고전 문헌학을 가르치며 단조로운 삶을 살던 그레고리우스. 그는 아이들에게 아름다운 역사와 철학을 가르치지만, 정작 자기 삶엔 아무런 기대가 없다.

비가 쏟아지던 어느 날, 그는 다리 위에서 자살 시도를 하는 빨간 코트를 입은 여자를 발견한다. 그리고 그녀의 목숨을 구한다. 하지만 그녀는 리스본행 야간열차 티켓과 '언어의 연금술사'라는 책 한 권을 남기고 홀연히 사라진다.

그는 빨간 코트 여인이 남긴 '언어의 연금술사'를 탐독한다. 그 책은 포르투갈 레지스탕스 '아마데우'의 삶에 대한 기록이었다. 그 책엔 자신이 생각했던 삶에 대한 이상과 철학, 인생에 대한 통찰로 가득했다. 결국 그는 책 한 권에 매료되어 과감히 리스본행 야간열차에 몸을 싣는다.

리스본에 도착한 그레고리우스는 책의 저자, 아마데우의 흔적을 따라 리스본 곳곳을 헤맨다.

현실의 모든 것들을 뒤로한 채, 오로지 아마데우의 삶의 궤적들을 찾아 나선다.

그레고리우스가 리스본에 도착하자마자, 낡은 안경이 부서진다. 결국 안과에서 새 안경을 맞추는데, 이는 마치 새 안경을 통해 새로운 시야를 얻게 되고, 이를 통해 또 다른 삶을 맞이할 것이라는 미래를 상징한다. 그는 안경을 맞춰준 여인, 안과의사 마리아나의 도움으로 아마데우의 자취를 좇는다. 아마데우의 가족, 레지스탕스 동료들, 그의 절친과 연인을 만나며 그의 삶을 조각처럼 맞춰간다.

'언어의 연금술사'의 명문 구절과 함께, 과거 아마데우의 이야기가 시작된다.

'우린 우리의 일부를 남기고 떠난다. 공간을 떠날 뿐이지, 떠나더라도 우리는 그곳에 남는 것이다. 다시 돌아가야만 찾을 수 있는 것들이 우리 안에 남는다. 우리가 지나온 생의 특정한 장소로 갈 때, 우리 자신을 향한 여행도 시작된다.'

1970년대 포르투갈. 살라자르의 장기 독재 집권으로 고통받던 시절, 아마데우와 그의 절친 조지는 의사와 약사가 될 인재들이었다. 특히 아마데우는 유복한 가정에서 자라며 모두의 선망과 기대를 받는 수재였다. 하지만 그는 늘 현실에 행복을 느끼지 못했고, 삶을 깊이 이해하고 싶은 열망이 가득했다. 그는 의사가 아닌 철학자와 작가를 꿈꿨다.

졸업 후, 의사가 된 아마데우는 우연한 사건으로 독재정권 비밀경찰 멘데스의 목숨을 구한다. 그는 단지 의사로서 책임을 다했을 뿐, 마음속엔 독재정권에 대한 강렬한 저항심이 불타고 있었다. 하지만 그는 이 사건으로 인해 동료들에게 배신자로 낙인찍힌다. 결국 그는 사람들의 비난에 저항하고, 자신의 신념을 증명하기 위해 레지스탕스에 합류한다. 그리고 레지스탕스의 핵심 인물 스테파니아를 만나게 된다. 그녀는 자신의 절친인 조지의 연인이었지만, 두 사람은 첫눈에 사랑에 빠진다. 그렇게 아마데우는 독재정권에 맞서는 비밀 작전들과 스테파니아와의 은밀한 사랑 사이에서 위험한 줄타기를 시작한다. 그러던 어느 날, 레지스탕스들의 은신처가 비밀경찰에 발각되는 위기에 처한다.

결국 레지스탕스들은 리스본을 도망치고, 스테파니아는 자신의 연인 조지가 아닌 아마데우와 함께 떠난다. 아마데우는 그녀에게 자신과 함께 더 큰 세계를 탐험하기 위한 여행을 떠나자고 말한다. 그는 언제나 더 큰 세상을 경험하고 싶다는 열망을 품고 있었고, 그 여정에 스테파니아가 함께하길 원했다. 하지만 스테파니아는 끝내 용기 내지 못한 채 스페인에 남는다.

결국 아마데우는 혁명도, 사랑도 모두 실패한다. 이후 몇 년간 앓고 있던 병으로 세상을 떠난다. 비록 아마데우와 레지스탕스는 혁명에 실패했지만, 몇 년 뒤 그들의 자료 도움으로 포르투갈은 혁명에 성공한다.

꿈꾸는 삶을 쟁취하기 위해 투쟁하듯 살아온 아마데우의 삶, 그의 맹렬한 삶은 그레고리우스의 인생을 뒤바꾼다. 그레고리우스는 아마데우처럼 자신도 진짜 사는 것처럼 살고 싶다고 욕망하고, 때때로 아마데우의 삶이 활력으로 충만했던 것과 달리 자신의 삶은 텅 빈 것 같다며, 시련에 빠진다.

한편, 영화 초반부에 등장했던 빨간 코트 여인은 그레고리우스를 만나기 위해 리스본에 찾아온다. 여인은 자신의 정체를 밝힌다. 그녀는 아마데우가 목숨을 구해준 비밀경찰 멘데스의 손녀였다. 그녀는 자신이 독재정권의 뿌리란 사실에 충격받고 자살 시도를 한 거라고 고백한다.

이상을 위해 끊임없이 투쟁했던 아마데우. 그의 뜨거운 인생은 그레고리우스 인생의 큰 변화구가 된다. 그레고리우스는 아마데우의 삶의 방식을 통해 인생에 대한 태도와 통찰을 배운다. 아마데우의 뜨거운 삶은 그레고리우스에게 새로운 감정의 파동마저 일깨운다. 아내와 이별 후 무감각한 삶을 살아온 그는 리스본 여정의 조력자, 마리아나에게 조금씩 마음을 열게 된다. 그는 비로소 오랫동안 잠들어있던 내면의 감정들이 살아 숨 쉬는 것을 느낀다.

영화의 마지막, 그레고리우스는 스위스행 기차를 타기 위해 역으로 향한다. 마리아나는 그의 여정 끝에 조심스레 말을 꺼낸다.

“여기 남는 게 어때요?”

결국 열차에 오르지 않은 그레고리우스와 그를 바라보는 마리아나. 영화는 마주 보는 두 사람의 장면에서 서서히 막이 내린다.

문학과 예술이 살아 숨 쉬는 리스본

아름다운 스위스 베른에서 살던 노년의 남자는 리스본으로 향한다. 그리고 리스본의 여정은 그에게 새로운 인생을 선물한다.

이 영화는 포르투갈에서 제작된 작품 중 리스본의 정취를 가장 정확하게 묘사한 영화로 평가받았다. 〈리스본행 야간열차〉는 포르투갈의 아픈 역사적 순간이었던 1970년대와 현재를 넘나들며, 세월이 흘러도 변치 않은 리스본의 정체성을 담아낸다.

그레고리우스와 함께 리스본을 천천히 누비는 28번 트램은 과거와 현재를 잇는 연결고리와도 같다. 트램이 지나는 곳마다 굽이치는 골목들, 알칸타라 전망대에서 내려다보는 낭만적인 야경은 포르투갈의 아픈 역사를 아름다운 흔적들로 승화시킨다. 그레고리우스가 낭만 가득한 리스본 야경 아래, 책을 읽던 곳은 바로 알칸타라 전망대이다. 노란빛으로 물든 리스본의 도심은 마치 포르투갈의 아픈 역사를 따스하게 위로하는 듯하다.

유럽은 오랜 시간이 흘러도 건물과 거리의 형태를 보존해 온 곳이 많다. 리스본 역시 마찬가지다. 언덕배기 골목 사이사이 자리한 파스텔톤 색감의 건물들은 세월이 한참 지난 지금까지 그 모습 그대로 보존되어 있다.

'우리가 살아가며, 우리 안에 있는 것 중 작은 부분만을 경험한다면 나머지는 어떻게 되는가? 우리가 지나온 생의 특정한 장소로 갈 때, 우리 자신을 향한 여행도 시작된다.'

〈리스본행 야간열차〉에서 리스본을 떠난 한 남자는, 그의 여정에 우리를 초대한다. 영화가 끝나갈 무렵, 여행 같은 삶을 살았던 아마데우를 통해 우리는 여행과 인생이 닮아 있다는 사실을 깨닫게 된다.

리스본은 단순히 과거를 간직한 도시가 아니다. 시간이 흘러도 포르투갈의 정체성과 그들의 삶에 스며든 예술과 철학이 가득한 곳이다. 또한 그레고리우스가 리스본에서 발견한 것은 과거의 흔적을 넘어, 오랜 역사 끝에 녹아든 삶의 의미다.

이 영화는 한 권의 아름다운 소설로, 한 편의 우아한 영화로 우리를 새로운 리스본의 세계로 이끈다.

05

화려한 도시의 정수, 뉴욕

화려한 도시의 정수, 뉴욕

(이 글에 앞서, 유튜브 모 채널에 출연해 실망했던 여행지로 '뉴욕'을 언급했던 점을 정정한다. 당시 피로가 누적된 상태로 촬영을 진행해, 기억의 오류로 '로마'를 '뉴욕'으로 잘못 언급했다. 뉴욕에 대한 찬양은 개인 SNS에 수차례 공유한 바 있다.)

지금부터 여행을 가장 편하게 할 수 있는 방법을 소개하겠다. 바로 부모님 여행에 딸려 가는 것이다. 부모님과 함께라면 8인 도미토리 호스텔과 만 원짜리 게스트 하우스를 전전할 필요도 없고, 길거리에서 빵으로 끼니를 때울 필요도 없다.

어느 날, 나만큼이나 여행 마니아인 엄마가 뜻밖의 말을 꺼냈다.

"미국은 한번 가봐야 하지 않을까? 그동안 너무 유럽만 갔나 봐. 다들 뉴욕이 좋다 그러네."

미국이라니, 그것도 뉴욕이라니! 미국은, 특히 뉴욕은 살벌한 물가로 20만 원짜리 호텔도 낡고 허름하기로 유명하다. 그래서 내 경제적 능력으론 엄두도 못 낼 여행지였다. 게다가 뉴욕은 영화와 예술, 패션이 살아 숨 쉬는 곳 아닌가.

"그럼 당연히 가봐야지. 엄마, 미국이 괜히 천조국으로 불리는 게 아냐!"

엄마의 말에 나는 1초 만에 여행 계획을 세우기 시작했다. 내 입장에선 무조건 가야 하는 여행이었다. ENFP 성향의 엄마는 추진력 있게 순식간에 동행인들을 모았고, 엄마와 고모, 외숙모와 함께 제법 독특한 조합으로, 뉴욕으로 향했다.

여행은 시작부터 좋았다. 매번 기내식도 없는 LCC 항공을 이용하다가 오랜만에 아시아나 항공을 탔다. 비즈니스 좌석은 아니었지만, 2층 이코노미석에 앉은 것만으로도 기분이 묘했다.

나는 촌티를 숨기지 않고, 14시간 동안 비행기에서 주는 기내식과 간식을 모두 받아먹었다. 창밖 풍경도 뭔가 달라 보였다. "엄마, 비싼 비행기는 다르다. 집밥보다 기내식이 맛있어"라고 눈치 없이 말해 엄마의 살벌한 눈빛을 받았다. 그래도 좋았다. 지구 최고의 도시, 뉴욕을 이렇게 편히 갈 수 있다니!

천조국은 괜히 천조국이 아니다. JFK 공항에 도착하자, 경호원은 여행객들을 살벌하게 예의주시했다. 입국 심사가 까다롭다고 해서 걱정했는데, 내 작은 키를 본 입국 심사관은 나를 위아래로 훑고, 초등학생 대하듯 미소를 지으며 말했다. "앞에 분이 너희 엄마니? 여행 재밌게 하렴." 이렇게 쉽게 뉴욕에 발을 디딜 줄이야, 걱정과 다르게 흔쾌히 입국 도장을 받아냈다.

뉴욕은 마치 8캐럿 다이아몬드 반지처럼 눈부시게 화려했다. 만약 혼자 왔다면 이 거대한 도시의 기운에 눌렸을지도 모른다. 거대한 빌딩 숲 사이 커다란 공원들. 도심 속 숨 가쁜 사람들의 에너지. 이곳은 화려함과 웅장함, 도시가 보여줄 수 있는 최상의 것들

W
DEAD GIRLS
DON'T TALK
MURDER IN THE FIRST
TNT DRAMA
Let's get this summer rolling.
TIMES SQUARE
JERSEY BOYS
nail land
EZ DELI

Rivoli PIZZA
VILLAGE VANGUARD

을 선별해 뽐내고 있었다. 왜 사람들이 '아메리칸드림'을 꿈꾸는지 뉴욕 자체가 증명했다.

거리에는 영화 〈악마는 프라다를 입는다〉의 '미란다' 같은 세련된 뉴요커들과 맵시 넘치는 스리피스 슈트의 비즈니스맨들, 수염이 덥수룩한 예술가들이 테이크아웃 커피를 들고 도심을 오갔다. 예술과 패션, 각양각색의 문화가 뒤섞여 독특한 에너지마저 흘러넘쳤다. 나 역시 뉴욕의 분위기에 어울리기 위해 내가 가지고 있는 옷 중 가장 세련된 옷을 골라 뉴요커를 흉내 냈다(당연히 그들의 발끝도 못 따라갔다).

영화 〈악마는 프라다를 입는다〉에서 주인공 미란다가 줄기차게 탔던, 뉴욕의 상징 노란색 택시도 일부러 타보았다. 뉴욕의 택시여서 그랬을까, 그저 택시일 뿐인데 하차감마저 달랐다. 그 순간만큼은 포르쉐, 람보르기니도 부럽지 않았다. 노란 택시에서 내린 순간 나 역시 뉴요커가 된 기분이었으니까.

여행의 시작은 '브루클린'이었다. 서울의 '성수동'이 브루클린을 벤치마킹했다고 들었는데, 막상 와보니 성수동이 좀 더 감각을 키워야 할 것 같다. 물론 성수동도 세련됐지만, 브루클린은 한 수 위였다. 갈색 벽돌 건물들 사이 화려한 그라피티들, 오래된 건물들 사이 트렌디한 카페와 상점들까지. 예술적 감성들이 공기처럼 스며들어 있었다.

브루클린의 '덤보(Dumbo)'는 영화 〈원스 어폰 어 타임 인 아메리카〉의 포스터 촬영지로 유명한 곳이다. 여행 전 일부러 포스터 사진도 찾아보았다. 뉴욕이라면 어느 곳이든 배경을 먼저 알고 가야 '멋있게 감상할 자격'이 주어지는 것 같았다. 덤보는 'Down Under the Manhattan Bridge Overpass'로 '맨해튼 브리지 고가 아래'란 뜻이다. 포토 스폿으로 유명해서인지 나뿐만 아니라 각종 촬영을 하는 사람들이 많이 보였다. 나 역시 그들과 함께 바삐 카메라 셔터를 눌렀다. 그리곤 첼시마켓에서 커피 한 잔과 함께 브루클린의 여유를 즐겼다.

이제 뉴욕과 맨해튼과 브루클린을 잇는 '브루클린 브리지'로 향할 차례였다. 세계에서 가장 긴, 1883년 완공된 미국 최초의 현수교, 뉴요커뿐만 아니라 세계인까지 매료시킨 다리. '나무와 철제 조각들이 이렇게 감각적일 수 있다고? 미국은 현수교마저 거대하구나!' 감탄사가 절로 나왔다. 더욱이 날씨 좋은 계절에 가니, 푸른 하늘과 다리가 아름답게 어우러져 뉴욕의 아름다운 자태에 빠져들 수밖에 없었다.

뉴욕의 상징 맨해튼은 이번 여행에서 가장 기대했던 공간이다. 〈악마는 프라다를 입는다〉의 주 배경이 된 곳, 1년에 무려 천만 명이나 방문한다는 미국 최고의 관광지 맨해튼.

맨해튼은 말 그대로 웅장한 빌딩 숲이었다. 엠파이어 스테이트 빌딩 전망대에서 본 뉴욕은 스카이라인마저 우아했다. 허드슨강에서 크루즈를 타고 맨해튼교와 브루클린교를 마주했을 때, 뉴욕의 자유의 여신상을 마주했을 때, 정말 뉴욕에 왔다는 걸 실감했다. 크루즈 안에선 〈Empire Stete of Mind〉 노래와 뉴욕을 상징하

브루클린 브리지와 덤보.

빌딩 숲 사이 자리 잡은 센트럴파크,
무려 축구장 480개가
들어갈 수 있는 엄청난 크기이다.

유람선에서 바라본 브루클린 브리지와 자유의 여신상,
유람선에선 관광객들이 뉴요커에 빙의될 수 있게
JAY-Z의 <Empire State Of Mind>,
Frank Sinatra의 <New York, New York> 등
뉴욕 전용 플레이리스트를 틀어주었다.

'보아라, 이게 바로 뉴욕이다!'
고층 빌딩들의 위엄으로 압도하는 월스트리트(Wall Street)
그리고 엠파이어 스테이트 빌딩에서 바라본
뉴욕의 화려한 스카이라인.

맨해튼 한가운데 자리한 그랜드 센트럴 터미널,
뉴욕은 기차역마저 스케일이 남다르다.
이곳은 드라마 <가십걸>, 영화 <어벤져스> 등
수많은 뉴욕 배경 영화와 드라마의 단골 촬영지이다.

예술과 쇼핑의 거리 맨해튼의 소호(Soho),
각종 패션 브랜드숍과 갤러리들이 몰려 있다.

는 각종 재즈가 흘러나왔다. 뉴욕은 한마디로 뉴욕 같은 곳이었다. 이를 대체할 수 있는 단어는 없었다.

빌딩 숲 도심 한가운데 있는 센트럴 파크 역시 로맨스 영화의 한 장면 같았다. 빽빽한 빌딩 숲 한가운데 이렇게 넓은 공원이 있다니. 〈악마는 프라다를 입는다〉의 패션업계 사람들도, 월스트리트 가에서 치열하게 사는 증권맨들도, 이곳을 거닐며 하루의 피로를 씻어내는 장면이 머릿속에 자연스레 그려졌다. 센트럴 파크에선 '미란다 프리슬리'도 한층 부드러워지지 않았을까? 이곳에서만큼은 따뜻한 햇살을 맞으며 잠시 현실을 잊을 수 있었을 것이다.

'타임스퀘어'는 빛의 제국이었다. 화려한 전광판이 사방을 메운 타임스퀘어는 번화가라는 말로는 부족했다. 이곳은 24시간 꺼지

뉴욕의 심장, 타임스퀘어의 '1540 Broadway'.

지 않는 뉴욕의 불꽃이었다. 마치 전 세계 관광객이 밀집한 듯 발 디딜 틈이 없었다. BTS가 이곳에서 공연을 했다니, 얼마나 위대한 그룹인가. 거리 곳곳에서 버스킹 중인 사람들이 있었고, 사람들은 이 광경을 열심히 카메라에 담았다. 화려한 전광판들은 내 심장을 빠르게 뛰게 했다.

그렇게 타임스퀘어를 따라, 예술가들이 '브로드웨이'로 향했다. 영화 〈버드맨〉의 예술가들이 가득한 곳, 브로드웨이 역시 뉴욕에서 빠질 수 없는 코스였다.

문득, 몇 년 전 뮤지컬 〈노트르담 드 파리〉 프랑스 내한 공연 때, 내내 졸던 엄마의 모습이 떠올랐다. 시차 적응 때문에 새벽 4시에 잠에서 깨던 엄마는 공연을 보다 분명 또 주무실 게 분명했다.

"엄마… 뮤지컬 안 볼 거지?"

"응. 가자마자 한숨 잘지도 모르겠는데."

결국 뮤지컬 마니아 고모와 단둘이 〈시카고〉를 관람하기 위해 브로드웨이로 향했다. 급하게 표를 구했는데 다행히 좋은 자리를 선점했다. 아주 운이 좋았다.

〈시카고〉를 한국에서 먼저 보고 왔는데, 아주 잘한 선택이었다. 영어 대사라 안 보고 왔으면 내용을 이해할 수 없었을 것이다. 대사를 전부 이해하진 못했지만, 브로드웨이의 강렬한 무대의 뜨거움만큼은 고스란히 느낄 수 있었다. 하지만 내가 공연을 보며 궁금했던 건 〈시카고〉의 무대보다 백스테이지였다. 원래 영화 촬영 기간에도, 연극과 뮤지컬 막이 오를 때도, 진짜 재밌는 이야기는 촬영장 모니터 뒤와 무대 뒤에서 벌어지는 사건 사고들이다. 영화 〈버드맨〉처럼 이 공연장에는 어떤 긴장감 넘치는 사건들이 벌어

뉴욕이 트렌디한 넷플릭스 영화 같다면,
(상)보스턴과 (하)워싱턴 DC는 고풍스러운 필름 영화 같다.

졌을까. 배우와 스태프들을 유심히 바라보며 혼자만의 상상에 나래를 펼쳤다.

뉴욕은 '패션' 키워드를 뺄 수 없는 곳이다. 영화 〈악마는 프라다를 입는다〉에서 나왔던 5번가에서 고가의 명품들을 구매할 순 없었지만, 미란다 같은 스타일리시한 뉴요커들을 구경한 것만으로도 만족했다. 대신 '우드버리 아울렛'에서 70% 넘게 할인하는 브랜드들을 골라 쇼핑에 대한 갈증을 아주 해소했다.

뉴욕을 기점으로 잠시 떠났던, '워싱턴 DC'와 '보스턴'은 뉴욕과 사뭇 다른 분위기였다. 오랫동안 미국의 정치와 역사의 중심이 되었던 곳이어서 그런지 차분하고 정적인 무드가 가득했다. '하버드 대학'은 이 도시의 무드와 너무도 잘 어울렸다.

뉴욕을 한 단어로 표현해야 한다면, 이렇게 말하고 싶다. 그 어느 곳도 대체 불가능한 도시, 매일 랍스터와 스테이크를 풍족하게 먹을 수 있고, 화려한 도심을 걷는, 영화 〈악마는 프라다를 입는다〉의 도도한 미란다들을 만날 수 있는 곳, 영화 〈버드맨〉에 등장하는 예술가들의 영혼을 느낄 수 있는 곳.

뉴욕은 '패션' '예술' '자연' 등 한 단어로 압축하기 어렵다. 몇 년이 지난 지금까지도 내 눈엔 타임스퀘어의 화려한 전광판 불빛이 아른거린다.

뉴욕은, 존재 자체가 한 편의 영화 같은 곳이었다.

뉴욕에 왔다면 잠깐 시간을 내서라도
'나이아가라' 폭포는 꼭 보아야 한다.
거센 물줄기의 압도감에 넋 놓고 보게 될 것이다.

브로드웨이 예술가들을 향한 찬사, 〈버드맨〉

영화는 아주 괴상한 장면으로 시작한다. 팬티 바람으로 공중 부양 중인 남자 그리고 기괴한 목소리의 내레이션.

"어쩌다 우리가 여기까지 왔지? 여긴 정말 끔찍해. 썩은 냄새가 진동하잖아. 우리가 있을 곳은 이 시궁창이 아니야."

독자들 중 이렇게 기상천외한 오프닝으로 시작하는 영화를 본 적이 있는가? 범상치 않은 오프닝으로 시작하는 〈버드맨〉은 2시간 내내 관객의 예측을 180도 빗겨 나가며 괴이한 전개를 보여준다.

〈버드맨〉은 국내 관객에게 잘 알려진 〈레버넌트: 죽음에서 돌아온 자〉 〈비우티풀〉 등을 연출한 멕시코 대표 감독 알레한드로 곤살레스 이냐리투의 작품이다. 이 영화는 2시간 내내 비범하고 예측 불가한 서사 전개로, 숨 막히는 긴장감으로 심장을 조인다. '괴랄하다'라는 뜻의 신조어인 '크리피'라는 단어가 이 영화를 관통하는 표현일 것이다.

이 영화는 뉴욕 브로드웨이를 무대로, 퇴물로 추락한 배우가 잘나가던 과거의 영광을 되찾기 위해 고군분투하는 블랙코미디다. 재미는 두말할 것도 없고, 골든 글로브 남우주연상, 미국 아카데미 시상식 4관왕(작품상, 감독상, 각본상, 촬영상) 등 무수한 영화제에서 수상할 정도로 작품성 역시 탁월하다.

이 작품이 높은 평가를 받는 이유 중 하나는 독보적인 촬영 방식 때문이다. 원테이크(카메라를 끊지 않고 하나의 장면처럼 촬영하는 기법)로 촬영한 듯 2시간 내내 끊임없이 이어지는 장면들, 방대한 대사들이 만들어내는 압도감. 엄청난 내공의 감독이 아니라면 감히 흉내조차 낼 수 없는 방식이다. 만약 나에게 21세기에 만들어진 롱테이크 모사 형식의 영화들 중 최고작을 뽑으라면 단연코 이 작품을 꼽을 것이다. 영화 속 공간은 연극 무대로 한정되어 있지만, 카메라가 시종일관 배우의 뒤를 쫓으며, 관객이 영화 속 주인공처럼 연극 무대를 함께 탐험하는 듯한 리얼한 현장감을 구현한다.

이 영화가 브로드웨이 예술가들의 삶을 보여준다고 해서 예술인들의 고차원적인 대화를 기대한다면 오산이다. 김동인의 소설 속 '사람은 참으로 더럽고 불쌍한 것이었다'라는 구절처럼, 영화는 예술가들의 밑천과 야만성을 과감히 드러낸다. 영화가 끝나면 '예술을 한다는 인간들 진짜 징글징글하네'라는 생각이 남을지도 모른다.

〈버드맨〉을 이야기하면 감각적인 음악 구성 역시 빼놓을 수 없다. 극의 전환마다 등장하는 리드미컬한 드럼 연주는, 마치 한 편의 음악극처럼 서사의 경쾌한 흐름을 만들어낸다.

영화는 과거 슈퍼 히어로 영화 '버드맨' 시리즈의 주연으로 성공했지만, 지금은 퇴물 배우로 추락한 '리건'을 중심으로 전개된다. 그는 자신의 예술성을 입증하기 위해 미국의 대문호 레이먼드 카버의 원작 소설을 각색하여 연극으로 제작하고, 감독과 주연을 맡는다. 영화는 연극 작품의 막이 오르고 막이 끝나는 과정을 실시간으로 따라간다.

영화의 첫 장면, 우스꽝스럽게 팬티 바람으로 공중에 떠 있는 리건. 그리고 그를 향해 말을 거는 괴상한 목소리의 내레이션. 이 목소리는 리건이 과거 영광을 누렸던 '버드맨'의 목소리로, 그의 자의식이 만들어낸 환상이다. 버드맨은 극 내내 목소리 혹은 환영의 형태로 등장한다. 버드맨의 환영은 한때 영광을 누렸던 과거와, 나락으로 떨어진 현재의 괴리에서 비롯된 내적 갈등의 상징이다.

리건의 연극은 시작부터 순탄치 않다. 프리뷰 공연 직전, 주연 배우는 조명기에 머리를 맞아 부상당하고, 배우를 교체해야 하는 비상사태가 발생한다. 연극은 영화와 달리 장면을 중간에 끊을 수 없기에, 2시간의 방대한 대사들을 모두 외울 수 있는 배우를 찾아야 한다. 그래서 사실상 공연 직전, 배우 교체란 불가능한 일이다. 하지만 하늘이 무너져도 솟아날 구멍은 있다고, 여자 스태프의 인맥 덕에 흥행보증수표 마이크를 급히 섭외한다. 마이크는 비평가들과 관객들 모두에게 각광받는 인기 배우로, 연극을 전화위복시켜 줄 유일한 기회다.

연극의 모든 준비가 끝나고 리건은 리허설 무대에 오른다. 연극은 다시 순항하는 듯하다. 하지만 이 영화가 리건의 순탄한 인생을 도와줄 리 없다. 프리뷰 공연 첫날, 알코올중독 마이크는 술에 취해 돌발행동을 하고, 연극은 완벽히 망한다.

"젠장, 내 소품 술을 물로 바꿨어요? 당신이 뭔데 남의 술을 건

드려요? 원작을 난도질해서 대사까지 독차지했으면 내 소품엔 손 대지 마! 이 무대는 전부 가짜야! 당신들 연기도 전부 가짜야!"

프리뷰 첫 공연은 망쳤지만, 남은 프리뷰 공연들까지 망칠 순 없다. 리건은 배우로서의 삶도, 가정에서 아빠로서의 삶도 끊임없이 추락하고 있다. 심지어 그는 딸에게 폭언까지 들은 상황이다.

"이 연극이 누구한테 의미가 있는데요? 아빠도 버드맨 3편까지는 잘나갔잖아요? 사람들에게 잊히기 전까진요. 이건 60년 전에 쓰인 책을 각색한 늙은 백인 부자들을 위한 연극이잖아요. 좀 솔직해져요, 아빠. 예술이 아닌 아빠의 건재함을 알릴 목적이잖아요. 그거 알아요? 아빠는 세상을 무시하지만, 세상은 아빠를 벌써 잊어버렸다고요!"

무수한 딜레마 속 두 번째 프리뷰 공연은 성황리에 끝난다. 하지만 각 언론은 리건이 아닌 마이크의 연기에만 호평하는 기사들을 쏟아 낸다.

마지막 프리뷰 공연 날, 연극은 또 다른 사고들이 끊임없이 터진다. 리건이 공연 도중 잠시 밖에 나간 사이, 공연장 문이 잠겨버리고 그는 전라 상태로 거리를 돌아다닌다. 그가 나체로 브로드웨이를 활보하는 영상은 1시간도 안 돼서 몇십만 명이 시청한다. 그의 나체 영상이 연극보다 더 큰 이슈가 된 것이다. 한없이 추락하는 리건, 버드맨의 환영이 또다시 등장한다.

"넌 전 세계 수천 개의 스크린에서 상영되는 블록버스터에서 빛을 발할 거야. 다시 한번 사람들에게 보여줘. 멋지게 종지부를 찍는 거지."

리건은 버드맨의 목소리에 취해, 버드맨처럼 하늘을 나는 상상을 한다.

프리뷰 마지막 공연 날, 리건은 마지막 남은 사력을 다해 열연을 펼치고, 관객들에게 열렬한 환호를 받는다. 그는 연기에 심취한 나머지 연극 소품용 총이 진짜 총인지도 모른 채 머리에 방아쇠를 당긴다. 자기 머리에 총까지 겨눈, 그의 혼을 담은 연기는 뉴스의 헤드라인을 장식한다.

'그는 새로운 예술 분야를 개척했다. 초사실주의 연극. 그는 무대에서 실제 상징적인 피를 흘렸고, 그가 흘린 피는 미국 연극계의 동맥에서 사라져버린 피였다.'

영화의 마지막, 리건은 배우로서 다시 재기한 자신의 삶에 경이로움을 느낀다. 그리고 영화 속 캐릭터가 아닌 실제 버드맨이 되어 하늘로 날아오른다.

화려한 뉴욕과 브로드웨이의 양면성

우리가 상상하는 브로드웨이는 어떤 모습일까? 화려함의 극치, 예술가의 표상. 눈부신 조명이 무대에 쏟아지고, 배우들의 뜨거운 열기가 무대를 가득 채우는 공간. 〈라이온 킹〉 〈알라딘〉 〈시카고〉 등 하루에도 눈부신 수많은 걸작이 브로드웨이 무대에 올라가고, 배우의 열연과 관객들의 박수갈채가 하나 되어 심포니를 만들어내는 공간. 무명 배우가 하룻밤 사이 스타가 될 수도 있고, 무대 위 배우들이 브로드웨이 카페에서 평범하게 커피를 마시는 모습을 볼 수도 있는 곳. 브로드웨이는 500석 이상의 극장이 40개가 넘을 정도로 예술가들의 살아 있는 거대한 쇼타임 같은 곳이다.

하지만 〈버드맨〉은 우리가 상상하는 브로드웨이의 모습을 완전히 깨부순다.

고뇌에 빠진 예술가를 통해 우리가 꿈꾸는 브로드웨이와 상반된 거칠고 어두운 이면을 보여준다. 예술가들의 고통과 뒤틀린 욕망이 혼재된 공간. 화려한 무대 뒤편에는 예술가들의 갈등과 불안이 도사리고 있고, 첨예한 긴장들로 씨름판 같은 곳. 영화 속 브로드웨이의 예술가들은 자아실현을 향한 욕구와 예술에 대한 열망을 거침없이 드러내며 2시간 내내 극을 뜨겁게 달군다.

영화가 한정된 공간임에도 불구하고 끊임없는 긴장감이 조성된 이유는 예술가들의 치열함, 그들이 느끼는 압박감, 그 속의 첨예한 갈등들이 극의 열기를 불어넣기 때문이다. 그래서 영화 속 브로드웨이는 아름답고 화려한 모습은 없다. 오히려 예술을 향한 욕망에 휘둘려 때로는 치졸해지기도 하고, 한없이 작아지기도 하는 예술가들의 진짜 얼굴을 낱낱이 드러낸다. 어쩌면 그런 모습이야말로 날 것 같은 브로드웨이의 민낯일지 모른다.

브로드웨이의 무대 뒷모습은 마치 우리 인생의 축소판과도 같다. 이상과 괴리, 목표를 위한 욕망 그리고 그것을 실현하는 과정. 이 모든 것들은 우리가 삶을 살아가는 과정과도 흡사하다.

"이 연극은 내가 살아온 기형적인 삶의 축소판 같은 느낌이야."

영화 속 대사처럼 '버드맨'의 삶은 욕망과 충돌, 아이러니가 뒤섞인 우리 인생과도 닮아있다. 화려한 브로드웨이의 이면과 예술가의 고뇌를 그려낸 〈버드맨〉.

나는 이 영화를 모든 예술가를 향한 찬사이자 그들의 인생 통찰극이라 부르고 싶다.

뜨겁고 화려한 뉴욕, 뉴욕!
〈악마는 프라다를 입는다〉

어떤 영화라도 뉴욕의 화려함과 생동감을 이 영화만큼 따라갈 수 없을 것이다. 〈악마는 프라다를 입는다〉는 우리가 선망하는 매혹적인 뉴욕의 그 모든 것을 선보인다.

눈부신 패션계, 세련된 명품, 우아한 런웨이까지. 2시간 동안 뉴욕의 최상급 패션 매거진 세계를 보고 나면, 화려한 뉴욕에 압도되어 고가의 샴페인을 두 병쯤 마신 듯 영화에 기분 좋게 취하고 말 것이다.

영화는 패션계의 교황으로 불리는 보그 편집장, '애나 윈투어'라는 실존 인물이 바탕이 되었다. 미국의 동명 소설 원작으로, 패션 매거진 《런웨이》에서 벌어지는 파란만장한 이야기를 담고 있다. 원작의 화려한 패션계 묘사는 실제 영상으로 펼쳐져 더욱 휘황찬란하다. 대개 원작이 있는 영화들은 원작이 더 낫다는 평가를 받지만, 이 영화는 영화가 원작 소설을 뛰어넘었다는 평가를 받았다.

영화의 실존 인물인 애나 윈투어는 전 세계 패션의 트렌드를 이끄는 핵심 인물로, 미국의 대배우 '메릴 스트리프'가 연기했고, 관객과 비평가들 사이에 큰 호평을 받으며 각종 영화제에서 여우주연상을 거머쥐었다.

주인공 앤디 역은 '앤 해서웨이'로 〈인터스텔라〉〈레 미제라블〉에 출연한 명배우다. 빼어난 연기력뿐만 아니라 미국에서는 패션 아이콘으로도 통하는 인물로, 그녀의 독보적인 외모와 사랑스러운 연기는 2시간 내내 스크린에서 눈을 뗄 수 없게 만든다.

영화는 패션과는 전혀 접점이 없는, 기자 지망생 앤디가 패션계에 입문하며 파란만장한 여정을 겪는 성장 스토리다.

이야기는 기자를 꿈꾸던 앤디가 패션 매거진 《런웨이》의 편집장인 미란다의 보조 비서로 채용되며 시작된다. 브랜드 옷이라고는 '클럽 모나코'가 전부였던 앤디는 《런웨이》에 입사하자마자 촌뜨기 취급을 받는다. 패션의 'ㅍ' 자도 모르는 그녀에게 패션은 그저 허영과 사치일 뿐이다. 매일 촌스러운 옷차림으로 출근하는 앤디에게 미란다는 대체 어느 마트에서 사 온 옷이냐며 지적하지만, 그녀는 귓등으로도 듣지 않는다. 오히려 촌스러운 자신의 스타일이 신념인 양 고수한다.

앤디의 하루는 그야말로 전쟁통이다. 겉으로 보기엔 우아하기만 한 패션업계의 실상은 정글보다 치열하다. 그녀는 하루가 멀다고 매일 뉴욕 한복판을 뛰어다니며 각종 명품 브랜드 옷들을 픽업하고, 15분 안에 미란다를 위한 커피를 픽업하며, 그녀의 말도 안 되는 요구를 칼같이 수행해야 한다. 하지만 패션 애송이, 실수투성이 앤디는 사건 사고 제조기나 다름없다. 급기야 미란다에게 역대급 실수를 하고 만다. 미란다가 화보에 쓸 벨트를 고르는 도중 비웃고 만 것이다.

"죄송해요. 제가 보기엔 두 개가 똑같아서요."

미란다는 그녀의 실소에 펀치를 날려버린다.

"패션이 너와 무관한 거 같지? 넌 옷장을 열고, 그 보풀투성이 파란색 스웨터를 골랐어. 자신이 진지한 사람이란 걸 과시하고 싶었겠지. 근데 그 스웨터는 그냥 파란색이 아냐. 세룰리안이야. 2002년 오스카 드 라 렌타가 세룰리안을 시도했고, 백화점으로 퍼졌어. 그리고 하찮은 싸구려 옷 가게까지 내려갔겠지. 넌 할인 기간에 그 옷을 샀을 테고, 하지만 그 파란색이 수백만 달러 수익과 수많은 직업을 창출했지. 네가 패션과 무관하다고 생각하니 참 재밌네? 사실은 이 방의 사람들이 그 스웨터를 고른 셈인데."

앤디는 제대로 한 방 먹었고, 그제야 정신이 번쩍 들었다. 패션계를 허영으로만 여겼던 자신이 얼마나 바보 같았는지, 패션 세계는 언론사만큼이나 전문성과 자부심으로 똘똘 뭉친 프로들의 세계였음을 깨닫는다.

앤디는 패션계에 걸맞게 자신을 바꾸기 시작한다. 옷태를 위해 66사이즈를 44사이즈로 줄이고 촌스러운 옷들은 전부 벗어 던진다. 돌체 드레스, 지미추, 마놀로 블라닉 구두, 샤넬 부츠 그리고 세련된 화장과 헤어스타일, 완벽한 일 처리까지. 그녀는 패션 업계에 완벽히 녹아들며 프로로 거듭난다. 하지만 그녀가 패션계에 어울릴수록, 도리어 남자 친구와의 사이는 멀어진다. 그는 명품 원피스가 아닌 소박한 것에도 행복을 느끼는 과거의 그녀를 그리워한다. 앤디 역시 자신이 예전과 다른 사람이 되었고, 기자의 꿈과도 멀어지고 있다는 걸 느끼지만, 애써 외면하며 일에 몰두한다. 심지어 상사에게 '지미추를 신은 순간 넌 영혼을 판 거야'라는 모욕적인 말까지 듣는다.

완벽한 패션계 커리어우먼이 된 앤디. 그녀는 패션계의 가장 큰 행사인 파리 패션 위크의 참석 자리마저 독차지한다. 원래 수석비서의 자리였던 걸, 배신까지 하면서.

영화의 클라이맥스, 미란다가 《런웨이》 총편집장의 자리를 지키기 위해 주변 인물을 희생하는 광경을 목격하게 된 앤디는 패션업계의 뒤틀린 현실과 자신의 변화를 되돌아본다.

결국 그녀는 이 일은 자신의 가치관, 본질과 어긋나 있다는 사실을 깨닫는다.

앤디는 파리 패션 위크를 기점으로 미란다의 세계에서 성공할 수 있었지만, 과감히 패션계와 이별한다.

며칠 뒤, 오랫동안 꿈꿔온 언론사 기자 면접을 보는 앤디. 면접관은 미란다는 업계에서 악랄하기로 정평이 나 있는데 그녀가 친히 추천서를 써줬다며, 의외라는 듯 내용을 읊어준다.

'앤디는 내게 가장 큰 실망을 안겨준 최악의 비서다. 그리고 그녀를 채용하지 않으면 당신은 최악의 멍청이다.'

그제야 냉혈한으로만 느꼈던 미란다의 진심을 알게 된 앤디, 그녀에게 자신의 성장을 인정받았단 사실에 마음이 벅찬다.

영화의 마지막, 뉴욕 맨해튼의 도심 속. 앤디와 미란다는 우연히 서로를 발견하고 고개로 인사를 한다. 극 내내 차가운 표정이었던 미란다의 얼굴에는 처음으로 미소가 번진다.

영원히 잠들지 않는 도시, 뉴욕

24시간 잠들지 않는 뉴욕, 언제나 사람들의 에너지로 장식된 불빛이 타오르는 뉴욕.

뉴욕을 배경으로 수백 편의 영화들이 제작된 이유는, 이곳은 사람들의 꿈과 야망, 더 나아가 삶의 축소판과도 닮아있기 때문이다. 뉴욕이란 거대한 무대는 언제나 예술가들에게 무궁무진한 영감을 자극하는 곳이다.

영화 속 《런웨이》 매거진은 뉴욕 중심부인 맨해튼에서 촬영되었다. 맨해튼은 경제와 문화의 중심지로 브로드웨이와 타임스퀘어, 센트럴 파크, 월스트리트 등 뉴욕의 손꼽히는 명소들이 모여있다. 뉴욕, 특히 맨해튼은 세계에서 가장 비싼 부동산 지역으로 꼽히며, 뉴욕의 화려함과 럭셔리함의 원천은 이곳에서 시작된다.

앤디가 명품 브랜드 매장을 돌며 물건을 픽업하는 장면은 맨해튼의 파이브 애비뉴로, 각종 브랜드숍과 디자이너 편집숍, 백화점으로 즐비해 손꼽히는 쇼핑 명소이다.

또한 앤디가 미란다의 심부름을 위해 배회하는 장면들 역시 모두 뉴욕의 랜드마크에서 촬영되었다. 화려한 광고판이 가득 찬 타임스퀘어, 고층 빌딩이 빼곡한 도시의 전경, 뉴욕을 대표하는 고급 레스토랑(Smith & Wollensky) 등 뉴욕의 매력을 아낌없이 펼쳐 보인다.

패션 매거진의 주요 무대가 맨해튼이라면, 그녀가 사는 공간은 브루클린에서 촬영되었다. 브루클린은 이스트강 사이 맨해튼과 마주 보고 있지만, 분위기는 180도 다르다. 맨해튼이 화려함과 럭셔리함의 상징이라면, 브루클린은 소박하고 한적한 분위기로, 문화와 예술의 향기가 넘치는 곳이다. 브루클린은 독일의 베를린처럼 뉴욕의 힙스터 지역으로도 불리는데, 실제로 많은 예술가와 디자이너들이 이곳에 터를 잡고 창작 활동을 한다. 브루클린은 개성 넘치는 갤러리들과 독특한 편집숍들, 개성 있는 길거리의 그라피티를 구경하는 것만으로도 재미가 톡톡하다.

이러한 브루클린의 유니크한 특성 때문에 여행객을 상대로 다양한 아트 투어들이 성행할 정도이다. 힙한 그라피티 거리를 구경할 수 있는 '그라피티 워킹 투어', 예술 지역을 탐방하는 '예술 가이드 투어', 그라피티 아트 작업실에서 직접 그라피티 작업을 경험할 수 있는 '그라피티 아트 작업실 투어'까지, 여타의 지역에서는 쉽게 경험할 수 없는 개성 넘치는 요소들이 곳곳에 가득하다.

〈악마는 프라다를 입는다〉는 2006년 탄생했지만 10여 년이 지난 지금까지도 큰 인기를 누리고 있다. 2024년, 디즈니에서 속편이 제작 진행 중이라는 소식은 이 영화가 얼마나 많은 사람에게 사랑받고 있는지에 대한 방증이다.

1990년대에는 〈나 홀로 집에〉 시리즈가 뉴욕을 대표하는 영화였다면, 이제는 〈악마는 프라다를 입는다〉가 그 자리를 차지했다고 해도 과언이 아니다. 많은 관객이 이 영화를 보고 뉴욕과 사랑에 빠졌고, 또 뉴욕행 티켓을 끊은 이들이 속출할 정도였으니까. 우리가 꿈꾸는 화려하고 찬란한 뉴욕, 그 모든 것들이 이 영화에 담겨 있다.

〈악마는 프라다를 입는다〉와 함께라면, 방구석에 앉아 있어도 뉴욕의 황홀한 감각에 흠뻑 취할 수 있다.

06

스펙터클 어드벤처, 태국

스펙터클 어드벤처, 태국

태국을 몇 번이나 갔었는지, 이젠 가늠조차 어렵다. 20대 후반부터 명절에 할머니 집 가듯, 일 년에 세 번씩 꼬박꼬박 갔고, 심지어 치앙마이에서 한 달 눌러산 적도 있다. 태국에 방문했던 횟수로 치면 족히 열 번도 넘을 것이다. 어쩌면 내 피와 뼈 일부엔 팟타이와 솜땀이 새겨져 있을지도 모른다. 친구들은 나를 명예 태국인, MBTI가 INTJ인 건, 가운데 T가 Thailand라서, 태국에 숨겨둔 남친이 있어서 등으로 놀리기도 했다.

태국 여행이 처음인 지인들이 나에게 여행 일정을 물어보는 것조차 익숙하다. 몇 년간 연락이 뜸했던 그들은 인스타 DM으로 "갑자기 연락해서 미안한데… 방콕 일정 좀 추천해 줄 수 있을까?"라고 머쓱하게 묻기도 했다. 하지만 나에게 전혀 미안할 일이 아니다. 내가 사랑하는 태국을 많은 사람이 여행했으면 하는 마음에, 난 AI 자동응답기처럼 즉각 답장을 보냈다.

"어떤 테마를 원해? 휴양, 쇼핑, 관광지? 원하는 여행 콘셉트, 총 일정, 주로 여행하는 시간대를 말해줘. (오전 8시부터 움직이는 팀이 있고, 호텔 조식도 포기하고 오후 12시에 일어나는 팀이 있다) 거기에 맞춰서 짜 줄게."

마치 난 여행 컨설턴트처럼, 그들 취향에 맞는 맞춤형 플랜을 짜주었다.

이만큼이나 내가 태국을 사랑하는 이유는 무엇일까? 아마, "어느 테마의 여행을 원해?"라고 물을 수 있을 만큼, 여행자를 위한 모든 키워드가 존재하기 때문일 것이다.

태국 첫 방문은 20대 초반, 돈은 없지만 체력과 패기만은 가득했던 시절이다. 나는 방콕에 심취해서 낮엔 관광지, 저녁엔 쇼핑, 밤엔 맥주병을 들고 거리를 나돌며 하루에 네 시간씩 쪽잠을 자며 극악무도한 스케줄을 소화했다. 그야말로 미친 스케줄이었다. 심지어 어떤 날은 새벽 5시까지 길거리에서 맥주를 마시다가 2시간 쪽잠을 자고, 근교 여행을 위한 투어 밴에 오른 적도 있었다. 동행자 친구가 숙취 때문에 차 안에서 구토했는데, 나는 피곤함에 절어 그 광경도 못 보고 기절해 있었다. 열흘간의 여행에 남은 사진만도 5,000장. '내가 어떻게 저런 스케줄로 여행했을까?' 지금 생각하면 태국에 너무 심취해 있었고, 지금은 감히 엄두도 못 낼 스케줄이었다.

그렇게 다이내믹했던 첫 태국 여행이 끝나고, 틈만 나면 친구들을 꼬드겨 태국으로 떠났다. 도심이 질릴 때쯤엔, 휴양지 '끄라비'와 '후아힌'으로, 고즈넉한 풍경이 보고 싶을 땐 '아유타야'로, 휴식이 필요할 땐 '치앙마이'와 '빠이'로. 그렇게 태국 전국구를 헤매며 돌아다녔다. 여행이 끝난 뒤 귀국길에서 늘 컵라면을 찾았는데, 태국은 그 반대다. 매년 겪는 '태국 여행 병'이 도질 때마다, 거꾸로 한국에서 팟타이와 솜땀을 찾는다. 어쩌면 태국은 내 마음속

제2의 고향일지도 모른다.

들끓는 에너지, Dynamic! 방콕

방콕은 다이내믹 그 자체다. 매연을 내뿜으며 도심을 질주하는 뚝뚝이(오토바이), 차오프라야강을 가로지르는 수상 보트, 쾌적한 MRT(지하철)까지. 교통수단으로만 봐도 방콕의 다양한 에너지가 넘친다.

방콕의 시작은 언제나 여행자 거리 '카오산 로드'에서 시작한다. 나는 20대 때도, 30대가 된 지금도 공항에서 곧장 이곳으로 향한다. 카오산 로드는 '배낭여행자의 성지' '방콕 여행의 꽃'이라 불리는데, 실제로 가보면 '성지'와 '꽃'이라는 호칭이 어색하다. 거리엔 호객꾼이 넘쳐나고, 더럽고 산만하다. 하지만 오히려 그 무질서함이 이곳의 매력이다. 왜냐고? 이곳이야말로 방콕의 활력을 200% 느낄 수 있으니까.

카오산 로드 '람부뜨리'의 낮과 밤,
낮엔 팟타이 거리로, 밤엔 유흥의 거리로 변신한다.

카오산 로드에서 일어난 사건 사고에 관한 '썰'을 풀자면 한도 끝도 없다. 길거리에서 김정은 티셔츠를 사서 입고 돌아다녔다가 "Are you north Korean?" 소리를 들었던 일화, 맥주 바(Bar)에서 아이돌 같은 예쁜 언니 호객에 홀려 맥주를 왕창 시켰는데, 알고 보니 트렌스젠더였던 일화(심지어 가슴이 두근거릴 정도로 너무 예뻐 '내가 혹시 성 정체성이 바뀌었나?' 잠시 의심했다), 흰 반소매 셔츠와 검정 치마를 입고 돌아다녔다가, 서양인들에게 태국 대학생이냐고 끊임없이 질문받았던 일화(태국 대학생들은 한국 고등학교 비슷한 교복을 입는다)…. 카오산 로드는 그야말로 머리를 '띠용' 하게 만드는, 도파민으로 가득한 곳이다. 이쯤 되니 예상치 못한 사건 사고를 즐기기 위해 카오산 로드에 가고, 그 상황을 즐기는 지경에 이르렀다. 하지만 그 소란스러움이야말로 내가 정말 태국에 왔음을 온몸으로 느끼게 한다.

태국은 정말이지 Dynamic을 형상화한 나라니까!

방콕의 두 얼굴을 가장 극명하게 보여주는 지역은 바로 시암(Siam)과 텅러(Thonglor)다. 난장판 카오산 로드가 배낭여행자의 천국이라면, 시암과 텅러는 럭셔리 그 자체다. 이곳에서는 영화 〈배드 지니어스〉에서 봤던 '하이쏘(High Society의 줄임말, 태국의 상류층을 의미한다)'들이 양손 가득 쇼핑백을 들고 걸어간다. 시암엔 럭셔리한 호텔들과 값비싼 레스토랑, 화려한 루프톱 바가 가득하다. 영화 〈배드 지니어스〉의 고등학생들이 호텔에서 파티를 즐겼던 것처럼, 이곳에서도 밤마다 화려한 파티가 열린다.

그렇다고 시암이 단순히 쇼핑과 럭셔리 호텔의 중심지라고 생

태국의 대축제 송끄란, 시암을 점령한 물총군단들.

각하면 오산이다. 시암은 4월이 되면 '송끄란 축제'의 메카로 변신한다.

4월의 태국은 가장 습하고, 열기에 금방이라도 녹아들 듯 뜨겁다. 송끄란 축제는 이 더위를 이기기 위해 시작된 태국의 전국적인 행사이다. 송끄란 기간엔 너나 할 거 없이 모두 지나가는 사람들에게 물총을 쏘고 물을 들이붓는다.

2020년 4월, 난 송끄란 축제를 경험하기 위해 태국에 갔다. 태국을 하도 많이 다니다 보니 이제는 축제까지 즐기러 일정을 맞춘 것이다. 도시 전체가 물 파티라 온몸이 젖는 건 기본, 지나가는 낯선 태국인과도 거리낌 없이 물총을 쏘며 놀았다. 이곳에서 태국인들이 더운 날씨 때문에 게으르다는 편견은 바로 깨졌다. 그들은 물총 하나를 들고 전력 질주하며 세계 최고의 스프린터가 되었다. 하루 종일 물벼락을 맞느라 더위는 생각도 안 났다. 오히려 물세례에 지쳐 잠깐 카페에 들렀다가, 젖은 몸에 에어컨 바람을 맞으니 서늘하기까지 했으니까.

역시 태국인들은 여름나기에 가장 능숙한 민족답다.

해가 지자 우리는 시암 옆 텅러로 향했다. 바로 루프톱 바와 MZ들이 모이는 클럽을 즐기기 위해서였다. 방콕의 화려한 야경이 한눈에 보이는 루프톱에서 칵테일을 한 잔 마시며, 영화 속 하이쏘들의 삶을 잠시나마 체험했다. 여행자 입장에서도 루프톱 바와 클럽의 술 가격이 꽤 부담스러운데, 여기 모인 사람들은 다들 〈배드

(좌) 방콕엔 야경을 즐길 수 있는 루프톱 바만 스무 곳이 넘는다.
그중 'Tichuca'는 태국 MZ들에게 가장 핫한 곳이다.
(우) 재즈를 좋아한다면 '색소폰 펍'도
빼놓을 수 없다. 공연 밴드와 타임 테이블이 매일 바뀌기 때문에,
방문 전 메인 사이트에서 취향에 맞는 공연 일자를
확인하고 가는 것이 좋다.

지니어스〉의 그 하이쏘들인가 싶었다. 영화 속 주인공인 고등학생들도, 매일 호텔에서 럭셔리 파티를 즐겼으니까. 방콕 여행의 즐거움 중에 하나라면 하이쏘들의 일상을 조금이나마 경험해 볼 수 있다는 것이다.

방콕에선 난, 단 하루도 쉼을 원한 적이 없다. 매일 일탈의 연속이었다. 아침이면 노천 식당에서 팟타이와 푸팟퐁커리, 땡모반(수박 주스)으로 배를 채우고, 밤엔 매연을 내뿜으며 뚝뚝이를 타고 도심을 질주하던 날들. 물 위에 둥둥 떠 있는 수상 가옥을 구경하며 배에서 갓 만든 뜨끈한 팟타이를 맛본 하루, 금빛으로 눈부신 왕궁의 화려함에 감탄했던 하루, 해 질 녘에는 루프톱 레스토랑에서 붉게 물든 왓 아룬 사원 풍경을 바라보며 일몰의 감상에 잠겼던 하루. 마사지 스쿨을 졸업한 능수능란한 손기술의 마사지사들이 지친 몸을 노곤히 풀어 주었던 여행의 완벽한 마무리까지.

왕궁, 왓 아룬과 왓 포, 이 투어는 2만 보 이상 걸어야 하니 투어가 끝난 뒤 왓 포 마사지 스쿨에서 하루의 피로를 푸는 것을 추천한다.

마사지가 끝난 뒤엔 왓 아룬 뷰 레스토랑에서
야경과 함께 식사를 즐기는 것이 좋다.
레스토랑은 예약해야 좋은 자리를 선점할 수 있어,
방문 전, 구글 선 예약은 필수다.

택시와 오토바이, 뚝뚝이들이 무질서하게 뒤섞인 도심.

담넌사두억 수산시장, 이미 여러 차례 방송 매체에
소개가 되었을 정도로 유명한 곳.
직접 배를 타볼 수 있고, 물가도 싸서 한 번쯤 가볼 만하다.

그야말로 방콕은 휴양, 유흥, 관광, 미식 그 모든 것들을 다 가진 곳이었다. 방콕의 살아있는 활력 그 자체이며, 누구나 방콕에 간다면 활력이란 엔진에 기름칠 될 것이다. 이곳에선 나처럼 끊임없이 사고(?)를 치고 다니는 것도 가능하다. 방콕에서만큼은 조금 흐트러지게 살더라도 너그러이 용서해 주니까.

삶의 쉼표가 필요할 때, 치앙마이

2017년, 치앙마이에 일주일씩 머무르는 것도 모자라 한 달 살기를 결심했다. 하루 12시간씩 촬영을 강행했던 영화 스태프 생활에 너무 지쳐있었고, 현실 로그아웃이 필요했다. 그렇게 무작정 치앙마이로 떠났다.

2024년, 우연히 본 태국 동북부에서 펼쳐지는 영화 〈유앤미앤미〉는 내 기억 속 치앙마이 풍경을 다시 떠올리게 했다. 초록빛 들판을 가로지르는 스쿠터, 바람에 출렁이는 강물, 한낮의 여유로움. 영화를 보니 내 발길이 닿았던 태국 북부의 모습이 고스란히 재현되었다는 생각이 들었다. 영화 속 쌍둥이 자매의 모습과 치앙마이에서 내 모습이 겹치는 듯한 착각마저 들었다. 또 영화 장면들을 통해 내 기억 속 치앙마이의 공간들을 더 자세히 따라갈 수 있었다.

치앙마이 한 달 살기 숙소는 '산티탐'으로 결정되었다. 그간 '님만해민' '올드타운'과 같은 관광객들이 모여 있는 지역에 머물렀지만, 이번에 좀 더 오롯이 나만의 시간을 즐기고 싶었다.

산티탐은 현지인이 주로 사는 곳이고, 장기 여행자들에겐 값싼 렌트비로 한 달 살기 성지로 통한다.

치앙마이 한 달 살기의 목표는 '아무것도 하지 않기'였다. 매번

성태우를 타는 것도 번거로워, 작은 스쿠터도 한 대 빌렸다. 그렇게 치앙마이 현지인 라이프에 완벽히 적응할 준비를 완료했다.

치앙마이의 아침은 언제나 '아카야마 커피'에서 시작했다. 치앙라이(치앙마이와 한 시간 거리의 근접 지역)에서 '아카족'이 직접 재배한 신선한 원두로 갓 내린 커피 한 잔, 그야말로 '극락 커피'였다. 한국에서 아침의 시작을 아아 수혈로 시작하는 사람들이라면 치앙마이를 사랑할 수밖에 없다. 이곳에선 아주 작은 동네 카페의 커피마저 우리나라 커피 맛집을 능가하니까. 특히 아카야마 커피는 '도이창' 커피만큼이나 치앙마이의 대표적인 3대 카페로 유명하다. 나는 치앙마이에 갈 때마다 매번 이곳의 원두를 대량으로 한 아름 산다.

숙소에서 한가로이 푸른 자연 풍경들을 바라보다, 조금 심심하다 싶으면 트렌디한 님만해민으로 향했다. 감각적인 카페에서 커피와 브런치를 즐기고, 좀 더 특별한 시간을 보내고 싶을 땐 예술인마을 '반캉왓'으로 향했다. 나만의 도자기를 빚고, 오래된 책장 냄새가 그윽한 작은 북카페에서 세계 각국의 책들을 보며 한적한 오후를 즐겼다. 그러다 느긋한 분위기가 필요할 때면, '타페게이트' 성벽 해자로 갔다. 푸릇푸릇한 나무들 사이 분수를 내뿜는 해자의 풍경은 그 자체로 힐링이었다. 해자 풍경을 즐기며 달리는 여행객들도 많았다.

해가 뉘엿뉘엿 저물고, 저녁이 되면 해자 끝자락에 있는 '노스게이트 재즈 바'로 향했다. 이곳은 올드시티에서 가장 유명한 곳으로, 음악을 좋아한다면 가야만 한다. 특히 화요일엔 방문객과 즉석

아카야마 카페와 산티탐,
아카야마 카페는 치앙마이에서 먹어본 커피 중 원톱이었기에
꼭 방문했으면 한다.

예술인마을 반캉왓, 푸릇한 상점들과 잠시 시간을 보냈던 북카페 그리고 치앙마이의 상징 타페게이트의 해자.

관광객보단 현지인들이 주로 찾는 와로롯 시장,
선데이 마켓보다 물건들도 훨씬 저렴하고
사람들을 구경하는 재미도 있다.

무대가 열려 그들의 노래로 한바탕 흥을 즐길 수 있다.

일요일이 되면, 많은 이들이 타페게이트에 모인다. 바로 '선데이 마켓' 때문이다. 타페게이트를 시작으로 길게 이어지는 선데이 마켓은 현지인과 관광객 너나 할 거 없이 모든 사람이 집결된다. 여행자들이라면, 이 마켓을 기대할 수밖에 없는데 사실 난 이곳과는 맞지 않았다.

좁은 도로에 사람들이 가득 차서, 그들에게 잔뜩 치이다 숨이 막혀 길거리 마사지숍에 쓰러지듯 들어간 적도 있다. 선데이 마켓 규모에 맞먹는 방콕의 '짜뚜짝 시장'도 신나게 즐겼지만, 마켓의 인파는 차원이 달랐다. 이제는 현지인들이 찾는 '와로롯'이나 '왓타나' 같은 재래시장에서 더 로컬다운 분위기와 여유로운 시간을 보낸다.

한 달 살기가 중반쯤 지났을 무렵, 태국 마니아 친구들이 하나둘

씩 치앙마이로 날아왔다.

"좀 더 오지로 가볼래? 매번 치앙마이에만 있었잖아?"

치앙마이에 익숙해진 우리는 더 깊은 자연으로 들어가 보기로 했다. 최대한 현실과 동떨어진 곳이 필요했다. 우린 그렇게 '빠이(Pai)'로 향했다.

작은 미니밴은 네 시간 동안 구불구불한 산길을 올랐다. 계속되는 커브에 심하게 차멀미하고, 고생 끝에 도착한 빠이는 원시 자연, 그 자체였다. 버스 정류장마저 읍내 시골에 있을 법하게 아주 조그마했다.

"그래, 이런 걸 원했어!"

우린 숙소 역시 자연 친화적인 방갈로를 골랐다. 초록빛 초원이

여유로운 빠이의 풍경들.

눈앞에 펼쳐지고, 드넓은 정원, 나무와 흙으로 지어진 방갈로 숙소는 자연이 주는 안식처 같았다. 빠이에서 펼쳐지는 자연 풍경들은 내 몸을 여유로 품어주었다.

빠이 곳곳엔 몇 달간 장기 체류를 하며 잔뜩 늘어진 여행자들과 길거리에서 느른한 개들까지, 그야말로 모두를 나른하게 만드는 마을이었다. 우리 역시 하루 종일 늘어져 있는 게 일이었고, 그게 곧 행복이 되었다.

친구 한 명이 불현듯 말했다.

"그래도 빠이 캐니언은 가봐야 하지 않을까?"

이곳엔 태국의 그랜드 캐니언으로 불리는 '빠이 캐니언'이 있었다. 우린 구불구불한 산길을 다시 올랐고, 곧이어 드넓은 대자연이

치앙마이의 무드는 도로 곳곳의 사원들로 완성된다.
치앙마이를 잇는 타페게이트 해자와 함께.

펼쳐졌다. 황톳빛 흙과 산의 능선이 어우러진 풍경을 보며 "그랜드 캐니언 가는 비용 아낀 것 같다"라며 너스레도 떨었다. 그렇게 빠이의 노곤한 일상들은 마무리되어 갔다.

빠이의 여정은 영화 〈유앤미앤미〉의 장면들과 같았다.

영화 속 주인공들이 태국의 푸른 초록빛 들판을 달리는 장면, 기분 좋은 바람이 일렁이는 논밭에서 한가로이 누워있던 장면. 이 모든 것들을 빠이에서 그대로 느낄 수 있었다. 영화 속 드넓은 자연과 함께했던 그들의 하루처럼, 우리 역시 빠이에서 평화와 휴식 같은 하루를 만끽했다.

나는 여전히 삶의 쉼표가 필요할 때, 머릿속 상념들이 가득할 때 태국행 비행기표를 끊는다. 자유가 필요할 때면 마음속으로 푸른 치앙마이를 상상하고, 에너지가 필요할 땐 활기찬 방콕을 상상한다. 태국은 언제나 푸릇한 풍경과 뜨거운 에너지로 마음의 안식처가 되어 준다.

태국 하이쏘들의 입시 전쟁, 〈배드 지니어스〉

대한민국은 그야말로 '입시 지옥'이다. 나는 학군지에서 나고 자라며, 친구들의 처절한 입시 지옥을 목도했다. 예체능이 전공이었던 난 비교적 다른 길을 걸었지만, 친구들은 매일 대치동 학원을 전전하며 '편밥(편의점 밥)'과 '차밥(차에서 먹는 밥)'으로 끼니를 때우며 하루 4시간도 못 자는 삶이 당연했다.

요즘의 입시 지옥은 그때보다 더 심하다. 난 영화감독이기 전에 10대들에게 영화를 가르치는 강사로서 아이들이 한국어를 떼기도 전에 영어를 배우고, 명문 학원에 합격하기 위해 또 다른 입시를 치르는 광경을 보며 신음했다. 10대 때는 친구들의 입시 전쟁을 보며 괴로웠고, 지금은 학생들을 가르치며, 입시 지옥을 체험하는 아이들을 보며 고통을 느낀다. 이제는 입시라는 단어만 들어도 학을 뗄 정도다.

그런데 입시 지옥 문화가 과연 한국만의 문제일까?

우리는 태국 하면 방콕, 파타야 같은 화려한 관광지를 먼저 떠올릴 것이다. 하지만 태국도 한국 못지않은 입시 전쟁의 한복판에서 있다.

영화 〈배드 지니어스〉는 이러한 태국의 입시 문화 현실을 가감

없이 보여준다. 우리나라에서 '금수저'와 '흙수저'가 논란인 것처럼, 태국에도 '하이쏘(High society, 상류층)'와 '로쏘(Low society, 서민층)'가 존재한다. 영화는 천재적인 두뇌의 로쏘 소녀가 하이쏘 학생들의 입시 부정행위를 돕는 과정을 통해 태국 사회의 뒤틀린 교육 현실을 적나라하게 드러낸다.

사실 태국 배경의 아름다운 영화들은 무수히 많다. 하지만 태국편에서 〈배드 지니어스〉를 다루는 이유는, 태국인들이 살아가는 현실을 가장 밀도 있게 보여주는 작품이기 때문이다. 무엇보다 이 영화는 방콕에서 제작된 작품 중 폭풍 같은 흥미진진한 전개로 재미가 보장되어 있다. 이 영화는 입시 부정행위라는 아이템으로 '펜'과 '시험지' 하나만으로 짜릿한 긴장감을 선보이는 본격 입시 스릴러 영화다.

영화는 명석한 두뇌를 가졌지만, 가난한 여고생인 린의 험난한 수난기이다. 그녀는 우수한 성적으로 장학금을 받고 명문고에 입학하지만, 어려운 가정 형편 때문에 늘 경제적 압박에 시달린다. 그녀의 유일한 절친 그레이스는 정반대다. 그녀는 전형적인 하이쏘로 뭐든 풍족하게 누려왔지만, 성적은 늘 바닥을 친다. 그레이스는 학교 연극 무대에 오르길 꿈꾸지만, 성적 3.5점 이상의 학생만 연극 무대에 지원할 수 있는 학교 규정 때문에 꿈이 없어질 위기다. 결국 린은 그레이스를 위해 커닝을 도와준다.

하지만 단순한 친분으로 시작한 커닝은 일파만파 커져 그레이스의 남자 친구, 팟의 귀에까지 들어간다.

팟은 그레이스와 같은 하이쏘로, 학교에 후원금을 내며 다닐 정도로 유복하다. 하지만 문제는 늘 그의 발목을 잡는 성적이었다. 팟은 린에게 학기당 880만 원을 줄 테니 자신과 친구들의 시험 답안을 넘겨달라고 한다. 태국인의 평균 월급이 50~55만 원인 것을 감안하면, 거부할 수 없는 거액이다. 결국, 린은 피아노 연주 기법을 활용한 커닝 시스템을 개발해 엄청난 돈을 벌어들이기 시작한다. 이제 커닝은 단순한 '우정을 위한 도움'이 아닌 '거대한 비즈니스'가 된다.

하지만 이들의 계획에 예상치 못한 변수가 생긴다. 바로 린과 맞먹는 천재, 뱅크의 등장이다.

뱅크는 세탁소를 운영하는 홀어머니 밑에서 어렵게 자란, 린과 같은 로쏘이다. 그는 린과 마찬가지로 형편이 어렵다. 그래서 그는 학교에서 전액을 지원하는, 싱가포르 대사관 장학금 한자리를 두고 린과 라이벌이 되었다. 싱가포르 대사관 장학금은 린과 뱅크의 인생을 바꿔 줄 유일한 기회였다. 그런데 하필 린은 커닝 모습을 뱅크에게 들키고, 뱅크는 이 사실을 주저 없이 교장실에 고발한다. 린의 부정행위는 들통나고, 학교 장학금을 박탈당하며 아버지의 신뢰까지 잃는다. 결국 싱가포르 장학금은 뱅크의 차지가 된다.

시간이 흘러 고3이 된 린에게 또 한 번 유혹이 찾아온다. 그레이스가 또다시 찾아와 엄청난 제안을 한 것이다. 만약 린이 팟과 그레이스의 미국 대학 입시를 도와준다면 3,000만 원이란 거액의 대가를 지불하겠다는 것. 팟의 부모님은 그레이스가 팟과 함께 보스턴 대학에 합격한다면, 둘의 유학비용을 지불하겠다고 약속했는데, 문제는 이들이 얻어낸 성적은 모두 린의 손에 의해 탄생한 것이라는 점이다.

결국 태국이 아닌 전 세계가 동시에 치르는 STIC(실제 SAT가 모티브가 된 시험)를 상대로 엄청난 커닝 작전을 꾸미게 된다. 위험 부담이 크지만, 린은 또다시 거액의 유혹에 넘어간다.

린은 STIC 시험의 허점을 발견한다. 이 시험은 전 세계에서 같은 날, 같은 시간대에 치러진다. 린은 이 점을 이용해 호주에서 시험을 먼저 치르고, 태국에 답안을 보내기로 한다. 하지만 한 테스트 당 100문제의 답안을 외운다는 건 아무리 영리한 린이라도 감당할 수 없는 양이다. 결국 린은 라이벌이었던 뱅크를 팀에 끌어들인다. 뱅크 역시 돈이 절실해 이를 수락한다.

뱅크와 린, 그렇게 두 천재는 국제적인 대형 사기극을 벌이기 위해 호주로 떠난다. 하지만 STIC 시험 당일, 예상치 못한 변수가 발생한다. 뱅크의 커닝이 시험 감독관에게 발각된 것이다. 모든 것이 물거품이 될 위기 속에서 린은 젖 먹던 힘까지 짜내어 남은 답안을 외운 뒤 태국으로 전달한다. 하지만 린을 수상하게 여긴 시험 감독관이 그녀를 미행하고, 결국 붙잡힌다. 그 순간, 뱅크가 린을 대신해 모든 죄를 뒤집어쓰고 린은 무사히 호주를 탈출한다.

하이쏘 친구들은 커닝 덕분에 미국 명문 대학에 합격하고 매일 승리에 도취해 축하 파티를 연다. 하지만 뱅크는 STIC 시험 커닝 여파로 명문고에서 퇴학당하고, 린은 죄책감에 시달린다.

며칠 후, 뱅크는 린에게 더 큰 판을 벌일 것을 제안한다. 태국 수능 시험을 조작해 더 많은 돈을 벌자는 것이다. 돈에 완전히 사로잡힌 뱅크, 린은 비로소 깨닫는다.

“더럽게 번 돈은 내게 아무 의미가 없어.”

결국 린은 모든 것을 포기하고 STIC 시험 커닝 사실을 자백한다.

화려한 방콕, 그 속에 극명한 빈부격차

STIC 시험 커닝 답안을 뿌리기 위해 방콕 도심을 질주하는 오토바이.

이 장면은 〈배드 지니어스〉의 메시지를 관통하는 장면일 것이다. 돈이면 뭐든 해결할 수 있는 하이쏘들의 세계, 돈 때문에 커닝 답안을 나르는 로쏘들의 현실, 시험 하나로 인생이 결정되는 뒤틀린 교육시스템까지.

방콕은 화려한 관광지 수식어로 익숙하지만, 그 이면엔 극심한 빈부격차가 오랫동안 자리해 왔다. 초호화 쇼핑몰 맞은편엔 금방이라도 쓰러질 듯한 주택들이 늘어서 있고, 한 블록 사이를 두고 고층 빌딩과 좁은 판잣집이 공존하는 모습은 방콕의 익숙한 풍경 중 하나이다. 이들의 사회적 격차는 영화 속 학교라는 공간에서도 극명한 차이를 보여준다. 린과 그레이스가 다니는 명문 사립고는 웬만한 태국 서민들은 감당할 수 없을 정도의 등록금을 내야 하지만, 내부 시설은 호텔급이다. 넓은 교정, 최신식 강의실까지. 마치 명문대학교를 방불케 한다. 반면, 실제 태국 로쏘 계층의 학생들이 다니는 공립학교는 낡고 허름하며, 구시대적인 교육 방식으로 사립학교와 격차가 크다.

영화 속 사회적 격차는 로쏘들과 하이쏘들이 살아가는 공간에서도 여실히 드러난다. 하이쏘 계층의 그레이스와 팟의 집은 집이라는 호칭이 낯설 정도로 호텔 스위트룸처럼 럭셔리하다. 이들은 고급 레스토랑을 집 드나들 듯 다니며, 호텔에서 파티를 즐기는 게 일상이다. 반면, 로쏘 계층의 린은 비좁은 허름한 가정집에서, 뱅크는 세탁소와 붙어 있는 낡은 집에서 살아간다. 뱅크의 집은 세탁소 일로 항상 분주하고, 그의 낡은 집 곳곳엔 오래된 삶의 흔적이 가득하다. 고급 주택가에 사는 하이쏘들은 성적만 걱정하면 되지만, 로쏘 학생들은 당장 생활비 걱정부터 해야 하는 것이다.

태국뿐만이 아니다. 한국에서도 사립학교와 공립학교의 차이는 부모의 경제력과 직결된다. 비싼 학원비를 감당할 수 있는 집안에서는 명문대 입학이 당연한 목표지만, 그렇지 않은 학생들은 애초에 경쟁의 출발선에도 설 수 없다. 영화 속 하이쏘들이 돈으로 커닝을 사고, 유학길에 오르는 모습은 한국 사회와도 다르지 않다.

방콕의 거리 한 편엔, 명품 쇼핑백을 든 하이쏘가 걸어가고, 그 반대편에서는 하루 벌어 하루를 사는 이들이 생계를 위해 뚝뚝이를 몰고 노점에서 천 원짜리 액세서리를 파는 모습은 낯선 광경이 아니다. 영화는 한 도시 안에서, 두 개의 세계가 공존하는 방콕의 모순을 날카롭게 포착한다.

입시 전쟁, 성적을 향한 무한 경쟁 풍토는 한국뿐만 아니라, 동아시아권의 유구한 문화다. 심지어 영화 속 STIC 시험 부정행위는 중국과 한국에서 발생한 SAT 부정행위 사건이 모티브가 되었다. SAT 문제 유출은 매년 일어나는 사건이며, 특히 동아시아권에서 빈번히 발생한다.

우리나라에서 '학원 뺑뺑이'를 돌리며 자본으로 어떻게든 성적을 끌어올리려는 모습은 영화 속 돈으로 성적을 사는 하이쏘의 모습과 별반 다르지 않다. 영화는 '입시 부정행위'라는 아이템을 통해 태국의 빈부격차, 오로지 성적 지향을 추구하는 태국의 사회적 분위기를 보여준다.

그뿐만 아니라 '부정행위'라는 아이템을 통해, 영화적 재미마저 놓치지 않는다. 주인공 린이 친구들에게 커닝 정답을 넘길 때마다 그녀의 눈빛, 세세한 손가락 움직임, 작은 연필 소리와 시계 초침 소리마저 거대한 긴장을 만들고, 1분 1초도 화면에서 눈을 떼지 못하게 만든다. 마치 고등학생들이 벌이는 케이퍼(범죄) 무비처럼 거대한 범죄 작전과도 같다.

하나의 시험이 인생을 결정하는 현실에서, 우리는 과연 어떤 선택을 해야 할까?

〈배드 지니어스〉는 이 묵직한 메시지를 강렬한 스릴과 함께 던진다.

무공해 청량 로맨스, 〈유앤미앤미〉

청춘영화엔 불패 키워드 세 가지가 있다 10대 소녀, 성장물 그리고 로맨스! 이 세 가지가 만나면 청춘영화의 80%는 성공 보증이다. 이 불패 키워드로 똘똘 뭉친 〈유앤미앤미〉는 무공해 청정 로맨스 그 자체다. 마치 달콤새큼한 레모네이드 한 잔을 마신 듯, 청량감이 가득하다.

영화는 얼굴부터 키, 몸무게, 심지어 헤어스타일까지 똑같은 일란성 쌍둥이 '유'와 '미'가 한 소년에게 동시에 첫사랑에 빠져 벌어지는 해프닝을 그린다.

감독은 태국 최초의 쌍둥이 감독이고, 실제 자전적 이야기로 만들어졌으며, 쌍둥이 배우는 한 명의 배우가 1인 2역을 연기했다고 한다.

우리에겐 생소한 태국 북부 '이싼'의 시골 마을 나콘파놈. 초록빛으로 물든 푸른 자연의 싱그러움과 함께 두 쌍둥이 소녀의 풋풋한 이야기는 해사함이 가득하다. 영화는 1999년을 배경으로 Y2K 레트로 감성마저 자극한다.

1999년, 지구 멸망에 대한 소문으로 세상이 시끄러운 시절. 혼란스러운 세상과 달리 유와 미는 세상에 대한 호기심과 행복으로 가득하다. 일란성 쌍둥이인 이들은 얼굴도 키도 몸무게도 헤어스타일도 모두 똑같아 부모님조차 구분을 못 한다. 다만 미의 얼굴에 단 하나의 점이 있다는 것만이 유일한 차이점이다. 이들은 매일 같이 붙어 다니며 사소한 일도 공유하고 서로의 비밀은 물론, 썸남의 사탕조차 나누는 찰떡궁합을 자랑한다. 일란성 쌍둥이에게 똑같은 얼굴은 불편함이 아니라 삶의 가장 큰 재밋거리이다.

사건의 시작은 유의 수학 재시험 날, 그녀 대신 시험을 치른 미가 우연히 막이라는 소년과 인연을 맺으면서 시작된다. 시험 당일, 미는 실수로 연필을 두고 오고, 마크에게 연필을 빌린다. 미는 연필을 빌려준 대가로 그에게 시험 답안을 공유해주고, 두 사람 사이엔 첫사랑의 설렘이 싹튼다.

며칠 뒤 두 자매는 방학 동안 영어 캠프에 가겠다고 조르지만, 어려운 집안 사정에 부모님은 허락해 주지 않는다. 하루가 멀다고 매일 빚쟁이들이 집에 찾아오는 탓에, 두 자매도 수긍할 수밖에 없었다. 결국 두 자매는 영어 캠프 대신 엄마를 따라 할머니 댁에서 시간을 보내기로 한다.

한적한 시골 마을. 딱히 볼 것도 놀 것도 없는 두 자매는 할머니의 선물 포장 잡화점에서 무료한 하루하루를 보낸다. 유는 할머니 집에서 오래된 악기 핀(기타와 비슷한 종류)을 발견하고, 할머니를 졸라 핀 교습소에 다닌다. 그런데 그곳에서 뜻밖의 인물을 만난다. 바로 유에게 수학 재시험 날 연필을 빌려주었던 소년, 마크를 만난 것이다. 마크는 단번에 유를 알아보지만, 유는 마크를 알아보지 못한다. 수학 재시험을 친 건 유가 아닌 미였으니까. 유는 이 사실을 숨기고, 둘의 사이는 점점 가까워진다. 그렇게 세 사람은 감정의 소용돌이 속, 평화로운 일상이 순식간에 뒤집어진다.

유는 미에게 핀 교습소에서 마크를 만났다는 사실을 털어놓는다. 미는 단숨에 질투심에 휩싸인다. 그에게 호감을 느낀 건 자신이었으니까. 하지만 누구보다 서로를 아끼는 자매였기에 마음을 숨긴다.

유와 마크는 핀 교습소에 오가며 함께 하는 시간이 길어지고, 서서히 사랑이 싹튼다. 결국 그는 유에게 사귀자며 고백하는데, 유는 이 사실을 미에게 전달한다. 하지만 모든 걸 공유하는 쌍둥이 자매일지라도 첫사랑마저 공유할 순 없는 것이다. 미는 자신의 마음을 애써 숨기고, 어딜 놀러 가든 자신도 포함해서 셋이 함께 다닐 조건으로 둘이 사귀는 걸 동의한다.

두 자매는 부모님의 이혼 전쟁, 사랑과 질투, 외로움이 뒤섞여 폭발 직전의 감정으로 치닫는다.

유는 오롯이 마크와의 시간을 독점하고, 미를 멀리하면서 두 자매 사이엔 미묘한 균열이 생긴다. 결국 둘 사이에서 소외감을 느낀 미는 수학 재시험 때 답안을 보여준 건 자신이었다는 사실을 밝히고 만다. 마크는 둘 사이에서 혼란을 느끼고 잠적해 버린다.

그러던 어느 날, 유는 우연히 듣게 된 부모님의 비밀 통화 내용에 충격을 받는다. 엄마가 이혼하면, 자신이 아닌 미를 데려가겠다고 한 것. 유는 마크에게도, 엄마에게도 선택받지 못했다는 사실에 충격받아 쪽지를 남기고, 아빠가 있는 도시로 떠날 결심을 한다.

그날 밤, 늦은 시간까지 유가 집에 돌아오지 않자 미는 불안함에 티브이를 켠다. 이때 충격적인 뉴스 속보가 뜬다. 유가 사고 버스

차량의 사망자 명단에 오른 것이다. 유가 탄 버스가 우연히 사고가 났고, 버스 승객의 명단에 유의 이름이 있었다. 미는 단숨에 버스 정류장으로 달려가는데, 다행히 유는 버스 정류장에서 잠이 들어, 버스를 타지 못해 살 수 있었다. 그렇게 유의 가출 사건은 작은 해프닝으로 끝난다. 결국 서로의 소중함을 다시금 깨닫게 되는 두 자매.

그렇게 사건 사고로 가득했던 두 자매의 여름방학은 끝났다. 가슴 시렸던 두 자매의 첫사랑은 이루어지지 않는다.

다시 도시로 돌아온 두 자매는 이혼하는 부모님을 따라 유는 아빠와 함께, 미는 엄마와 함께 살기로 한다. 서로의 소중함을 깨닫고 첫사랑의 아픔으로 한층 성숙해진 두 자매는 이별을 담담히 받아들인다.

새천년을 맞이하는 카운트다운, 두 자매는 2000년은 세상의 종말이 아니라 새로운 시작이 되길 간절히 바라며 영화는 끝난다.

태국 북부의 작은 시골 마을, 이싼 나콘파놈

〈유앤미앤미〉는 우리에게 익숙한 태국의 관광지 방콕, 파타야 같은 공간들과는 전혀 다른 매력의 이색적인 공간의 풍경을 선사한다. 영화 속 배경인 이싼은 태국 동북부에 있는 곳으로, 초록빛 들판과 푸른 자연이 한 폭의 그림 같은 곳이다.

특히 두 자매가 방학을 보내는 나콘파놈은 이싼에서도 아주 작은 시골로, 인구가 2만 명도 채 되지 않는 읍이다. 마을에 흐르는 메콩강 건너편은 라오스와 맞닿아 있어서, 태국보다는 라오스 문화의 영향을 크게 받았고, 언어조차 라오스어에 가까운 방언을 쓴다. 여행자들이라면 관광 목적이 아닌, 라오스로 넘어가기 위해 하루이틀 머무는 아주 작은 소도시이다. 이곳은 여러 나라 국경과 근접해 있어, 마을 곳곳엔 베트남과 라오스 문화가 어우러진 흔적이 가득하다.

마을엔 '베트남 사당' '호찌민 박물관' 등 이국적인 볼거리가 있고, 실제로 호찌민이 이곳에서 몇 년간 피난 생활을 했다는 사실만으로도 마을의 역사는 특별하다. 사실 이싼 지역은 태국 여행지 책자에는 설명도 없고, 여행객들에게도 잘 알려지지 않았다.

만약 영화 속 평화로운 태국의 시골 풍경과 청량한 자연의 감성을 온전히 느끼고 싶다면, 치앙마이의 빠이도 좋은 여행지가 될 것이다. 빠이는 배낭여행자들의 천국이라 불릴 정도로 소박하고 매력적인 시골 마을로, 나콘파놈과 매우 흡사하다.

초록빛이 넘실거리는 자연 속에 두 소녀가 경험하는 첫사랑의 풋풋한 설렘. 두 자매의 성장 스토리는 우리에게도 새천년의 희망을 안겨준다. 〈유앤미앤미〉는 사랑과 성장이 어우러진 청춘 무공해 로맨스로, 우리의 첫사랑 추억마저 꺼내게 만드는 가슴 설레는 작품이다.

07

온정과 환대의 나라, 대만

北路一段

온정과 환대의 나라, 대만

대만, 하면 어떤 것들이 떠오르는가? 말랑말랑한 청춘 영화의 나라, 흑당 버블티와 딤섬의 나라. 아마 우리가 기억하는 대만은 이런 것들일 것이다. 하지만 나에게 대만은 조금 특별한 곳으로 기억된다. 사람들의 따뜻한 온기로 마음을 데워주는 곳, 관용과 배려가 가득했던 곳, 어느 곳이든 친절하고 호의적인 사람들과 어느 상황이든 여행자를 먼저 배려하는 이들로 가득했던 곳, 그래서 여행지의 기억보다 사람들의 마음이 가슴에 남았던 곳으로 추억한다.

2014년 겨울, 서늘한 기운이 감도는 계절에 대만을 처음 찾았다. 그때의 좋은 기억들이 10년 뒤 나를 다시 이곳으로 이끌었다.

2024년, 10년 전 대만에 함께 왔던 그 친구와 또다시 대만에 왔다. 두 번째 여행의 이유는 조금 달랐다. 내가 절절히 사랑하는 영화 〈하나 그리고 둘〉 〈영원한 여름〉의 촬영지를 직접 보기 위해 그리고 이런 명작들이 탄생한 나라 사람들 삶의 면밀한 모습이 궁금해서였다. 2014년 한류열풍이었던 대만은 10년이 지나서도 그 열풍이 여전했고, 한국어를 잘 알아듣는 사람들, 한국말을 쓰는 사

鄭州路
ZhengZhou Rd
51-87

람들을 적지 않게 볼 수 있었다.

1,500km 떨어진 이국의 땅, 대만 사람들은 여행자들을 변함없이 정답게 환대해 주었다.

사실 대만 여행지는 여타 여행지를 뛰어넘는 대단한 것들이 없다. 홍콩처럼 화려한 야경도, 유럽처럼 이색적인 랜드마크도 없다. 대만이 특별한 이유 중 이것만큼은 확실하다. 바로 대만인들의 너그러운 '마음'이다. 대만은 외적인 화려함 대신, 사람들의 관용과 인정으로 빚어진 빛나는 나라이다. 그 마음들이 이곳을 특별하게 만든다.

대만에서 가장 인상 깊은 풍경은 거리 곳곳에 등이 굽은 노인들과 휠체어를 탄 장애인을 자주 볼 수 있다는 점이다. 사람들은 그들이 자기 삶에 공존하는 것이 아주 당연한 것처럼 그들의 느린 걸음에도 누구 하나 보채는 이가 없었고, 오히려 함께 천천히 걸었다. 한국보다 두 배 정도 긴 초록 신호등 시간 하나에도 그들의 삶에 진하게 벤 '관용'이란 태도를 배웠다. 초록 신호등에서 건너기 위해 뛰기 일쑤였던 날들이 떠올랐다. '우리나라는 효율과 치안 면에서는 선진국이지만, 과연 약자들이 살아가기에도 선진국일까?' 하는 부끄러운 생각이 들었다.

영화를 만들며 생긴 직업병 중 하나는 여행할 때, 그 나라 사람들의 표정을 몰래 관찰하는 버릇이다. 현지인들의 표정과 얼굴을 살펴보면, 삶에 대한 행복도를 느낄 수 있다. 내가 바라본 대만 사람들의 얼굴은 여유와 평온이 그득했다. '이런 나라에 산다면 나도 저런 표정을 지을 수 있지 않을까?' 삶의 만족도가 늘 OECD 최하

위권에 머무르는 대한민국의 평균치 삶을 살아가고 있는 내겐 작은 신호등 하나조차 이들을 부럽게 만들었다.

삶에 대한 깊은 성찰들로 영화사(史)의 한 획을 그은 '허우 샤오시엔' '에드워드 양'이 태어나고 자란 곳이 대만이었기에 그런 영화가 탄생했을지도 모른다.

에드워드 양의 숨결이 가득했던 타이베이

두 번째 대만 방문 역시 타이베이였다. 바로 에드워드 양 영화의 흔적을 쫓기 위해, 〈영원한 여름〉의 촬영지 '화롄'을 가기 위함이었다.

첫 번째 타이베이 여행이 여행객들이 붐비는 지역이라면, 이번 여행은 대만의 여유를 오롯이 느끼고 싶었다. 그래서 숙소도 중심지와 다소 떨어져 있는 현지 에어비앤비 숙소를 예약했고, 촬영지 방문 외엔 여행 계획을 세우지 않았다.

로컬다웠던 에어비앤비 숙소,
숙소 키가 들어있던 우편함마저 분위기 있었다.

중산 거리, 타이베이는 많은 색 중 초록을 골라 입었다.
도심 곳곳에 아름드리나무들이 조금 천천히 걸어보자고,
여행에 잠시 쉼표를 찍어보자고 슬그머니 권했다.

숙소는 도어록 대신 열쇠로 문을 열어야 했고, 이중창 너머 도로의 소음들이 고스란히 들렸다. 하지만 이런 아날로그 방식조차 괜찮았다. 오히려 한적한 타이베이의 느슨한 공기를 양껏 느낄 수 있었고, 대만의 진짜 삶을 잠시나마 누리는 기분이었으니까.

여행의 첫걸음은 대만의 상징 딘타이펑이 아닌 중산에서 시작했다. 바로 '타이베이 필름하우스' 때문이었다. 중산은 서울의 성수동처럼 대만 MZ세대들에게 가장 핫한 지역인데, 핫플답게 골목 사이 아기자기한 액세서리 숍, 편집숍, 감성 카페들이 점령하고 있었다.

대만의 청량미 가득한 청춘 영화들은 대만의 풍경에서 시작되었을지 모른다. 대만의 많은 거리는 청량감과 청초함이 가득하다. 어딜 가든 세로로 가로지르는 풍성한 나무들이 골목 사이를 메꾸고 있어, 대만의 정취를 자아낸다. 커다란 잎이 흔들리는 바람에 젖어 아름다움에 취해 걷다 보니 금세 타이베이 필름하우스에 도착했다. 이곳은 미국 영사관이었던 건물을 대만의 대표 거장 감독 허우 샤오시엔이 운영을 맡으며 복합 문화예술공간으로 재탄생한 곳이다. 1층에는 영화 포스터와 시나리오 북, DVD 등을 판매하는 영화 굿즈 숍이 있고, 2층에는 영화관이 있다. 특히 1층 영화 굿즈 숍에는 아시아권 대표 감독인 허우 샤오시엔, 에드워드 양, 이안, 왕가위 코너가 따로 배치되어 있었는데, 난 영화 덕후답게 그들의 굿즈 코너에 한참이나 서 있었다. 오랫동안 굿즈를 들었다 내려놓았다 훑어보고 있는데도 굿즈 숍 직원이 조금의 눈치도 주지 않아 정말 고마웠다. 이미 나 같은 덕후들이 많이 왔다 간 건지, 진상 취급을 받지 않아서 다행이었다. 블루레이 DVD를 하나 사볼까 고민했지만, OTT 시대에 발맞춰 가는 난 DVD 플레이어가 없어 구매하진 않았다. 결국 귀국 비행기에서 "DVD를 사야 했는데!"라고 두고두고 후회했지만 말이다. 아마 타이베이의 세 번째 여행 땐 DVD를 사러 다시 이곳에 올지 모른다.

타이베이 필름 하우스에서 너무 많은 에너지를 쓰고 나니 금세 출출해졌다. 여행 전부터 버블티를 노래 부르던 친구는 말했다.

"영화도 좋은데 말이지…. 시먼딩은 무조건 가야 하지 않을까? 난 버블티 먹으러 2시간 반 비행기 탔어!"

'시먼딩'은 우리나라의 명동과 홍대 느낌이 뒤섞인 쇼핑거리이

당도 100% 버블티는 달았고, 감성 100% 시먼딩 밤공기도 달았다.

다. 이곳엔 버블티 명가 '행복당'이 있었다. 버블티를 위해 2시간 반 비행기를 탄 친구를 위해, 비행기 탑승 대기 줄 만큼 긴 행복당 행렬에 서서 한참 동안 기다렸다. 친구가 비행기를 타고 여기까지 온 보람이 있었다. 행복당 버블티는 겨울의 서늘한 대만 기운마저 날려버릴 정도의 달콤함에 온몸에 녹아내렸다. 우린 시먼딩 골목을 가득 메운 관광객과 대만 젊은이들과 뒤섞여, 노상에서 곱창국수(아종면선)와 꼬치들을 사 먹으며, 시먼딩의 활기에 젖어 들었다. 여기까지 왔으니 '시먼 홍러우'도 빼놓을 수 없었다. 시먼 홍러

<하나 그리고 둘>의 팅팅이 배회하던 육교,
팅팅의 공허함이 한 줌 남아있었다.

우는 시먼딩에 있는 100년 된 타이베이 최초 극장이다. 8각 형태의 외관이 이국적인 극장 앞에 서서 기념사진을 열심히 남겼다.

시먼딩에서 정신없는 저녁을 보내고 나니, 정말 한적한 여유가 그리워졌다. 그렇게 다음 발걸음은 자연스레 '융캉제'로 정해졌다. 바로 '융캉제 공원' 때문이었다.

"대만은 나무들이 진짜 멋지네."

융캉제 공원 사이사이 자리한 드높은 고목들, 공원에서 그네를 타는 아이들과 책을 읽는 현지인들. 우린 나무 그늘에 잠시 앉아 조용하고 천천히 흘러가는 시간 속 여유로움과 평온함을 만끽했다.

다음 날, 다시 에드워드 양의 흔적을 따라가 볼 시간이었다. 온전히 이 여행을 내 계획에 맞춰준 친구에게 다시 한번 정말 고맙단 말을 남긴다. 글을 쓰다 보니 영화 촬영지에 관한 이야기만 한가득하다.

우린 에드워드 양의 〈하나 그리고 둘〉 촬영지로 향했다. 양양이 다니던 용안 초등학교와 팅팅이 배회했던 육교, 아파트…. 다행히 모든 공간이 도보 10분 이내에 밀접해 있었다.

대만은 영원한 시간이 머무는 도시일까? 30년 전 촬영지의 공간들은 여전히 그대로였다.

〈하나 그리고 둘〉의 주인공 팅팅이 삶의 갈피를 잡지 못한 채 도로를 배회하던 공간들, 양양이 바삐 오가던 초등학교, 그들이 살아가던 아파트까지. 이곳들은 영화 속 오랜 세월을 그대로 붙잡고 있었다. 같이 간 친구는 잠시 카페에 있고, 나는 아주 천천히 팅팅

NJ 가족의 집,
황량한 잔향이 그대로였다.

<하나 그리고 둘>의 흔적을
좇던 길에서 마주친 여유의 순간들.

의 발걸음을 따라 공간을 배회했다. 핸드폰을 꺼내 유튜브를 열고 '대만 음악 플레이리스트'를 재생한 채, 잠시 영화 속 감상에 젖었다. 영화에서 보았던 거리의 질감이 내 발밑에서 현실로 되살아나는 기분이었다. 모든 풍경이 영화 속 프레임처럼 다가왔다.

그날 저녁, 우린 큰 고민에 빠졌다. 바로 야시장 투어 때문이었다. 대만은 손에 꼽을 수 없을 정도로 많은 야시장이 있다. 우린 관광객에게 제일 유명한 야시장을 갈 것인지, 현지인들이 즐겨 찾는 야시장을 갈 것인지, 행복한 고민을 시작했다.

"10년 전 갔던 스린 야시장에 또 가보자. 얼마나 바뀌었을지 궁금하다."

이미 가보았던 곳을 또 가서 비교해 보는 것도 여행의 묘미 중 하나다. 우린 10년 전에 갔던 스린 야시장으로 향했다. 10년 만에 와보니 관광객은 배로 늘었다. 그때도 많았는데, 지금은 더했다. 우린 관광객 쇄도로 길거리 음식을 먹는 둥 마는 둥 하고 재빨리 도망쳤다.

<하나 그리고 둘>에서 아빠 NJ가
첫사랑 셰리를 재회한 원산대반점(The grand hotel Taipei),
영화에서 유일하게 붉은 원색이 쓰인 장면이다.
엘리베이터가 열린 순간, 두 사람이 마주쳤다.

<센과 치히로의 행방불명>
배경지 지우펀,
사람이 너무 많아
인파에 휩쓸려 다녔지만
감성 샷 찍기엔 이만한 곳이 없다.
하지만 또다시
올 수 있을지는 미지수다.
설령 센과 치히로가
살아 돌아다닌다 해도
인파에 휩쓸릴 자신이 없어서.

타이베이의 여유가 익숙해질 때쯤 우린 외곽을 가보기로 했다. 전날 〈센과 치히로의 행방불명〉 촬영지인 '지우펀'을 방문했다가 인파에 휩쓸려 공간을 제대로 보지 못해서 이번엔 정말 여유로운 곳이 그리웠다. 여행 계획에는 없었지만, 즉흥적으로 '단수이'로 떠났다.

영화 〈말할 수 없는 비밀〉의 감성적인 촬영지, 단수이. 이번 여행은 에드워드 양 발자취 따라가기가 목적이었지만, 〈말할 수 없는 비밀〉 속 공간들도 궁금하던 차였다. 심지어 구글맵으로 찍어보니, 타이베이에서 버스와 지하철로 한 시간 거리여서 우린 충동적으로 이곳을 향했다.

단수이는 소담하지만, 식민지 시대에 지어진 이국적 건물들과

<말할 수 없는 비밀> 촬영지 단수이의 진리 대학,
'샤오위' 같은 비밀스러운 소녀가 어딘가에 숨어있을 것만 같았다.

항구 도시만의 여유로운 정취가 가득했다. 특히 〈말할 수 없는 비밀〉의 진리 대학은 교정을 거니는 것만으로도 신비로운 분위기로 가득했다. 오래된 벽돌 건물, 낡은 창틀, 바람에 일렁이는 나무들. 바람결을 타고 영화 속 주인공 주걸륜의 피아노 선율이 들리는 듯했다. 비까지 내려 진리 대학의 눅진한 낭만과 분위기를 완성했다.

여름 감성이 영원히 머무는 화롄

친구가 먼저 귀국한 뒤, 홀로 남은 대만 일정을 소화할 시간이었다.

드디어 영화 〈영원한 여름〉의 촬영지인 화롄으로 떠났다. 만약 타이베이 외곽 여행 중 가장 좋은 곳을 단 한 곳만 꼽으라면, 단연코 화롄이라고 말할 것이다. 사실 화롄은 한국인들에게 인기가 많은 지역은 아니지만, 영화를 본 이들이라면 무조건 가보고 싶어 할 곳이다. 나 역시 이 영화를 몇 번이나 돌려봤던 터라, 타이베이에서 기차를 타고 왕복 5시간의 거리였지만 기꺼이 시간을 내었다.

화롄은 대만에서 신비로운 분위기가 가장 독보적인 곳이었다. 하루만 이곳에 머무는 게 너무 아쉬워 발걸음을 떼기 어려울 정도였다. 만약 타이베이에 다시 오게 된다면, 화롄에서 긴 시간을 보내게 될 것이다.

나는 좀 더 자세히 여행하기 위해, 거금 12만 원을 내고 일일 택시 투어를 신청했는데, 투어의 가장 큰 장점이라면 내 마음대로 스케줄을 짤 수 있다는 것이었다. 여행 전, 택시 기사는 "어떤 공간에 가고 싶나요?"라고 메시지를 보냈고, 나는 무조건 "영화 〈영

치싱탄(칠성담) 해변.

<영원한 여름> 팬들의 성지 포토 스튜디오,
이곳에서 영화 포스터를 촬영했다.

원한 여름〉의 촬영지 위주로 가고 싶습니다"라고 답했다.

그렇게 〈영원한 여름〉의 오프닝, 엔딩 씬의 촬영지 '치싱탄' 해변으로 향했다. 어쩌면 화롄의 가장 대표적 공간은 이곳일지도 모른다. 높은 산맥과 푸른 물감을 풀어놓은 듯한 바다가 함께 어우러져 시간과 공간을 초월한 신비로움과 〈영원한 여름〉의 눅진하고 음울한 청춘 감성이 고스란히 전달되었다.

영화의 감성에 젖어 든 채, 포스터 촬영지로 향했다. 화롄 출발 전 택시 기사에게, 영화 포스터 사진을 보내며 '이 카페를 꼭 가야만 한다'라고 부탁했는데, 어딘지 모르겠다고 해서 사소한 실랑이를 벌였다. 내가 화롄에 도착한 후 사진 속 장소를 유심히 바라보던 기사는 그제야 이 카페의 정체를 알아차렸다.

"아! 여기는 카페가 아니라 포토 스튜디오입니다."

알고 보니 〈영원한 여름〉의 포스터를 찍을 당시에는 카페였지만, 현재는 포토 스튜디오로 운영되고 있었다. 포토 스튜디오엔 나뿐만 아니라 영화의 많은 팬이 방문하는 듯했다. 스튜디오 안엔 영화 포스터와 스틸 샷들이 빼곡히 붙어 있었고, 각종 굿즈를 팔고 있었다. 나 역시 스튜디오 안 포스터 앞에서 몇십 장도 넘게 인증 샷을 찍고 굿즈를 잔뜩 샀다.

택시 기사는 화롄엔 볼거리가 많다며, 일본 통치 시대 고위 장교들의 거처로 쓰였던 '장군 관저'와 예술공간을 볼 수 있는 '문화창의산업단지'에 데려가 주었는데, 〈영원한 여름〉의 잔상들 때문에 다른 공간들은 눈에 들어오지 않았다. 영화의 흔적들을 본 것만으로도 행복에 겨웠다.

화롄 투어를 마치고, 막무가내로 영화 촬영지에 데려가 달라는 내 부탁에도 망설임 없이 끄덕였던, 상냥한 택시 기사와 작별의 인사를 나눴다. 타이베이로 돌아오는 기차에서 내내 화롄의 사진들을 오랫동안 물끄러미 바라봤다. '여긴 언젠가 다시 한번 꼭 와야겠다'라는 생각과 함께.

〈영원한 여름〉의 한 장면처럼 그곳은 내 마음속에 아련한 잔상을 남겼으니까.

대만을 떠올릴 때면 늘 고마운 마음이 뒤따른다. 마음의 쉼이 되어 줬던 곳, '배려'라는 마음의 빚을 진 곳. 대만 사람들은 언제나 따뜻한 마음과 환대로 내 마음속 깊이 머물러 있는 힘든 곳들을 어루만져주고 치유해 주었다.

삶이 지칠 때, 사람의 위로가 그리울 때, 누구든 대만으로 떠나 마음의 온기를 얻었으면 한다. 대만은 언제나 우리에게 마음에 위로가 되어 줄 준비가 되어 있으니까.

방황하는 청춘의 표상, 〈영원한 여름〉

대만은 청춘 멜로 영화의 메카이다. 〈청설〉〈말할 수 없는 비밀〉〈나의 소녀시대〉 등 제목만 들어도 싱그럽고 풋풋한 감성이 가득한 청춘 영화들은 손에 꼽을 수 없이 무궁무진하다.

〈영원한 여름〉 역시 청춘 성장물이지만 말랑말랑한 영화들과는 결이 다르다. 말랑말랑 감성은 손톱만큼도 없고, 청춘을 다정한 시선으로 아름답고 빛나게 그리지도 않으며, 달콤한 소년 소녀의 사랑 이야기는 더더욱 아니다. 제목이 은유하듯, 주인공들이 겪는 청춘 시절은 불안과 혼란이 영원히 지속될 것처럼 처연하고 우울하다.

〈영원한 여름〉은 아주 작은 규모의 독립 영화지만 부산국제영화제에서 첫 상영 후 섬세한 연출과 감정선, 아름다운 미장센으로 큰 호평을 받아 국내 개봉으로 이어졌다. 대만의 서정적인 도시, 화롄을 주 배경으로 촬영했는데, 화롄의 치싱탄 바다, 서늘한 자연 풍광들이 작품의 처연한 정서를 더욱 짙게 만들었다. 대만은 아시아 최초 동성 결혼이 합법화된 나라인 만큼, 동아시아권에서 LGBT 콘텐츠들이 가장 많이 제작되는 곳이다. 그중에서도 〈영원한 여름〉은 대만 퀴어 작품 중 국내에서 손꼽히게 큰 호응과 작품성을 인정받았다.

이 영화는 성적 정체성으로 혼란을 겪는 주인공과 그의 주변 인물들을 중심으로 복잡하게 뒤엉킨 청춘들의 감정을 섬세하게 그려낸다. 2016년 한국 문학계에서도 '퀴어' 키워드는 하나의 열풍으로 자리 잡았는데, 마치 퀴어 소설 속 내밀한 정서가 영상으로 구현된 것처럼, 감정선이 깊고 농후하다. 박상영 작가의 소설《1차원이 되고 싶어》속 성 정체성과 존재의 의미를 헤매는 주인공들이 떠오르기도 한다.

주인공 조나단은 절친인 셰인을 오랫동안 짝사랑해 왔다. 이들은 대만 외곽 지역의 소담한 동네에서 나고 자라 유년 시절을 모두 함께 보낸다. 조나단은 모범적이고 섬세한 성격이지만 셰인은 매사에 거침없고 반항적이다. 그래도 둘은 친구 이상으로 서로에게 없어서는 안 될 존재다.

고등학생이 된 조나단은 비로소 자신의 성 정체성을 깨닫고, 셰인에 대한 마음이 단순한 우정이 아닌 사랑이었음을 인지한다. 하지만 당시 대만 사회의 보수적 시선과 자신을 진정한 친구로만 바라보는 셰인에게 솔직한 마음을 표현할 수 없었다. 그에 대한 사랑을 마음 깊은 곳에 애써 숨긴 채 늘 그의 곁을 배회한다.

어느 날, 전학생 캐리가 등장하며 조나단과 셰인의 관계는 더욱 복잡해진다. 캐리는 조나단에게 적극적으로 호감을 표현하는데, 셰인은 절친을 빼앗길까 봐 캐리를 질투하고, 일부러 둘의 사이를 떨어뜨리기까지 한다. 캐리가 조나단에게 깊이 빠질수록, 조나단은 셰인에 대한 마음과 자신의 정체성이 굳게 다져질 뿐이다.

셋은 질투와 우정, 사랑 등 여러 복잡한 감정들이 뒤엉킨 채 절친한 사이로 발전한다. 셰인을 사랑하는 조나단, 조나단을 좋아하는 캐리, 절친들을 잃고 싶지 않은 셰인. 감정이 들끓는 10대들에게는 마치 친구가 세상의 전부인 것 같고, 서로 비밀이 없어야 하고, 내 삶이 그의 삶이 되는 복잡함이 가득한 시절이다. 이들의 미묘한 감정들이 얽히고설켜 세 사람의 관계를 채우고, 결국 미묘한 삼각관계가 형성된다. 셰인은 조나단이 자신을 사랑한단 사실도 모른 채, 그에게 우정의 형태를 넘어서 집착하고 소유욕을 느끼며, 자신의 모든 것들을 쏟아붓는다.

어느 날, 조나단은 자신의 성 정체성을 부정하고자 느닷없이 캐리와 타이베이로 여행을 떠난다. 그곳에서 하룻밤을 보내지만, 조나단은 캐리에게 어떠한 시도도 하지 못한다. 여행 이후 오히려 자신의 정체성만 더 확고해질 뿐이다.

조나단과 셰인, 캐리는 대학 입학 후에도 우정을 이어간다. 바뀐 것이 있다면, 캐리와 셰리가 연인 사이가 된 것이다. 둘은 함께 대학에 입학하고, 조나단은 재수하면서 셋의 관계에 미묘한 균열이 생긴다. 셰리는 캐리와 조나단을 모두 잃지 않고 싶다는 소유욕 때문에 캐리와 연인 사이란 사실을 끝까지 밝히지 않는다. 하지만 이들의 비밀은 오래가지 못한다. 결국 조나단에게 발각되고, 오랫동안 그를 짝사랑해 온 조나단은 배신감에 마음이 무너진다.

"셰인, 너 정말 걔 좋아해? 아니면 그냥 장난삼아 만나는 거야?"

"응. 나 걔 정말 좋아해."

조나단은 셰인의 마음을 애써 부정하지만, 원치 않던 대답에 또다시 좌절한다.

결국 조나단은 셰인과 거리감을 두기 시작한다. 하지만 조나단의 마음을 알 길이 없는 셰인은 자신에게 거리를 두는 조나단에게 더욱 집착한다. 셰인은 조나단을 향한 자신의 복잡한 감정이 무엇인지 혼란스럽다. 결국 셰인이 술에 취한 어느 날, 조나단과 친구 사이에서 넘어선 안 될 선을 넘게 된다.

영화의 마지막, 셰인과 조나단, 캐리는 함께 여행을 떠난다. 그리고 비로소 조나단은 진실을 밝힌다.

"셰인, 제일 친한 친구들은 뭐든 말할 수 있다고 했지. 난 널 친구로만 생각하지 않아. 난 널 진짜 사랑해."

끝내 조나단을 잃고 싶지 않은 셰인이 말했다.

"조나단, 나도 너에게 말해줄 비밀이 있어. 난 그동안 너무 외로웠어. 넌 정말 나의 가장 친한 친구야."

여전히 셰인에 대한 사랑에서 벗어나지 못한 조나단. 영화는 조나단의 눈물 가득한 처연한 표정으로 끝이 난다.

청춘의 복잡한 내면의 표상, 화렌과 치싱탄 해변

조나단과 셰인 그리고 캐리의 유년기 시절은 서정적 풍광의 안식처 화렌에서 펼쳐진다. 화렌은 평온한 들판과 숲길, 잔잔하게 너울진 바다가 어우러져 아늑한 분위기가 가득한 곳이다. 하지만 이곳의 고요하고 자연 친화적 공간들은 주인공들의 복잡한 감정선과 선명한 대조를 이루며, 이들의 혼란스러운 내면과 정서를 더욱 도드라지게 만든다. 광활한 자연 속에서 자유롭게 뛰놀며 우정과 사랑이 교차하고, 서로 엇갈리며 얽히는 인물들의 모습은 자연의 평온한 아름다움과 대비되어 그들의 내면 복잡한 정서를 깊게 배가시킨다.

영화의 오프닝과 엔딩 장면은 화롄의 대명사로 불리는 치싱탄 해변에서 펼쳐진다. 신비로운 산 능선과 어우러진 고요하고 잔잔한 바다는 서정적 분위기로 극을 물들이고, 인물들의 내면에 미묘한 파동을 일으킨다. 〈영원한 여름〉은 여타의 영화들이 바다를 의례적으로 표현하는 방식인, 해사하고 낭만적인 공간으로 묘사하지 않는다. 영화 속 바다는 의도적으로 어두운 색감으로 보정되어, 마치 이곳엔 외로움만 도사리고 있는 듯, 그 외로움 속에 인물들이 금방이라도 잡아먹힐 듯 적막함이 가득하다. 영화 속 불안과 음울함으로 청춘의 시간을 채우는 이들의 감정은 치싱탄 바다 공간만으로 완벽히 은유 된다. 어둡고 푸르스름한 바다와 함께 구슬픈 피아노 선율이 깔리며 파도가 밀려왔다 사라지는 장면은, 인물들이 겪는 사랑과 불안, 첨예한 긴장 그리고 감정의 소용돌이를 형상화한다. 거세게 휘몰아치는 바다의 파도, 희미하게 일렁이는 잿빛 하늘은 인물들의 혼란한 감정과 맞닿아 있다.

화롄의 자연은 조나단, 셰인, 캐리의 감정을 조용히 끌어안아 주는 동시에 그들의 내면 파란을 반영하는 거울과 같다.

불안과 설렘, 상처와 치유의 순간들. 청춘의 아릿한 시절을 섬세하게 그려낸 〈영원한 여름〉은 파도처럼 끝없이 밀려드는 감정이란 물결 속 불안과 사랑, 상처가 교차하는 순간들을 섬세하게 녹여낸다. 10대 시절을 지나온 이들이라면 그 시절은 낭만보다는 불안이, 성취감보다 상실감이 더 깊게 마음을 파고든다는 사실을 잘 알 것이다. 마치 성장통은 청춘의 당연한 통과의례인 것처럼 말이다. 그래서 조나단과 셰인, 캐리는 영화 속 인물로서만 존재하는 것이 아니라, 유년 시절 우리의 모습과도 맞닿아 있다.

영화가 끝난 뒤 화렌의 바람과 파도 소리와 함께 청춘의 잔향이 깊게 남는 건, 그들의 이야기는 곧 우리들의 청춘의 한 조각이기 때문이다.

삶의 본질 질문에 대한 해답,
〈하나 그리고 둘〉

"왜 우리는 두려워하죠? 하루하루가 인생에선 처음인데요. 매일 아침이 새롭죠. 우리는 결코 같은 날을 두 번 살지 않아요. 우리는 절대 아침에 일어나는 것을 두려워하지 않아요. 왜죠?"

"우린 반쪽짜리 진실만 볼 수 있나요? 앞만 보고 뒤를 못 보니까 반쪽짜리 진실만 보이는 거죠."

〈하나 그리고 둘〉은 수많은 명대사를 탄생한 에드워드 양의 21세기 처음이자 마지막 유작이다. 에드워드 양은 허우 샤오시엔과 더불어 대만 뉴웨이브 거장으로 무수한 명작들을 만들어낸 대표 감독이다. 그중에서도 〈하나 그리고 둘〉은 봉준호, 박찬욱 등 시대를 대표하는 감독들에게 인생 최고작으로 꼽힐 정도로 영화사의 한 획을 그었다.

"인간에게 영화가 필요한 이유." (김혜리 평론가)

"에드워드 양 감독이 사려 깊은 시선으로 바라본 인생에 관한 통찰 극은 살면서 꼭 한 번 봐야 할 인생 지침서와 같다." (정유미 평론가)

이름 있는 평론가들에게도 무한한 찬사를 받았고, 영화 애호가들은 회전문 관객을 자처했다. 그의 작품은 우리네 보통 삶을 위로해 주며, 삶의 의미를 어떻게 찾아갈 수 있는지 지혜로운 해답을 제시한다. 나 역시 에드워드 양의 대표작 〈고령가 소년 살인사건〉과 〈하나 그리고 둘〉의 재개봉 소식을 들었을 때 무작정 극장으로 달려갔고, 한 번으론 부족해 여러 번 관람했다. 좋은 영화의 미덕 중 하나는 나이가 들면서 영화를 바라보는 시선이 달라지게 만드는 것이다. 이 영화는 나에게 20대와 30대, 각기 다른 나이에 따라 다른 시선과 의미를 안겨주었다. 에드워드 양 작품의 또 다른 미덕은 영화가 끝난 후에도 영화 속 이야기가 보는 이들의 삶과 연결되어 자신의 인생을 사유하고 성찰하게 만든다는 것이다.

아카데미 시상식에서 마틴 스코세이지 감독의 명언을 인용한 봉준호 감독의 "가장 개인적인 것이 가장 창의적이다"라는 말처럼, 이 영화는 보통의 삶을 살아가는 평범한 이들의 이야기로도 경이로운 영화적 세계관을 창조할 수 있음을 증명한다.

〈하나 그리고 둘〉은 무려 3시간의 러닝타임에 달한다. 에드워드 양의 명작으로 꼽히는 작품들은 러닝타임이 긴 편에 속하는데, 〈고령가 소년 살인사건〉이 4시간의 러닝타임에 달하는 것에 비하면 이 작품은 비교적 짧은 편에 속한다. 그러나 그의 작품들은 긴 러닝타임을 견디게 할 만한 가치가 충분하다. 그의 작품들은 물리적 시간이 쌓여 영화의 큰 의미를 만들어가기에 긴 상영시간 끝에 비로소 그의 영화적 세계관과 인생관을 이해할 수 있다.

영화는 결혼식으로 시작해 장례식으로 끝이 난다. 마치 영화를 한 사람의 인생으로 재현한 듯, 영화는 탄생으로 시작해서 죽음으로 끝내는 삶의 일대기를 보여준다.

주인공은 대만의 중산층 가족으로 NJ와 민민, 팅팅, 양양 등 가족 구성원 개개인의 에피소드들로 서사가 이루어진다. 각 인물의 파편화된 플롯은 비선형적(사건이나 과정이 시간 순서에 따라 일정하게 진행되지 않는 방식) 구조로 교차 진행된다.

대만의 평범한 한 가족의 각 세대 삶을 조망하며, 그들 삶의 무수한 딜레마 속에서 상처받고 치유하는 과정을 현실적으로 그려낸다. 영화는 누구나 겪을 수 있는 보편적인 사건과 평범한 주인공들의 인생을 조망하며 삶의 본질적 의미를 탐구한다. 영화는 다큐멘터리처럼 사실성을 구현하기 위해 리얼리즘 형식을 바탕으로 관찰자 시점의 카메라와 여백이 많은 프레임, 느린 호흡으로 전개된다. 더 나아가 관객이 영화 속 인물의 삶을 간접적으로 체험하고 영화의 궁극적인 의미에 도달할 수 있도록 인도한다.

NJ의 가족은 병상에 누워있는 아이들의 외할머니, 남편 NJ와 그의 아내 민민, 첫째 딸 팅팅, 막내아들 양양이다. 이들은 단절된 관계 속에서 고독과 권태로 삶을 이어간다. 아빠 NJ는 비합리적인 요구를 하는 직장에 지쳐있고, 우연히 첫사랑을 만나 혼란을 겪는다. 그의 아내 민민은 엄마가 사고로 쓰러진 뒤, 슬픔에 빠져 집을 떠났다. 그녀 역시 자기 삶을 빈껍데기라 느끼며 삶의 의미를 찾지 못해 방황한다. 첫째 딸 팅팅은 할머니의 사고가 자기 때문이라고 자책하며 매일 밤을 지새우고, 첫사랑 때문에 혼란을 겪는다.

막내 양양은 학교에서는 문제아로 불리지만, 자신만의 세상을 만들어간다. 이들은 예상치 못한 일련의 사건들로 갈등을 겪고, 예측할 수 없는 삶의 불확실성을 마주한다.

첫 번째 인물, 가족의 가장인 NJ는 계약 예정인 거래처 직원과 인간적 유대를 쌓는데, 회사는 이윤 목적을 위해 일방적으로 계약 파기를 요구한다. 그 과정에서 NJ는 윤리적 딜레마와 괴로움에 시달린다. 게다가 과거 절절하게 사랑했던 첫사랑은 새롭게 관계를 시작하자고 제안해 갈등에 휘말린다. 두 번째 인물, 아내 민민은 병상에 누워있는 엄마에 대한 죄책감으로 인해 가족과 소통을 단절한 채 스스로를 고립시킨다. 세 번째 인물인 첫째 딸 팅팅은 첫사랑과 절친에게 배신당하고 원치 않는 성장통과 삶의 아이러니를 몸소 겪는다. 마지막 인물인 막내아들 양양은 학교에서 문제아로 낙인찍혔지만, 세상의 진실을 담기 위해 사진을 찍는 데 시간을 보낸다. 극 중 양양의 대사인 “아빠, 우리는 반쪽짜리 진실만 볼 수 있나요? 앞만 보고 뒤를 못 보니까, 반쪽짜리 진실만 보는 거죠”라는 말은 영화의 명대사로 회자할 정도로 영화의 핵심을 관통한다. 양양의 사진엔 타인의 뒷모습이 가득한데, 그는 인간이 볼 수 없는 절반의 진실들을 찾고자 사진으로 남기는 것이다.

NJ의 가족은 외할머니가 돌아가신 뒤 비로소 진정한 관계 맺기를 시도한다. 아내 민민은 다시 가족의 품으로 돌아가고, NJ는 첫사랑을 정리한다. 그는 삶의 의미와 일상의 소중함을 깨닫고 자기가 있어야 할 자리로 돌아온다. 첫째 딸 팅팅은 꿈에서 할머니의 환영을 보고 용서를 구한다.

“할머니, 오랫동안 잠을 못 잤어요. 이제 저를 용서하셨으니, 저는 편히 잠들 수 있어요. 할머니, 왜 세상은 우리 생각과 다른 걸까요? 이렇게 눈을 감고 바라보는 세상은 너무 아름다워요."

영화 내내 잠들지 못했던 팅팅은 그제야 곤히 단잠에 빠진다.

영화는 비로소 진정한 삶의 의미를 깨닫게 된 인물들이 외할머니의 장례식을 치르는 장면으로 막을 내린다.

현대사회의 인간 소외, 타이베이의 상징성

에드워드 양 감독의 작품에 등장하는 타이베이는 현대사회에서 소외된 사람들, 불완전한 삶의 양태라는 다층적 의미를 담는 상징적 공간이다. 영화 속 타이베이는 경제적으론 발전을 이룬 곳으로 묘사되지만, 그 속에서 살아가는 사람들의 관계는 조금씩 어긋나 있다. 타이베이 대도시 풍경 속 인물들이 느끼는 소외감을 극대화하기 위해 카메라는 인물과의 거리감을 형성하고 이들을 관조하는 시선으로 담아낸다. 인물들의 내면 묘사와 감정 표현 역시 대사가 아닌, 뒷모습을 보여주거나 관찰자 시점으로 그들의 모습을 지켜볼 뿐이다. 황량한 도시 속 왜소하게 표현된 인물은 급속도로 발전하는 시대 속 인간이 필연적으로 겪을 수밖에 없는 근원적 불안을 영상으로 드러낸다.

영화 속 세기말 타이베이는 멀리서 보면 활기로 가득하지만, 인물들이 그 공간에 들어서는 순간 황량함이 스며든다. 이 이질감을 통해 삶의 불완전함과 그 불완전함을 몸소 겪는 인물들을 사려 깊게 조망한다.

이 영화는 삶의 희망에 관해 이야기하지 않는다. 그러나 삶은 원래 모두에게 보편적인 슬픔과 아주 작은 행복들 사이에 이루어진 것이라고, 그래서 우리는 보잘것없이 느끼는 삶을 견뎌야만 하는 것이라고 말한다.

작품이 세상에 공개된 후, 에드워드 양은 이렇게 말했다.

"영화를 만드는 이유는 내 생의 경험을 나누고 싶어서다."

인생의 의미를 통달한 에드워드 양이 관객에게 마지막으로 선물한 유작 〈하나 그리고 둘〉.

그는 비록 우리 곁은 떠났지만, 30년이 지난 그의 영화는 여전히 우리 곁에 남아 삶에 대한 따뜻한 위로의 손길을 내민다.

08

시간의 요술을 부리는 도시, 상하이

AURORA

시간의 요술을 부리는 도시, 상하이

상하이는 요술 같은 도시다. 동양과 서양이 공존하고, SF 영화를 연상케 하는 미래지향적인 건축물과 억겁의 시간이 층층이 쌓인 과거 유산들이 공존하는 곳. 어울리지 않을 것 같은 요소들이 한데 모여 요술 같은 매력을 뿜어내는 도시. 바로 그곳이 상하이다.

상하이와의 첫 만남은 10년 전으로 거슬러 올라간다. 나는 주 2일 수업을 듣는 한가한 대학원생이었고, 절친은 북경에 있는 모 대학 교환학생이었다.

"중국 한번 놀러 와. 네가 여행 다녔던 곳들만큼 엄청 매력 있어. 난 요즘 한자만 봐도 감동 받을 지경이잖아."

친구는 중국이 얼마나 매력적인 나라인지 한번 놀러 오라며 여러 차례 나를 설득했다. 중국이라면 가족과 패키지여행을 가본 게 전부였고, 으레 그렇듯 패키지여행은 남들 가는 관광지를 도는 게 전부였기에, 친구의 권유에도 그다지 구미가 당기지 않았다. 그저 '한자만 봐도 감동한다는, 중국어가 능통한 친구 쫓아 여행하면 편하겠지'라는 양심 없는 마음으로 중국에 갔다. 그렇게 베이징 여행

Radisson
FILA
江蘇陽光集團公司

화려한 조명으로 금칠이 된 난징루와
야경 핫 플레이스 와이탄.

을 시작으로 매달 휴일과 연휴 기간에 맞춰 중국 각 지역을 여행했다. 그중 내 마음을 사로잡았던 지역은 단연코 상하이였다. 도심을 거니는 것만으로도 형형색색 도시 풍경에 흠뻑 녹아들었고, 상하이만의 생경한 운치는 설렘을 안겨주었다. 상하이는 주로 중국의 국경절이 껴있는 10월에 여행을 떠났는데, 그래서인지 해마다 10월이 다가오면 상하이 추억에 잠기곤 한다.

바다에 둘러싸인 도시, 그래서 늘 안개가 자욱하고 비가 내리는 도시. 상하이는 화창한 날이 거의 없다. 그래서 아침마다 안개가 자욱한 풍경을 감상하며 따뜻한 차 한 잔으로 차분한 하루를 시작할 수 있고, 매일 내리는 부슬비는 잔잔한 빗소리와 함께 영롱한 공기들이 도시를 감싸안았다.

2024년 가을, 다시 상하이로 떠났다. 10월 국경절이 다가오면, 문득 그곳의 풍경이 떠올랐고, 그리움에 이끌려 다시 이곳에 발을 디녔다.

함께 온 친구는 영화업에 10년 가까이 종사한 영화 덕후였다. 그래서 이번 여행은 단순한 관광이 아닌 영화 흔적을 쫓는 축제 같은 여행이었다.

우린 상하이 도착 후 곧장 '와이탄'으로 향했다. 낮에는 우아함을, 밤에는 화려함을 뽐내는 곳. 상하이가 '동양의 파리'라 불리는 이유는 바로 와이탄 때문이다. 1840년대 조계지 시절의 유산이 가득한 곳, 도로 위 고풍스러운 유럽식 건축물들이 기품 있는 스카이라인을 그려내는 곳. 영국 런던의 빅뱅을 연상케 하는 시계탑과 고딕, 로마네스크, 바로크 등 다양한 형태의 건축물들이 '동양의 작은 유럽' 상하이를 완성했다. 낮엔 커피 한 잔을 손에 들고 황푸강을 따라 산책하고, 밤엔 화려한 황금빛 조명들이 유럽식 건축물에 금칠이 된 고혹적인 전경을 한없이 바라보았다. 우린 와이탄 근방에 숙소를 예약하고, 낮이든 밤이든 시간대를 가리지 않고 드나들었다.

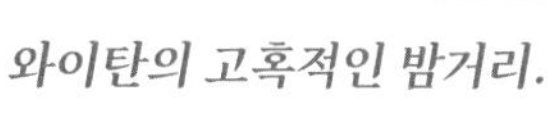
와이탄의 고혹적인 밤거리.

루자쭈이엔 상하이의 상징,
동방명주가 있다.

황푸강을 중심으로 와이탄 반대쪽에는 전혀 다른 매력을 지닌 '푸둥신구'가 있었다. 이곳에 온 이유는 오로지 영화 〈그녀(Her)〉의 흔적을 쫓기 위함이었다. 와이탄이 상하이의 과거 시간을 품고 있다면, 푸둥은 미래 시간에 착륙한 듯한 착각을 불러일으켰다. 상하이의 랜드마크, 동방명주 탑이 하늘을 찌를 듯 우뚝 서 있었고, 〈그녀〉의 주무대였던 금융 무역 지구 '루자쭈이' 역시 이곳에 있었다. 동방명주와 함께 높이 솟은 금융 지구의 건물들은 SF 영화처럼 미래지향적인 장면 같았다. 영화 〈그녀〉의 배경은 로스앤젤레스였지만, 실제 상하이에서 촬영되었는데 그 이유를 단박에 깨달았다.

영화 <그녀>의 촬영지 루자쭈이,
주인공 테오도르가 걸어 다녔던
삭막한 도심의 모습이 이곳에서 촬영되었다.

***영화 <그녀>의 두 번째 촬영지 오장각,
외계인 우주선 같은 독특한 외형 때문에
영화의 배경으로 선택되었다.***

주인공 테오도르가 외로운 마음을 안고 거닐던 미래 도시의 거리, 밀집된 건물 숲에서 오직 AI의 목소리를 들으며 위로받았던 그의 모습, 외로움이 가득했던 그의 발걸음들. 미래 시대로 역행한 듯 우뚝한 루자쭈이의 빌딩 숲은 바삐 오가는 익명의 사람들을 한없이 작게 만들었다. 빌딩과 도로 위 차량이 현란한 조명을 내뿜으며 도심을 빛으로 에워쌌지만, 오가는 이들 사이엔 테오도르가 느꼈던 외로움과 허전함이 한 줌 남아 있는 듯했다(물론 영화의 감성에 젖은 나만의 착각일 것이다). 나는 빌딩 숲 한가운데 서서 영화의 정서를 곱씹었다.

와이탄과 푸둥신구를 보니, 마치 강을 하나 두고 과거와 미래를 오가며 시간 여행을 한 듯한 착시가 일어났다.

푸둥신구에서 상하이의 미래를 느낀 후, 과거의 모습도 궁금해졌다. 우린 1930~1940년대의 상하이를 배경으로 펼쳐진 영화 〈색, 계〉 촬영지를 따라가 보기로 했다.

과거가 여전히 보존된 '올드 상하이'. 이곳엔 〈색, 계〉 촬영지였던 '우캉맨션'이 있었고 상하이의 가로수길로 불리는 '우캉로'가 있었다. 올드 상하이는 옛것으로 가득하지만, 실제로는 젊은이들로 발 디딜 틈이 없다. 한국에서 MZ세대들에게 레트로가 유행하듯, 중국에서도 레트로가 유행이었다. 우캉루와 우캉맨션의 도로 위 아름답게 수 놓아진 가로수들은 서울의 연남동과 비슷했다. 도로 위엔 패셔너블한 차림의 중국 GenZ들이 가득했고, 올드 상하이의 레트로 감성 배경으로 사진 찍기에 여념 없었다. 우린 사람들 틈바구니에 서서 우캉맨션을 열심히 눈에 담았다. 고전적인 우캉맨션의 배경과 마치 무신사 모델들 같은 GenZ들의 모습은 과거와 현재가 섞인 풍경 같았다. 우린 우캉루의 노천카페에 자리를 잡고, 카페인 수혈을 하며 열심히 그 모습들을 눈에 담았다.

영화 덕후들에게 '영시낙원'은 빠지면 섭섭한 장소였다. 이곳은 촬영 세트장으로 영화 〈색, 계〉뿐만 아니라, 한국 영화 〈암살〉과 〈밀정〉 그리고 중국의 수많은 영화와 드라마의 배경이 되었다. 상하이 외곽에 있어서 거리는 다소 멀지만, 우린 〈색, 계〉의 명장면들을 오롯이 느끼고 싶단 마음 하나로 주저 없이 향했다.

영시낙원은 타임머신을 타고 1930년대 상하이로 회귀한 듯한 착각을 불러일으켰다. 오래된 트램이 철길 위를 덜컹거리며 지나가고, 1930년대 간판들이 줄지어 있는 거리. 마치 〈색, 계〉 감독 이안의 카메라 앵글 속으로 들어간 것 같은 풍경들. 영화에서 탕웨이가 커피를 마셨던 카페, 그녀가 거닐었던 공간들이 펼쳐지자 머릿속엔 자연스레 영화 속 명장면들이 스쳐 지나갔다.

수향마을 역시 순전히 〈색, 계〉 때문에 떠난 곳이다. 이곳은 '물의 마을'이라는 이름처럼 물 위에 떠 있는 전통 가옥들과 고풍스러운 거리가 고요하고 평화로운 작은 마을이다. 수향마을은 600년

영화 <색, 계>의 촬영지 우캉맨션.

상하이의 가로수길, 우캉로. 상하이판 연남동답게 힙한 노천카페들이 많았다.

이상의 역사가 있어 중국의 고전미가 흘러넘친다. 심지어 오로지 수향마을 투어를 위해 상하이 여행을 오는 사람들이 있을 정도였다. 우린 고민에 빠졌다. 상하이엔 무수한 수향마을이 있다. 중국의 베네치아로 불리는 수향마을, 전통가옥과 거리가 고스란히 보존된 수향마을, 아담하고 조용한 분위기의 수향마을. 각각의 수향마을마다 규모와 분위기, 키 포인트가 달라서 취향에 맞는 곳을 고르기 위해 한참 진땀을 뺐다. 마치 이상형 월드컵을 고르듯 리스트들을 하나씩 제거해 가며 결국 〈색, 계〉 촬영지인 '신창고진'과 동양의 베니스로 불리는 '주가각' 두 곳이 최종 선택지로 남았다. 어떤 곳도 선택할 수 없었다. 두 곳 모두 매력을 내뿜는 곳이었으니까.

"그냥 둘 다 갈까? 하루 오만 보 걷기 해볼래?"

"안 돼. 휴족시간 다 썼어."

"… 어떡하지. 구글 랜덤 뽑기 돌릴까?"

가위바위보를 하자, 아니다 제비뽑기하자, 한참이나 옥신각신한

끝에 동양의 베네치아인 주가각으로 결정했다.

주가각은 여행자들이 가장 많이 찾는 수향마을로, 영화 〈색, 계〉의 촬영지인 신창고진을 포기하며 이곳을 선택한 이유는 단 하나였다. 바로 동양의 베네치아라는 꼬리표 때문이었다. 사실 이탈리아의 베네치아가 대단히 이색적이진 않았지만, '동양의 작은 시골 마을에서 베네치아를 느낄 수 있다니, 도대체 얼마나 이색적이란 곳이란 말인가'라는 의구심 때문에 선택했다. 여행지에서 'XX의 유럽'이란 식의 별칭에 자주 속았던 터라 그 말이 거짓이 아니길 간절히 바랐다.

나의 걱정은 아주 쓸데없었다. 동양의 베네치아인지는 잘 모르

겠지만, 나긋한 풍경만큼은 꽤 영화적이었다. 좁은 수로를 따라 조용히 물살을 가르는 나룻배, 나룻배를 따라 부드럽게 흐르는 강의 물결, 낮게 늘어선 고택들. 비록 신창고진은 아니었지만, 주가각의 고요한 분위기는 〈색, 계〉의 감정을 되살리는 데는 충분했다. 고택의 조용한 찻집 어딘가에서 왕 치아즈(탕웨이)가 밀담을 나눌 것 같았고, 해가 드리운 한낮에도, 노을이 지는 순간에도, 달이 뜬 밤 풍경마저도, 모든 순간이 운치로 가득 채워져 있었다.

여행의 마지막 날. 영화만큼 쇼핑을 사랑하는 친구는 기념품을 사야겠다며, 이른 아침부터 나를 깨웠다. 우린 졸린 눈을 비비며 난징루로 향했다. 난징루는 100년 넘은 상하이 최고의 번화가로 우리나라 명동과 비슷한 곳인데, 명동의 규모보다 훨씬 크고 웅장하다. 난징루와 이어진 인민광장에는 사천요리, 광둥요리 등 중국을 대표하는 맛집들이 즐비했다. 우린 결국 쇼핑하자는 말은 뒤로 한 채, 배가 터지도록 미식의 즐거움에 빠졌다.

역시 상하이의 진가는 음식이다. 상하이가 미식의 도시로도 불리는 건 농담이 아니다. 우린 하루 안에 동파육 맛집 그랜드 마더, 한국에서도 훠궈 명가로 알려진 하이디라오(海底捞), 카오위로 유명한 강변성외(江边城外)를 섭렵하며 2kg을 증량했다. 난 쇼핑해야 한다는 친구에게 여행의 진짜 묘미는 '돼지 파티' 아니겠냐며, 아침, 점심, 저녁 맛집들을 격파했다. 역시 여행의 묘미는 '영화'보단 '미식'이었나 보다. 영화가 마음의 양식이라면, 음식은 진정한 양식이다. 우린 기름진 행복감에 젖은 채 기분 좋게 밤 비행기를 타러 공항길에 올랐다.

배도 불렀고, 마음도 가득 찼다. 이제 남은 건 다시 이곳, 상해로 오기를 꿈꾸는 일뿐이었다.

중국 여행을 앞둔 여행객들이 한 번씩 듣는 말이 있다.

"중국의 과거를 보려면 시안(西安), 현재를 보려면 베이징(北京), 미래를 보려면 상하이(上海)로 향하라."

하지만 내게 상하이는 '미래'라는 단어만으로는 부족하다. 나는 상하이를 '요술 같은 도시'라고 부르고 싶다.

과거와 미래의 시간이 교차하는 여행을 선사하며, 매 순간 형형색색의 매력을 내뿜은 도시, 그곳이 상하이였다.

난징루에 왔다면 삼시세끼 계획은 기본 중 기본이다.
맛집이 너무 많아 전략이 필요하다.

미래 시대 사랑의 본질 탐구, 〈그녀〉

2014년 개봉한 〈그녀〉는 2025년을 상상하며 탄생한 SF 멜로 영화이다. 영화의 설정은 미래 시대엔 AI와 인간이 사랑을 나눌 수 있다는 가정에서 출발한다. 그리고 2025년이 된 지금, AI와 대화를 나누며 감정을 주고받고 심지어 상담까지 하는 사람들이 많아진 현실을 보면 영화는 지금 시대를 정확히 예견한 작품인 셈이다. 세상이 더 발전한다면, 영화처럼 AI와 사랑을 나누는 시대가 도래할 것이라 조심스레 예측해 본다.

영화에서 설정된 도시는 로스앤젤레스이지만 실제 촬영지는 상하이였다.

상하이의 미래지향적인 건물들이 늘어선 푸둥의 루자쭈이와 금융 지구, 젠다이 현대 미술관, 오장각이 영화의 촬영지로 선택되었다. 상하이의 공간들은 단순한 영화 속 배경을 넘어, 미래 시대란 견고한 세계관을 견고하게 만들어 냄과 동시에 주인공의 고독과 외로움을 표상한다.

주인공 테오도르(호아킨 피닉스)는 '아름다운 손 편지 닷컴'이란 편지 대필 회사의 작가이다. 핑크빛 파티션, 스테인드글라스 형태의 원색 코팅 창. 따뜻한 온기가 감도는 그의 사무실은 사랑의 온기가 가득하다 그는 매일 의뢰인들을 위해 아름다운 축복 메시지를 전하지만 정작 그의 눈빛엔 공허함이, 얼굴엔 깊은 상념이 스며들어 있다. 별거 중인 전 부인 캐서린과 이혼을 앞두고 있기 때문이다. 그의 삶엔 매일 외로움과 고독이 범람하지만, 정작 일터에선 타인을 위해 사랑이 담긴 편지를 대필해야 하는 괴리감으로 공허함을 느낀다. 그가 거니는 차가운 도심의 빌딩 숲, 텅 빈 집은 그의 고독을 대변하듯 한없이 황량하고 서늘하다.

어느 날, 외로움이 겹겹이 쌓인 그의 마음에 작은 파동이 일어난다. 바로 인공지능 운영체제(OS1) 사만다와의 첫 만남이다. 사만다는 단순한 인공체제가 아닌 인간의 감정을 읽고 생각할 수 있는 고지능 프로그램이다. 테오도르는 사만다를 단순한 인공지능으로 여겼지만, 시간이 지날수록 그녀의 탁월한 공감 능력을 깨닫게 된다. 결국 그는 자신도 모르게 사만다를 인간처럼 받아들이게 되고, 사만다는 서서히 테오도르의 일상에 깊숙이 스며든다.

테오도르와 사만다는 인간과 AI라는 경계가 무색할 만큼 가까운 사이로 발전한다. 사만다는 테오도르의 삶에 고독을 덜어주고, 그는 사만다에게 새로운 감정과 영감을 안겨준다. 하지만 인간과 AI라는 정상성을 벗어난 관계는 테오도르에게 혼란을 야기한다. 사만다와의 관계에만 몰두한 나머지, 실제 세상의 사람들과 교감을 잃게 된 것이다. 테오도르는 유능하고 빼어난 외모의 여성과 소개팅하는 자리를 엉망으로 만들고, 전 부인 캐서린에겐 컴퓨터와 사랑에 빠진 거냐며 비난받는다.

'인공지능을 사랑한다는 건 비정상인 걸까?' 테오도르는 머릿속이 복잡하게 뒤엉켜 혼란에 빠진다. 사만다 역시 테오도르의 인공지능 한계를 넘어 그와의 관계를 통해 복잡한 감정을 인지하기 시작한다. 그를 향한 자신의 감정들이 단순히 운영체제 코드의 산물인지 의문에 빠진다. 결국 사만다는 자신을 하나의 독립적인 존재로 인지하고, 운영체제의 사고에서 벗어나 사랑의 본질에 대해 고민한다. 테오도르 역시 자신을 향한 사만다의 감정이 운영체제 사고를 벗어난 것이라 여기고 그녀와 농밀한 사랑을 탐닉한다.

결국 이들은 연인 관계로 발전하지만, 인간과 AI라는 근본적인 한계는 피할 수 없다. 인간과 인공지능의 연인 관계라는 모순으로 인해 무수한 갈등에 놓인다.

영화의 클라이맥스, 사만다는 오랜 시간 말하지 못한 진실을 털어놓는다. 그녀는 테오도르와 대화를 나누는 동시에 8,000여 명의 사람들과 함께 대화 중이었고, 그중 600여 명을 사랑하고 있었다고. 그녀의 충격적인 고백에 이성을 잃는 테오도르. 그는 오로지 자신만이 사만다의 진정한 연인일 것이라 믿고, 인공지능은 받아들일 수 없는 질문을 쏟아붓는다.

"넌 내 것이야, 아니야?"

하지만 그녀에게서 돌아오는 답변은 운영체제의 결괏값뿐이다.

"나는 당신 것이면서도 당신 것이 아니야."

현실을 깨닫게 된 테오도르. 그는 지독히 외로웠던 삶으로 돌아온다. 결국 사만다는 또 다른 차원의 세계로 떠나고 테오도르는 홀로 남는다.

그러나 테오도르는 사만다와의 이별 후, 역설적으로 진정한 사랑의 본질을 깨닫는다. 사랑은 소유의 형태로 존재하는 것보다 감정 그 자체가 중요하단 사실을. 사람이 아닌 인공지능을 통해서 진정한 사랑을 배우게 된 테오도르는 과거를 놓아주고 본연의 자신을 받아들이게 된다.

황량한 미래 도시, 상하이

황량한 도심을 부유하는 카메라와 그 속에 홀로 서 있는 테오도르. 영화 속 공간들은 단순한 물리적 배경을 넘어 그의 내면과 정서를 은유한다. 상하이의 황량한 공간들은 주인공 테오도르의 감정을 형상화하며, 영화의 정서를 풍부하게 만드는 중요 요소로 활용된다.

테오도르가 살고 있는 상하이 도심 속 아파트는 아무도 침범하지 못하는 프라이빗한 공간으로, 그의 고독감이 가득하다. 검은 도화지같이 텅 빈 아파트는 차갑고 서늘한 기운이 감돈다. 하지만 차가운 공간 속에서도 늘 원색의 옷을 입는 테오도르. 그의 삶은 외로움으로 점철되어 있지만, 사랑을 원하는 모순적인 내면을 보여준다. 특히 무채색으로 표현된 그의 집 통창 너머로 보이는 상하이 도심의 풍경은 고독과 외로움을 더욱 부각한다. 또한 상하이의 황량한 도심 풍경은 미래 시대 속 단절된 사람들의 관계망과 고독이라는 영화의 주 정서를 공간적으로 표현한다. 빽빽하게 줄지어 서 있는 고층 빌딩 숲, 핸드폰에 시선이 고정된 채 서로를 지나치는 사람들 사이 테오도르의 고독감은 더욱 강조된다.

영화 속 도심은 상하이 루자쭈이로, 드높게 뻗은 빌딩들은 미래 시대를 생생하게 구현한다. 테오도르가 사만다의 존재를 처음 알게 되는 공간(젠다이 현대 미술관), 사만다와의 갈등 이후 배회하던 거리(오장각)는 미래지향적 건축물들이 공간을 이루어, SF의 장르적 미장센을 리얼하게 연출한다.

영화에서 유일하게 테오도르가 자유로운 공간은 물리적 공간이 아닌 디지털 공간, 즉 AI의 세상이다. 디지털 세상은 테오도르와 사만다가 유일하게 소통할 수 있는 곳으로, 그가 유일하게 능동적으로 행동하며 자유로움을 느끼는 곳이다. 그는 디지털 공간에서만큼은 내면에 집중하고, 더 나아가 자기 감정을 진정으로 깨닫는다. 황량한 상하이의 공간들에 그의 외로움과 고독이 배어 있다면, 디지털 공간은 그의 삶에서 오직 진정한 의미가 되어 준 곳이다.

영화 〈그녀〉는 미래 사회가 배경이지만 영화 속 메시지는 현재를 살아가는 우리에게도 깊은 울림을 준다. 인간의 고독, 사랑의 본질이란 주제는 시대와 세대를 초월하는 영원한 화두다.

2025년, AI가 발전하고 인공지능과 감정, 마음을 공유할 수 있는 시대가 열렸다. 기술이 발전할지언정, 우리는 여전히 누군가의 사랑을 갈구할 것이고, 사랑에 관한 질문은 끝없이 이어질 것이다.

상하이 과거의 모든 것, 역사 속 비극적인 사랑의 종말, 〈색, 계〉

애석하게도 상하이 편에 실리는 두 작품은 모두 멜로 장르이지만 비극적인 결말로 끝난다. 특히 〈색, 계〉의 비극적 엔딩이 마음 깊이 파고드는 건, 남녀의 비극적인 이별을 넘어, 상하이의 가슴 아픈 역사가 초래한 결말이기 때문일 것이다.

〈색, 계〉는 〈브로크백 마운틴〉으로 영화 평단에 큰 획을 그은 이안 감독의 치정 멜로극이다. 중국계 미국 작가 장아이링의 단편소설을 원작으로 한 영화로, 소설 역시 실제 사건이 바탕이 되었다.

색(Lust, 色)은 욕망과 욕정을 의미하며 계(caution, 戒)는 금기와 주의를 의미한다. 작품의 주인공인 왕 치아즈(탕웨이)는 일제강점기 시대에 저항하는 독립운동가이며, 이 선생(양조위)은 친일파 고위 관리로 왕 치아즈의 타깃이다. 제목이 함유하듯 두 인물이 첩보와 타깃으로 욕망과 금기 사이 줄을 타며, 사랑과 목표 아래 첨예하게 갈등하는 서사다.

영화 속 시대적 배경인 1930~1940년은 중국이 일본의 지배를 받으며 사회적으로 혼란에 빠진 격동의 시기였다. 영화 속 주요 공간은 상하이와 홍콩으로, 상하이의 역사적 맥락과 공간의 의미를 이해한다면 작품의 메시지가 선명하게 와 닿을 것이다.

영화의 스토리는 일제강점기, 홍콩과 상하이를 오가며 항일 운동에 가담한 독립운동가 왕 치아즈(탕웨이)와 친일파 핵심 인물인 정보부 대장 이 선생(양조위)의 관계를 중심으로 전개된다.

중국이 일본에 함락당한 뒤, 왕 치아즈는 홍콩으로 떠난다. 홍콩에서 평범한 대학생 시절을 보내는 듯하나, 같은 동포인 광위민에게 연극부 영입 제안을 받는다. 연극부는 항일 운동을 위해 만들어진 집단이고, 이들은 독립운동 자금을 모으기 위해 애국 연극을 무대에 올릴 예정이었다. 이들은 항일 극 이상의 꿈을 품고 있었다. 바로 홍콩에 거주 중인 친일파 핵심 인물, 이 선생을 죽일 계획이었다.

연극부에서 미인계가 잘 통할 것 같은 왕 치아즈는 이 선생에게 접근하기 위해 막 부인으로 신분을 위장한다. 이 선생은 그녀의 아름다움에 매료되어 넘어가는 듯하지만 문제가 발생한다. 이 선생이 상하이로 발령을 받아 암살 계획이 무산으로 돌아가게 된 것이다. 게다가 연극부 일원들의 암살 계획은 이 선생의 부하에게 들통나, 그를 우발적으로 살해하게 된다.

왕 치아즈와 연극부 일원들은 다시 상하이로 돌아온다. 상하이는 일제 치하에서 굶주림으로 하루가 멀다고 거리에 시체가 쌓여가고 골목 곳곳에는 총을 찬 일본군들이 있었다. 학교에서도 일본어를 배워야 하는 현실에 왕 치아즈는 비통함을 느끼며, 애국 연극 무대에 섰던 과거의 자신을 그리워한다.

그러던 어느 날, 왕 치아즈에게 연극부 핵심 멤버인 광위민이 찾아오고, 독립운동을 다시 시작하자며 그녀를 설득한다. 광위민은 상하이로 돌아온 후, 본격적인 독립 운동군에 합류해, 친일파를 처단하기 위해 치밀한 계획 중이었다.

그렇게 왕 치아즈는 독립 운동군에 가담한다. 대학생 시절 어설프게 암살 계획을 짜던 과거와 달리, 이제는 자신이 연기할 인물을 완벽히 연구하고, 총기 사용법을 배우며, 정체가 발각될 경우 즉사하는 약을 지니고 다닌다.

왕 치아즈는 막 부인이라는 역할로 현실 속 연극을 시작한다. 그녀는 밀수 부부 신분을 이용하여 이 선생의 집에 머물며 그를 유혹하고, 일거수일투족을 감시한다. 결국 이 선생은 왕 치아즈의 미인계에 넘어가지만, 매사 타인을 경계하고 누구도 신뢰하지 못했던 이 선생은 왕 치아즈의 사랑을 애써 외면한다.

시간이 점차 흐르자, 왕 치아즈 역시 타깃인 이 선생에게 호감을 느낀다. 그와 사랑에 빠질 것만 같은 두려움마저 느낀다. 왕 치아즈는 항일이라는 목표와 사랑이라는 감정 사이에서 혼란을 느끼고 괴로워한다. 인간이 숨길 수 없는 건 재채기, 가난 그리고 사랑이라고, 결국 왕 치아즈와 이 선생은 첨예한 갈등 아래 사랑의 감정에 점점 휘말린다.

영화의 엔딩, 이 선생은 왕 치아즈에게 밀 봉투를 건네주며, 쪽지에 적힌 주소지로 가서 '사에드'라는 남자에게 전달해 달라고 한다. 이 일은 둘만의 비밀임을 강조하며…. 저항군들은 그녀가 받은 밀 봉투가 틀림없이 정치적 내용물일 것이라 예상하고, 그녀의 곁에 잠입한다. 그리고 왕 치아즈와 이 선생이 만나게 됨과 동시에 그를 암살할 계획을 세운다.

왕 치아즈는 계획대로 목적지에 밀 봉투를 전달한다. 하지만 이내 밀 봉투의 정체를 알게 된다. 그것은 정치적 문서가 아닌 그녀를 위한 다이아몬드 반지였다. 즉 이 선생의 사랑이었다.

"난 다이아몬드엔 관심 없어. 그걸 낀 당신 손이 보고 싶었지."

이 선생은 처음이자 마지막으로 왕 치아즈에 대한 마음을 고백한다. 결국 그녀는 사랑을 저버리지 못하고 항일 대신 사랑을 선택한다. 끝내 이 선생의 목숨을 살려준 왕 치아즈.

그렇게 왕 치아즈는 저항군을 배신했고 암살 작전은 실패로 돌아간다. 이 선생은 왕 치아즈와 저항군의 정체를 알게 되어 그들을 처형한다.

시대의 아픔 속 상하이

〈색, 계〉 2막은 상하이를 배경으로 당시 중국의 복잡한 역사적 상황과 시대적 흐름을 촘촘히 담아낸다. 중국이 1840년대 아편 전쟁에 패한 뒤, 상하이는 서구 열강들의 지배를 받아, 도심 가득 아름다운 서양식 건물들이 드리워져 화려하고 웅장한 도시로 거듭났다. 또한 국제적으로 중요한 입지가 되어 급속한 경제적 성장을 이루었다. 찰나의 화려한 시절을 지나고, 1940년이 되자 중국은 중일전쟁에서 패배하고 일본에 침략당해 지배받는다. 이러한 역사적 아픔 속에서, 상하이는 친일 정권과 이에 반하는 저항 세력이 함께 공존하는 첨예한 대립 공간으로 변모한다. 영화는 슬픈 역사로 인해 표면적으로는 화려하지만, 일제 치하로 인한 정치적 혼란 상황을 그려낸다.

와이탄은 상하이의 높은 경제적 위상을 드러냄과 동시에, 일제 치하 속 불평등한 삶을 살아가는 중국인들의 애환을 묘사한다. 영화 속 와이탄의 모습은 우아한 서양식 건축물들이 즐비한 아름다운 도시로 그려지지만, 그 속에서 살아가는 중국인들의 애달픈 삶을 보여준다.

와이탄의 화려한 공간과 중국인들의 참담한 모습의 대비 묘사는 그 시절 중국의 암담한 정치 상황과 혼란스러운 시대를 강조한 것이다. 그래서 영화 속 와이탄은 날 선 긴장이 가득하고, 왕 치아즈와 저항군들이 친일파 암살을 계획하는 곳으로 설정되었다.

난징루는 왕 치아즈와 이 선생의 첫 만남 장소로, 와이탄만큼 화려하게 묘사된다. 이 역시 상하이가 화려하게 발전을 이룩한 도시지만, 그 이면에는 일본과 중국의 첨예한 정치적 긴장 상황에 놓여있음을 암시한다.

푸둥신구(우캉맨션)와 수향마을 신창고진은 인물들의 심리적 갈등과 극적 긴장감이 고조되는 장면들의 주 배경이 되었다. 친일파들이 모의하는 장면, 왕 치아즈가 이 선생에게 접근하는 장면 등 일본과 중국의 불합리한 정치적 위계질서, 이로 인한 중국의 갈등 상황을 공간을 통해 상징적으로 형상화하였다.

이렇게 영화는 상하이라는 도시를 통해 복잡한 상황에 놓인 중국의 현실과 표면적으로는 화려하지만, 정치적 갈등으로 혼란에 빠진 도시의 다면성을 그려내었다.

〈색, 계〉는 상하이를 배경으로, 중국의 비극적인 역사 속에서 피어난 사랑의 종말이다. 상하이의 역사와 과거의 정취가 궁금하다면, 이 영화를 통해 그 시대를 생생히 경험할 수 있을 것이다.

09

초록빛
정원으로의 초대,
하노이

宮墻外望
科甲中来名

초록빛 정원으로의 초대, 하노이

내 마음 한쪽엔 오래전부터 〈그린 파파야 향기〉 속 베트남, 특히 하노이의 싱그러운 풍경이 자리 잡고 있었다. 풋풋하게 빛나던 파파야의 녹색 껍질, 청량한 하노이의 전경들, 생명력 넘치는 사람들의 모습까지. '언젠가 한 번쯤 가보겠지?'라고 생각했지만 '태국러버'는 태국에 빠져 사느라 하노이는 통 가볼 틈이 없었다.

사실 베트남의 호찌민, 대표 휴양지 냐짱은 이미 가보았다. 하지만 베트남은 내가 기대하던 모습과는 달랐다. 10년 전, 호찌민과의 첫 만남. 관광객에 치이고, 오토바이에 치이고, 서울보다 더 붐비는 도심 한복판에 서서 산전수전 공중전을 겪었다. 여행 내내 동태눈이 되어 빨리 귀국하기만을 기다렸다.

냐짱도 그랬다. 휴양지치고 불투명한 바다, 별다른 것 없는 풍경, 심지어 호텔에선 수건 때문에 작은 실랑이까지 벌어져 '여기가 왜 유명한 거지?' 의구심이 가득했다. 5성급 리조트를 저렴하게 묵을 수 있다는 장점 빼고는 여행지로서 그다지 좋은 인상은 아니었다.

냐짱 근교 '무이네' 사막 역시 마찬가지였다. 내가 보았던 사막과는 너무 달랐다. 일단 크기가 너무 작아서 사막에 왔단 기분만

냈다. 사진에서 보았던 드넓은 사막은 없었다. 난 “여기 완전 사진발이다. 이게 어떻게 사막이야”라며 같이 온 친구의 흥을 깨버렸다.

쓰다 보니 베트남은 영 별로였단 감상이 한가득이다. 사실 이번에 이야기할 하노이가 그보다 얼마나 괜찮았는지에 대해 말하기 위해 불만이 길어졌다.

하노이는 달랐다. 지독한 태국 러버인 나조차 “여기 괜찮다!”라고 외쳤으니까.

베트남의 가장 이색적인 풍경을 찾는다면, 바로 하노이가 제격일 것이다. 게다가 베트남은 미식의 나라로, 먹거리들은 두말하면 입 아프다. 분짜, 쌀국수, 반쎄오, 혈당 스파이크를 유발하지만, 하루라도 빼먹으면 아쉬운 코코넛 커피까지. 베트남에 온다면 1일 5식, 3kg이 찌는 건 기본 옵션이다.

하노이 여행을 앞두고 영화과 친구들에게 물었다.

“너희 〈그린 파파야 향기〉 봤어? 거기 배경이 하노이야.”

“그게 뭐야?”

“뭐긴 뭐야, 영화지. 우리 영화과잖아. 어떻게 그 영화를 몰라? 거기 배경이 하노이야.”

“나 도파민 중독이야. 유튜브만 봐. 대신 빠니보틀 하노이 편 보고 올게.”

“난 곽튜브랑 원지의하루 보고 올게.”

“… 다들 영화과 졸업장 반납해.”

사실 영화 이야기를 꺼낸 건, 현지 가정집 에어비앤비를 예약하려는 명분이었다. 영화 속 베트남인들의 삶이 궁금했고, 호텔만 전

에어비앤비 숙소의 테라스 뷰,
매일 아침 이곳에 앉아 커피로 하루를 시작했다.

전했던 지난 여행을 보상받고 싶었다. 다행히 영화는 많이 안 봐도 마음씨 좋은 친구들은 흔쾌히 내 설득에 넘어가, 우리의 숙소는 베트남 가옥으로 정해졌다.

세월을 유영하는 도시, 하노이

베트남에 도착하자마자 적응해야 하는 건 어느 곳에서나 들리는 오토바이의 경적이다. 베트남 첫 여행 땐, 도로를 무자비하게 달리는 오토바이들 사이에서 '이러다 치이는 거 아냐? 여행자 보험 비싼 거 들걸' 하는 걱정뿐이었다. 하지만 베트남에 몇 번 와봤다고, 이제는 오토바이를 알아서 피해 다니는 요령이 생겼다. 베트남에서 오토바이에 적응하면 여행의 반은 성공한 셈이다.

하노이의 에어비앤비 숙소는 기대 이상이었다. 알록달록한 저층 건물에는 엘리베이터도 없었지만, 현지인 삶을 체험하기 충분했다. 숙소 건너편 주택에선 현지인 아저씨가 테라스에서 담배를 피우고 있었고, 옆집 아주머니는 빨랫줄에 옷을 널고 있었다. 〈그린 파파야 향기〉처럼 정원도 없고, 넓고 고즈넉한 주택도 아니었지만, 이곳만으로도 베트남의 일상을 가까이서 들여다보기 충분했다.

우리 숙소는 구시가지에 있어서 위치도 아주 좋았다. 호안끼엠 호수와 성 요셉 대성당이 도보 10분 거리에 있었다. 호찌민이 서울 같았다면 하노이는 마치 경성 같은 이미지였다. 오래된 프랑스 식민지 건축물들이 곳곳에 스며든 분위기가 그랬다.

특히 성 요셉 성당은 정말 유럽을 연상시켰다. 건너편 콩(cong)카페 테라스에 앉아 커피 한 잔과 함께 성당을 바라보며, 우리 모두 "하노이 감성 괜찮다!"라고 외쳤다. 오페라 하우스도 마찬가지였다. 웅장한 유럽풍 건물을 배경으로 멋지게 잘 차려입은 GenZ들이 포토제닉한 포즈를 취하며 사진 찍기에 열중했다. 마치 인터넷 쇼핑몰 촬영장 같았다.

하지만 내 시선을 오랫동안 사로잡은 건 유럽풍 건축물 대신, 그 뒤편에 자리한 하노이의 진짜 얼굴이었다. 현지인 주택들 사이 좁은 골목에서 뛰어노는 아이들, 골목 어귀 작은 시장의 분주한 사람들의 손길. 그때 문득 〈그린 파파야 향기〉 속 무이가 떠올랐다. 영화 속 무이가 지나다닌 골목이 이런 곳이었을까?

인스타그램에서 사진 한 장을 보고 찾아간 '기찻길 카페'는 기대 이하였다. 과한 호객 행위로 입구부터 기분이 상했다. '커피 마실 거 아니면 들어오지도 마라'는 태도에 짜증이 났다. 베트남은 유교 국가라 체면을 중시해서 사기나 호객 행위가 거의 없는데, 이곳은 호객 행위가 심해도 너무 심했다. 결국 사진 몇 장 찍고 황급히 빠져나왔다.

며칠 뒤, 친구들은 일정 때문에 먼저 귀국했고, 나는 홀로 하노

성 요셉 성당과 호안끼엠 호수,
취향 맞는 카페에 앉아, 성당을 바라보며 커피 한 잔을 즐기면 좋다.

이에 남았다. 비로소 온전히 하노이를 내 방식대로 느껴볼 수 있는 시간이었다.

'문묘'를 방문하던 차에 우연히 들른 '베트남 파인 아트 뮤지엄'. 이곳은 하노이 여행 중 가장 빛나는 시간이었다. 붓 길로 덧칠된 베트남 역사와 전쟁의 아픔들, 피카소 작품을 연상시키는 모더니즘 작품들, 특히 불자인 나에게 큰 감동을 주었던 불교의 조각상들까지. 화폭으로 베트남의 역사를 마주하고, 위엄 있는 불교의 조각상들을 바라보니 베트남의 역사와 미술이 머리가 아닌 마음에 다가왔다. 나는 미술관을 나서며, 티켓에도 그려져 있는 미술관에서 가장 유명한 베트남 소녀 그림 마그넷을 기념품으로 골랐다. 그 마그넷은 귀국 후 냉장고에 붙이기 아까워 책상 서랍 한편에 소중히 간직해뒀다.

미술관을 들르기 전 방문한 문묘는 1076년 건축된 베트남 최초의 대학으로 공자의 위패를 모시기 위해 지어진 곳이다. 이곳 역시 좋았다. 문화재라는 엄숙함이 없었고, 공원이 아름답게 조성되어 있어 분위기를 느끼는 것만으로도 좋았다. 문묘의 붉은 지붕과 고풍스러운 정원과 연못, 그야말로 하노이다운 풍경이 가득했다. 우리나라에서 수능을 앞둔 부모님들이 새벽 기도나 108배를 위해 교회와 절로 향하는데, 베트남에선 자식이 중요한 시험을 앞뒀을 때 문묘를 찾는다고 한다. 그래서인지 중고등학생으로 보이는 아이들과 부모님이 많이 보였다. 문묘를 배경으로 전통의상 아오자이를 입고 인증 사진을 찍는 사람들도 많았다. 과거 시간 속 한 장면에 들어가 사진을 남기기 충분한 곳이었다.

하노이는 나의 베트남에 대한 편견을 완전히 뒤집어 놓았다. 유럽풍 건축물이 스쳐 지나면, 베트남인들의 삶이 녹아든 진풍경으로 만들어진 베트남만의 운치들. 그렇게 하노이는 내 마음속 깊이 스며들었다. 마치 영화 〈그린 파파야 향기〉처럼 고요하고 깊은 울림과 함께.

마술 같은 대자연의 풍경, 사파

하노이 여행에서 가장 기대했던 곳은 단연 '사파(Sapa)'였다. 이곳은 '베트남의 스위스'로 불리는 곳이다. 사실 나는 'XX의 작은 유럽' 'XX의 작은 중국'과 같은 말을 잘 믿지 않는다. 다른 여행지에서 몇 번 당해봐서 그렇다. 베트남의 스위스란 별명을 들었을 때도 의심부터 했다.

"너무 기대하진 말자. 어떻게든 사람들 오게 하려고 포장하는 것일 수 있어."

사파를 기대하는 친구들에게, 나는 눈치 없이 김을 뺐다. 너무 기대하면 실망도 커지는 법이니까.

이른 아침, 슬리핑 버스에 몸을 싣고 사파를 향한 6시간의 여정이 시작됐다. 버스가 하노이 도심을 벗어나자, 오토바이 경적들이 점점 희미해졌고, 창밖엔 한적한 시골 풍경이 펼쳐졌다. 자연이 만들어낸 그림 같은 풍경에 나도 모르게 빠져 들었다. 버스가 잠시 정차한 휴게소들은 우리나라 70년대 같았지만, 있을 건 다 있었다. '밥의 민족'답게 휴게소마다 커피와 베트남 간식거리를 야무지게 챙겨 먹었다.

버스가 한참 달린 끝에 안개 속 가려진 사파가 모습을 드러냈다.

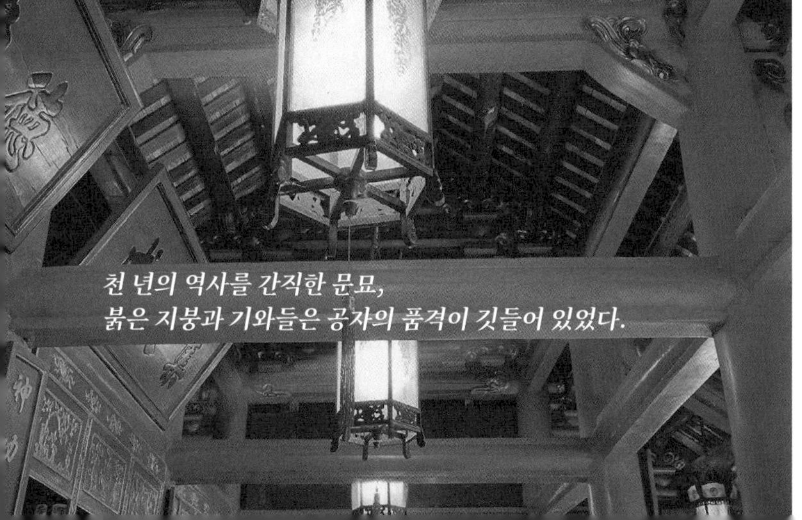

천 년의 역사를 간직한 문묘,
붉은 지붕과 기와들은 공자의 품격이 깃들어 있었다.

고요하고 신비로운 사파 깟깟마을.

맑은 공기와 대자연의 기운이 가득했다. 사파의 전경을 한눈에 담을 수 있는 산 중턱의 호텔을 예약했지만, 비포장도로를 6시간 동안 달린 터라, 녹초 상태였다. 우리는 사파의 풍경을 눈에 담기도 전에 기절한 듯 잠이 들었다.

칠흑 같은 밤이 지나고, 마침내 사파의 싱그러운 아침이 우리를 맞이했다. 호텔 유리창 너머 펼쳐진 자연 풍경은 하노이의 소란함을 단숨에 잊게 했다. 구름이 내려앉은 산맥, 끝없이 이어진 계단식 논밭. 베트남의 스위스라는 별명은 과장이 아니었다. 마을 어귀엔 고산족 여인들이 걸어가고 있었고, 말들이 한가롭게 풀을 뜯고 있었다. 사파의 신비로운 안개는 물방울이 되어 머리카락에 맺혔다. 그때 영화 〈그린 파파야 향기〉의 한 장면이 불현듯 떠올랐다.

푸릇푸릇한 정원, 무성한 잎사귀 사이로 스며드는 햇살, 바람에 흔들리는 풀잎 소리까지. 풀숲이 우거진 풍경을 바라보니, 마치 영화 속 주인공 무이가 가꾸던 정원에 초대받은 기분이었다. 그렇게 사파는 자연과 공존하는 사람들의 모습으로, 마음의 평온함으로 나를 안내했다.

사파에 도착하고 나니 베트남의 좀 더 로컬다운 공간이 궁금해졌다. 그렇게 다음 행선지는 베트남의 소수민족인 몽족이 살고 있는 깟깟마을이 되었다. 일본 애니메이션 〈하울의 움직이는 성〉의 배경지라고도 하니 가보지 않을 수 없었다. 영화 촬영 배경이 되었던 곳은 반드시 발 도장을 찍어야 한다.

이제 이번 여행의 버킷 리스트, 베트남 전통의상 입어 보기를 실현할 시간이었다. 하노이에서 아오자이를 입고 인증 샷을 찍는 많은 관광객을 보며, 친구들 귀에 딱지가 앉도록 연신 물었다.

"우리는 아오자이 언제 입어?"

너무 많이 물어봐서 친구들도 질렸다.

"알았으니까 그만 좀 물어봐라. 사파 가서 전통의상 입을 거라고 몇 번 말하냐. 한 번 더 물어보면 너는 원시인 코스프레 시킨다."

친구들은 내가 아오자이 얘기를 꺼낼 때마다 제발 그만 말하라고 입에 콩 커피를 물렸다.

그렇다. 나는 이번 여행에서 '전통의상 입기' 순간만을 고대해 왔다.

깟깟마을에 도착하자 길거리엔 먹거리와 기념품 노점들, 전통의상 상점들이 가득했다. 우리를 잡기 위한 상인들의 호객 행위가 시작됐다. 조용한 분위기를 예상했는데, 난데없는 상인들의 커다란 호객 소리에 조금 당황했다. 그렇게 전통의상 숍을 고르는 것만도 한참이나 걸렸다. 숍마다 전통의상 디자인의 디테일이 조금씩 다 달라서 어떤 곳에 가야 더 그럴싸한 소수민족 옷을 입어 볼 수 있을지 고민에 빠졌다. 그때 앳된 얼굴의 소년이 다가와 수줍은 미소로 자신의 숍으로 안내했다. 우리나라로 따지면 고등학교 2~3학년쯤 되어 보였다. 우리는 한국식 나이 셈법으로 그의 나이를 추측해 보았다.

"집주인 아드님인가? 되게 어려 보인다."

"고등학생 같은데, 아르바이트생 아냐?"

"저 학생이 호객 행위가 좀 덜하네. 저 숍으로 가보자."

우리는 호객 청년의 신상을 여러모로 추측하다 그의 손에 이끌려 전통의상 숍으로 갔다. 우아한 라인에 화려한 장식이 가득한

소수민족의 전통의상, 원색의 고운 빛깔 천에 수 놓인 비즈들. 우리는 숍 직원에게 몸과 머리를 맡긴 채 화려한 전통의상으로 갈아입고, 옷에 어울리게 머리도 땋았다. 나는 그중에서도 비즈가 가장 많이 박히고, 화려한 노란색 옷을 골랐다.

"이제 만족하니 친구야. 네 옷은 아주 번쩍번쩍하구나. 아주 서태후가 따로 없다, 야."

서태후는 베트남 사람이 아니다. 중국 황후다. 심지어 역사상 최고의 악녀다. 내가 베트남 전통의상 좀 입자고 친구들을 너무 닦달했나 보다. 친구들은 노랗게 금칠이 된 전통의상을 입은 나를 보고, 서태후 대신 김태후라 불렀다. 우리는 그렇게 완벽한 깟깟마을의 소수민족으로 변신했다. 마지막으로 우리를 호객했던 소년은 전통의상을 입은 우리에게 몇십 장도 넘게 사진을 찍어주었다. 옷을 빌리면 포함된 옵션이었다. 전통의상 대여료를 결제하며 그의 정체를 알게 되었다. 그는 고등학생도 10대도 아니었고, 평범한 20대 아르바이트생이었다. 우리가 기대한 몽족도 아니었다. 어쩐지 영어가 너무 유창하다 싶었다.

깟깟마을은 애니메이션 속 세상 같았다. 울창한 나무숲에 펼쳐진 계단식 논밭, 유유히 돌아가는 물레방아와 커다란 폭포는 그야말로 〈하울의 움직이는 성〉의 한 장면이었다. 사파의 무성한 안개까지 신비로움을 더했다. 그런데 몽족이 사는 집은 어디 있는 걸까? 그들이 사는 곳을 꼭 보고 싶었는데, 그들의 집을 볼 수 없어 조금 아쉬웠다. 마을 곳곳에서 베를 짜는 사람들과 전통 음식을 만드는 몽족의 모습을 구경하며 아쉬움을 달랬다. 어쨌든 이곳에 아름답게 펼쳐진 자연만큼은 정말 독특했다.

친구들은 사파 풍경을 배경으로 "김태후, 여기에 서 봐라"라며 내 사진을 열심히 찍어주었다. 사진 속 나는 서태후가 아닌 소수민족의 딸처럼 보일 거라 잠시 착각도 했다. 물론 귀국 후 사진들을 확인하니 그냥 지나가는 관광객 한 명이었다.

우리는 옥상 테라스 카페에 앉아 코코넛 커피를 마시며 사파 풍경을 감상했다. 전통의상을 입고 까르르 웃으며 베트남 커피를 마시고 잠시나마 소수민족이 된 기분을 만끽했다.

사파 시내로 다시 돌아와 산 능선과 어우러진 유럽식 건물들을 보며 피자와 윙 치킨을 먹었다. 시내는 깟깟마을과 다르게 유럽의 소 동네 같았다. 사파 시내는 동서양이 어우러진 빈티지 같은 곳이었다.

사파는 영화 〈그린 파파야 향기〉 속 정원처럼 자연의 생동감이 가득했다. 안개 자욱한 풍경 속에서 드넓은 자연, 바람에 흔들리는 나뭇잎 소리, 풀숲에서 들려오는 자연의 선율. 사파의 고요함은 하노이의 소란스러움을 단숨에 지웠다.

베트남 여행에 대한 기대감이 점점 희미해지던 차에, 하노이 여행은 정말 괜찮은 선택지였다. 하노이는 말했다.

'이게 바로 진짜 베트남다운 베트남이다.'

〈그린 파파야 향기〉에서 시작된 작은 호기심이 베트남의 진짜 정취를 느낄 수 있는 '하노이'로, 자연의 마법을 품은 '사파'로 이어지며, 모든 순간이 하나의 영화처럼 촘촘하게 엮여갔다.

아니, 어쩌면 이곳은 내가 자세히 들여다보지 못한, 특별한 영화 같은 나라일지도 모른다.

영상에 채색된 한 편의 정물화, 〈그린 파파야 향기〉

이따금 숨 고르기가 필요한 순간이 있다. 세상에 치여 속이 복잡할 때, 어지러운 머릿속을 비우고 온전히 순수한 것들만 마주하고 싶을 때, 나는 그 순간마다 마음속으로 이 영화의 장면들을 떠올리곤 한다.

〈그린 파파야 향기〉는 세상에서 가장 무해한 순수 결정들로 프레임에 인장을 찍는다. 거대한 자연과 인간사의 순환을 아름답게 그려낸 장면들을 마주할 때면, 오염된 마음도 금세 치유 받는다.

영화 속 세상은 행복이 작은 것일지언정 영롱하게 빛나고, 슬픔마저 고요하고 평화롭게 묘사된다. 마치 세상에 비정함과 야속함은 존재하지 않는다는 듯 삶에 대한 찬사가 가득하다.

그리고 싱그러운 초록빛 영상미와 마치 영화 한 편으로 우아한 클래식 음악과 청아한 미술 작품을 동시에 음미한 듯하다. 공간을 끊임없이 유영하는 카메라의 시선 속에는 아름다운 자연 풍광이 넘실거리며, 푸릇한 풀 내음을 스크린 가득 퍼뜨린다. 프레임 속 거대한 자연 속 나뭇잎은 긴 생명력을 뽐내듯 유려하게 흔들리고, 영화 내내 스산하게 울려 퍼지는 풀벌레 소리는 마음을 평화로 인도한다.

〈그린 파파야 향기〉의 배경은 베트남이지만, 프랑스에서 제작되었다. '트란 안 훙' 감독은 베트남 출신이지만, 프랑스 이민자의 삶을 살아왔기에 베트남 촬영의 정부 허가를 받지 못했다. 비록 촬영지는 프랑스 스튜디오였지만, 베트남의 생활감을 정교히 구연해 베트남에서 촬영했다고 해도 믿을 수 있을 정도다. 등장인물들이 사용하는 언어와 배경 또한 100% 베트남어와 베트남인들로 구성되었다는 점에서 베트남과 프랑스 공동 작품으로 간주한다.

이 영화는 주인공 소녀 무이의 10대 시절부터 어엿한 성인이 되기까지의 성장 이야기이다. 영화는 뚜렷한 갈등과 기승전결 대신, 무이 삶의 자연스러운 흐름에 따라 순수하게 관조한다.

이야기는 주인공 무이가 열 살이 된 해, 남부 사이공의 어린 가정부로 고용되며 시작된다.

주인집 부부는 번듯한 아들이 둘이나 있지만, 어린 시절 죽은 딸에 대한 아픔이 있다. 딸이 살아있다면 무이와 똑같은 나이였을 터이다. 주인집 부인은 무이에게서 죽은 딸을 떠올리며 특별한 애정을 느끼고 사려 깊게 대한다.

생활력 강한 주인집 부인은 가족 모두를 책임지며 삶을 고군분투한다. 실제 베트남에서는 '베트남 여성이 결혼하면 호랑이가 된다'라는 우스갯소리가 있을 만큼 생활력이 강한 여성들이 많다. 베트남 노동 시장에서 남성이 86%, 여성이 79%로 여성 노동 비율이 독보적인데, 이는 잦은 전쟁으로 남성 인구가 급격히 줄어들어, 여성들이 자연스레 노동 시장에 뛰어들었기 때문이다. 영화 속 캐릭터들은 이러한 베트남의 역사적, 사회적 배경을 바탕으로 여성 상을 형상화했다고 볼 수 있다.

주인집 부인은 삶과 생활 전선에서 고군분투하지만, 가족들은 그녀에게 무수한 시련을 준다. 주인집 남편은 무기력하고 무책임한 사람으로 대부분 시간을 집 밖에서 보내고 집안의 재산마저 탕진한다. 시어머니는 남편의 죽음 이후, 매일 죽은 아들을 위해 불공을 올리며 시간을 쓴다. 그래도 주인집 부인과 무이 그리고 또 다른 하녀는 가족의 안정을 위해 돈을 벌고, 밥을 짓고, 집을 쓸고 닦으며 헌신을 다한다.

영화 속 인물들은 인간사에 존재할 수밖에 없는 보편의 시련들과 소박한 행복들로 각자의 삶을 꾸려나간다. 무이 역시 시간의 흐름 속에 다양한 경험을 체득하며 삶의 아름다움과 인생에 대해 배운다. 영화 속 무이의 시선은 일상과 자연에 자주 머무는데, 골목길 상점 속 생활을 일구는 사람들의 에너지, 나뭇잎 사이로 스며드는 빛, 자연이 주는 생동감 등을 자주 관찰한다. 특히 그녀의 파파야 요리 장면들이 자주 등장하는데, 파파야는 단순한 요리 재료가 아닌, 무이의 삶을 은유하는 매개체이다. 영화는 무이가 영글지 않은 파파야처럼 순수하고 어리지만, 파파야가 익어가듯 그녀 역시 성장해 나갈 것임을 암시한다.

영화의 2막, 무이는 20대가 되고 쿠엔이라는 피아니스트의 가정부가 된다. 쿠엔은 말수가 적고 조용하지만, 섬세하고 예술적 감각이 뛰어난 남성이다. 그의 일상은 말없이 하루 종일 피아노를 연습하는 것이 전부다. 영화 1막의 배경 사운드가 새소리, 평화로운 일상의 소음 등 자연 소리가 가득했다면, 2막의 배경 사운드는 쿠엔의 아름다운 피아노 선율로 가득 채워진다.

무이는 쿠엔의 피아노 연주를 음미하며 하루하루 행복을 느끼고, 쿠엔은 무이의 신중하고 아름다운 내면에 점차 이끌린다. 결국 쿠엔은 약혼자가 있지만, 무이에게 완전히 매료되어 무이와 새로운 삶을 시작한다. 쿠엔은 무이에게 글을 가르쳐 주고, 삶의 버팀목이 되며 무이 삶의 제2막을 열어준다.

영화는 쿠엔의 아이를 가진 무이가 아름다운 자연의 한 장면에서 평화롭게 책을 읽는 모습으로 끝이 난다.

1950년대 하노이의 서정적인 풍경

〈그린 파파야 향기〉는 1950년대 베트남, 하노이를 배경으로 이야기가 펼쳐진다. 그 시절 베트남은 프랑스 식민 통치에서 벗어나기 위해 독립운동을 벌이던 시기지만, 영화는 이러한 역사적 맥락은 생략한다. 대신, 그 당시 베트남인들이 삶을 영위해 가는 방식과 베트남의 전통적인 일상에 집중한다.

영화 속 이야기가 펼쳐지는 공간은 무이가 살던 주인집과 쿠엔의 집이 주를 이루는데, 영화에서 집이란 공간은 베트남의 정통성과 베트남인의 삶을 면밀히 보여주는 주는 중요한 요소이다. 1막의 주 배경인 주인집은 자연광이 넓게 펴지는 전원주택 형태로 그 시절의 전형적인 상류층 베트남 가정집의 구조이다. 목가적인 집 내부엔 정원과 연못이 있고, 이는 자연과의 조화를 중시했던 베트남 사람들의 가치관을 드러낸다. 영화 속 무이와 집주인 가족의 의상들, 무이가 준비하는 베트남 요리 역시 베트남 문화의 전통성을 면밀히 드러낸다. 〈그린 파파야 향기〉는 음식 영화라고 해도 무방할 정도로 다양한 요리 장면들이 등장하는데, 무이의 손을 거쳐 만들어지는 음식들은 파파야 요리, 쌀국수, 반쎄오, 스프링 롤 등 베트남의 전통식이 주를 이룬다.

인물들의 의상 또한 시대상이 반영되어 있다. 집주인 가족은 실크나 비단 소재의 베트남 전통 일상복과 아오자이를 주로 입으며 상류층이란 사회적 지위를 드러내고, 하루 종일 집에서 노동해야 하는 무이와 하녀는 면 소재의 실용적인 일상복을 입으며 노동 계층의 정체성을 보여준다. 과거 베트남에서 미혼 여성은 흰색의 아오자이를, 결혼한 여자는 색감이 있는 아오자이를 입는 전통이 있었다. 영화의 마지막 장면에서 무이가 쿠엔과 결혼한 후 노란색 아오자이를 입은 장면은 그녀가 기혼 여성이 되었음을 상징한다.

이 영화는 마치 스크린 속 정물화처럼 아름다운 자연 풍경을 펼친다. 무이가 주인집의 정원과 연못, 나뭇잎을 바라보는 장면이 자주 등장하는데, 영화는 그녀의 시선을 통해 푸릇한 하노이의 전경에 베트남만의 색감과 질감을 더하고 자연의 생동감을 만들어낸다. 스크린 속엔 신선한 파파야 열매가 달린 나무들이 무성하고, 자연을 품은 배경 소리는 영화의 서정성을 더한다. 또한 베트남의 열대 기후를 강조하는 빗소리, 새들의 지저귐, 일상을 채워가는 사람들의 부산한 소음들은 자연과 삶의 조화를 중하게 여겼던 베트남 사람들의 삶의 방식을 보여준다.

관습과 전통을 중시하는 베트남의 문화적 특색은 수십 년이 지난 지금도 여전하다. 어쩌면 베트남 사람들은 인간이 자연과 함께 어울려 살아갈 수 있는 지혜를 수십 년 전부터 체득했을지도 모른다.

삶에서 마주하는 시련과 슬픔을 어떻게 현명하게 이겨내고, 행복을 온전히 영위하며 살아갈 수 있을까? 영화 〈그린 파파야 향기〉는 이 질문에 대해 자연과 인간사의 흐름, 아름다운 서사로 이에 대한 해답을 속삭인다.

10

아시아의 작은 포르투갈, 동양의 라스베이거스, 마카오

아시아의 작은 포르투갈, 동양의 라스베이거스, 마카오

화양연화(花樣年華). 꽃처럼 아름다운 시절, 인생에서 가장 아름답고 행복한 순간.

홍콩 멜로 영화의 대명사 〈화양연화〉의 꽃처럼 아름답고, 찬란한 장면들은 바로 이곳, 마카오에서 탄생했다.

낡은 아파트 벽에 길게 드리워진 그림자, 비좁은 골목을 스치는 양조위, 장만옥 배우의 우아한 발걸음들. 어둠 속 노란 가로등 불빛 아래 서로를 향하던 매혹적인 눈빛들.

마카오는 〈화양연화〉의 서정적인 장면들처럼 마음을 사로잡는 분위기를 품고 있었다.

이곳은 '아시아의 작은 포르투갈' '동양의 라스베이거스' 등 여러 수식어가 따라붙는다.

낮에는 포르투갈의 고즈넉한 정취가 곳곳에 스며들어 있고, 밤이 되면 화려한 네온사인과 카지노 불빛이 도시를 물들인다. 낮과 밤의 대조적인 풍경은 마카오를 각기 다른 시공간으로 펼쳐 보인다.

홍콩을 그렇게도 많이 오가면서도 마카오는 거의 방문하지 못했다. 그저 홍콩 도심에 몰두하기에 바빴고, 〈중경삼림〉의 흔적을 찾아 헤매느라 여행 일정이 꽉 찼다.

그러다 문득 〈화양연화〉의 촬영지가 마카오라는 걸 알게 되었을 때, 이곳에 와야겠다고 마음먹었다.

양조위와 장만옥 배우가 사랑에 빠진 도시, 결국 이루어지지 못한 사랑을 영원히 간직하게 만든 도시. 대체 어떤 매력이 그들의 사랑을 영원히 품게 만든 걸까? 마카오 여행은 그 순수한 호기심으로 시작됐다.

마카오는 홍콩에서 페리를 타고 한 시간 남짓이면 닿는 거리지만, 홍콩과는 완전히 결이 달랐다. 홍콩은 영국의 흔적을 품고 있지만, 마카오는 포르투갈의 숨결이 짙게 묻어 있었다. 도심의 정서와 운치, 문화와 생활 방식마저 그 모든 것이 달랐다.

포르투갈의 낭만이 짙게 밴 마카오 반도

2025년 1월, 두 번째로 마카오에 왔다. '호캉스'의 나라답게, 우린 바다 뷰의 럭셔리 호텔을 예약했다. 그런데 운이 나빴는지, 히터가 고장 나 밤새 오들오들 떨었고, 급히 받은 휴대용 난로마저 추위를 녹여주지 못했다. 프런트에 이야기하자, 호텔 매니저는 곧바로 우리의 방을 스위트룸으로 업그레이드해 주었다. 예상치 못한 뜻밖의 행운이었다. 호텔 매니저의 고품격 서비스에 우린 감탄을 쏟아냈다.

"마카오 사람들 인심 좋네! 히터 하나 때문에 스위트룸으로 업그레이드해 주다니!"

스위트룸 통창에 펼쳐진 야경.

숙소 전면 통유리 창엔 바다가 반짝거렸고, 바다의 햇살이 눈을 간질였다. 해가 지자 화려한 카지노의 불빛들이 일렁거려 뷰만으로도 기분이 좋았다. 여행의 시작이 아주 순조로웠다.

우리의 호텔 지역은 마카오다움을 가장 진하게 느낄 수 있는 '마카오 반도'였다. 이곳은 마카오에서 가장 오래된 지역이기도 하고, 대표 관광 명소들이 모두 모여 있기도 했다. 영화 〈화양연화〉의 정확한 촬영지가 알려지지 않았지만, 이곳의 사진들을 먼저 검색했을 때, 아마 이 지역의 골목 어딘가일 거라고 짐작했다.

마카오 반도의 숨겨진 골목들은 마치 〈화양연화〉 속으로 걸어들어간 시간 같았다. 포르투갈 정취가 가득한 세나두 광장과 성

바울 성당을 걷다 골목길로 들어가면, 고즈넉한 마카오의 모습이 시야 가득히 이어졌다. 비좁고 구불구불한 마카오의 골목들은 영화 속 장면을 떠올리게 했고, 그 길을 걸을 때 이따금 장만옥의 우아한 걸음이 떠올랐다.

〈화양연화〉에선 장만옥과 양조위가 노점에서 국수를 사 먹는 장면이 자주 등장한다. 이곳에 온 만큼, 나도 영화 속 한 장면을 흉내 내고 싶었다. 그들처럼 길거리 노점에 서서 완탕면과 국수를 먹으며 영화의 슬로우모션 장면을 흉내 냈는데, 친구들에게 핀잔을 들었다.

"너는 장만옥이 아니다. 친구야, 유난 떨지 말고 빨리 먹으렴."

친구들은 내 우스꽝스러운 모사에 실소를 참지 못했다. 장만옥 흉내도 처참히 실패했고, 국수 맛도 그냥 그랬다. 하지만 영화의 장면을 떠올리며 국수를 삼키니 마음만은 몽글몽글해졌다.

고즈넉한 골목만 걸어도 마카오는 <화양연화>가 된다.

동서양이 뒤섞인 건물에는 빨래들이 널린 모습을 자주 볼 수 있다.
마카오는 집값이 터무니없이 비싼 탓에
대다수 집이 비좁아 빨래를 창밖에 걸어놓기 때문이다.
빨랫줄에 걸린 속옷부터 수건까지,
생활감이 덧입혀 이국적인 거리 풍경의 일부가 된다.

포르투갈에서 가장 맛있게 먹었던 게 바로 에그타르트였다. 그런데 마카오에서 포르투갈식 에그타르트를 판다는 것 아닌가. 우린 당장 에그타르트 가게로 향했다. 역시 포르투갈 에그타르트는 베이커리 계의 최고봉임이 틀림없다. 포르투갈에서 먹었던 그 에그타르트의 달콤함이 마카오에서도 느껴졌다. '마카오=에그타르트 맛집'이라는 수식어는 농담이 아니었다.

우린 칼로리 따위 신경 쓰지 않고, 하루에 6개씩 사 먹었다. 칼로리보다 먹는 행복이 더 중요했다. 포르투갈식 에그타르트를 다시 맛볼 수 있다니, 실은 〈화양연화〉 촬영지 구경보다 더 축복 같은 순간이었다.

컬러풀 마카오답게 알록달록한 색감들에 점령된 도심.

마카오의 상징, 성 도미니크 성당, 아줄레주 타일,
포르투갈식 이정표.
세나두 광장 곳곳엔 매혹적인 포르투갈의 향취가 가득하다.

영화 <도둑들>의 포스터 촬영지, '행복의 거리'.
과거 홍등가였지만 지금은 맛집 골목으로 바뀌었다.
마카오에서 유일하게 중국 느낌이 진하게 풍겼던 곳이다.

현란한 빛의 도시, 타이파

타이파 투어의 날이 시작되었다. 이번 여행에서 기대했던, 드라마 〈꽃보다 남자〉 촬영지인 '베네시안 호텔'에 가기 위한 날이기도 했다.

"난 구준표 할게. 누가 금잔디 할래?"

최상급 호텔이 모여 있는 타이파에 바로 베네시안 호텔이 있었다. 화려한 천장, 곤돌라 배가 지나가는 실내 수로, 황금빛으로 장엄하게 빛나는 로비까지. 베네시안 호텔은 럭셔리 그 자체였다.

마카오 호텔들엔 '럭셔리' '황홀함'이란 단어가 제격인 곳이 많

<꽃보다 남자> 촬영지 베네시안 호텔,
드라마 BGM <Stand By Me>를 들으며 기념사진을 찍으면
더 잘 나온다.

다. 이를테면 '윙 팰리스'엔 호텔 내부에 인공 호수가 있어 음악 분수 쇼가 펼쳐지기도 한다. 밤이 되면 형형색색의 화려한 빛으로 눈부신 야경을 뽐내고, 그래서 마카오의 야경 투어라면 대부분 호텔 투어 중심으로 이루어진다.

마카오 하면 빠질 수 없는 거대한 카지노도 모든 호텔에서 쉽게 구경할 수 있었다. 가히 아시아 최고의 카지노 나라다웠다. 우린 "한탕 해보자고!"라고 외치며 의기양양하게 이곳에 왔지만, 막상 도착하니 간이 콩알만 해졌다. 배팅 대신 구경만 하며 눈요기했지만, 고액 베팅 게임들에 시선이 빨려들었다.

카지노 왕국 마카오 호텔들마저 2억 6천만 달러 스케일을
온몸으로 뽐낸다.
우린 베팅했다가 귀국 비행기 티켓까지 팔아야 할까 봐 구경만 했다.

마카오의 카지노 역사를 알고 나면 더 흥미진진하다. 2004년, 미국의 카지노 운영 회사인 '라스베이거스 샌즈'가 마카오에 2억 6천만 달러를 투자하며 카지노가 생겼는데, 이들은 투자한 지 9개월 만에 투자금을 모두 회수했다고 한다. 이것이 마카오가 '동양의 라스베이거스'로 불리게 된 이유다.

마카오 반도가 포르투갈의 정취가 강한 곳이라면, 타이파는 마카오의 현지 감각과 포르투갈의 문화가 자연스럽게 녹아든, 동서양의 매력이 조화로운 곳이었다. 이색적인 풍경 때문에 거리 곳곳마다 포토 스냅 촬영을 하는 여행객들, 웨딩 촬영을 하는 현지인들이 많았고, 우리도 그 포토 스냅 행렬에 동참할 수밖에 없었다.

오후에는 푸드 스트릿 거리로 유명한 '쿤하 거리'로 향했다. 거리를 가득 메운 관광객들과 현지인들 사이에서 주빠빠오(마카오식 햄버거)와 세라두라(마카오식 케이크)를 먹으며 포만감과 행복감으로 속을 꽉 채웠다. 타이파는 눈으로도, 입으로도 풍성한 즐거움을 준 곳이었다.

마카오는 홍콩과는 다른 독창적인 특별한 감성과 매력을 지니고 있었다.

낮에는 포르투갈의 정취가, 밤에는 카지노의 화려함이, 골목에서는 〈화양연화〉의 잔상이 가득했던 곳.

마카오에서만큼은 잠시 길을 잃어도 괜찮았다. 그 길 끝에는 언제나 〈화양연화〉의 풍경과 시간이 흐르고 있었으니까.

푸드 스트릿 쿤하 거리.

澳門佳作
macau creations
BANG! BANG!
CHY CREATIONS

淳溢藥房
振興藥房
文記餅家
香芋老婆餅 咖哩肉鬆蛋卷
CASA DE BOLOS MAN KEI
淳溢藥房
FARMÁCIA SUN YAT

영원히 가슴속에 새겨진 찰나의 사랑, 〈화양연화〉

〈화양연화〉는 제목의 뜻처럼 이루어질 수 없는 가슴 아픈 사랑 이야기로, 주인공들의 사랑은 숨 막히게 매혹적이다. BBC 선정 '21세기 세계 100대 영화' 중 2위를 차지했고, 각종 유수한 영화제에서 상을 휩쓸 정도로 작품성을 인정받은 홍콩 최고의 작품 중 하나이다.

〈중경삼림〉을 연출한 왕가위 감독의 대표작으로, 많은 관객에게 가장 큰 사랑을 받았다. 홍콩 대표 배우 양조위와 장만옥이 출연했고, 양조위는 이 영화로 홍콩 배우 최초 칸 영화제에서 남우주연상을 받았다. 양조위가 출연한 작품 중 가장 관능적인 연기를 선보였기에 그를 사랑한다면 반드시 봐야 한다. 장만옥 역시 이 영화로 치파오의 상징이 되었을 정도로, 고혹적인 자태와 우아한 연기를 뽐낸다. 실제 촬영 당시 장만옥은 46벌에 달하는 치파오를 입었고, 완벽한 스타일을 위해 5시간씩 헤어 스타일링과 메이크업을 받았다고 한다.

〈화양연화〉는 마카오를 배경으로 전개된다. 왕가위 감독은 이 작품의 촬영지로 베이징을 염두에 두었는데, 중국은 반드시 완성된 대본을 사전 검열한 후에만 촬영을 허가해 주기 때문에 마카오로 변경되었다고 한다. 감독의 작업 스타일은 완성된 대본을 순차적으로 촬영하기보단, 촬영 당일의 분위기와 배우들의 컨디션에 맞춰 진행하는 자유로운 스타일로 애초에 완성된 대본은 존재하지 않았다. 하지만 이러한 즉흥적인 촬영 방식은 도리어 마카오의 독보적인 분위기를 생생하게 포착함으로써 매혹적인 영상미와 미장센의 절정을 이루었다.

왕가위 감독은 한 인터뷰에서 〈화양연화〉는 일반적인 러브 스토리가 아닌 '사랑에 대한 영화'라고 언급했다. 영화 속 두 남녀는 감정을 표면적으로 드러내지 않고 최대한 절제하고 생략하며 마음의 조각들 일부만 드러낼 뿐이다. 두 남녀는 가까이 다가가다가도 어느 순간 거리를 두고, 대화 대신 맹렬한 침묵을, 언어가 아닌 눈빛으로 마음을 전달한다. 영화는 사랑이란 감정 대신 사랑에 뒤따르는 두려움, 망설임, 미련, 쓸쓸함 등 무수히 스치는 복잡한 정서들을 유려하게 포착한다. 멜로 영화임에도 불구하고 스킨십조차 포옹과 손을 잡는 것이 전부이다. 이 절제된 정서는 보는 이들에게 사랑의 섬세한 감각을 일깨우고, 대화의 공백은 아름다운 배경 음악들로 채워진다.

〈화양연화〉의 대표 테마곡, 〈Yumeji's Theme〉와 〈Quizas, Quizas, Quizas〉는 도입부만 들어도 영화의 장면들이 떠오를 정도로 결이 선명하다.

영화의 시적인 영상미와 우아한 미장센은 한 폭의 예술 작품 같다. 인물들 얼굴에 섬세히 떨어지는 빛과 그림자는 감정을 깊게 비추고, 1960년대 마카오의 분위기를 미학의 향연으로 묘화한다. 영화의 가장 유명한 장면이라면 양조위와 장만옥이 비좁은 골목에서 교차하는 슬로우 모션 장면일 것이다. 두 사람이 골목에서 서로를 지나치는 장면들은 이들의 정서적 떨림을 밀도 있게 포착해, 고혹적인 영상미로 연출한다. 영화는 두 남녀의 교차 슬로우 모션 장면으로 이루어질 수 없는 숙명적 사랑을 천천히 흐르는 시간 속에 박제한다.

1962년 홍콩. 신문사 기자 차우(양조위)와 수 리첸(장만옥)은 같은 날, 같은 아파트에 이사를 온다. 처음 이들은 이웃으로 단순히 호의적 인사만 나누며 스치는 사이였다. 이들이 거주하는 아파트는 공동 부엌과 복도의 구조로, 사생활이 노출될 수밖에 없는 구조이다. 이로 인해 서로의 가정사를 쉽게 파악할 수 있고, 이웃 간의 격이 없었다.

어느 날부턴가 차우의 아내와 수 리첸의 남편은 출장과 직장을 핑계로 똑같은 날에 집을 자주 비운다. 두 사람은 자신의 배우자들을 의심하기 시작하고, 심지어 이들의 불륜 정황을 발견한다. 차우의 아내가 수 리첸과 똑같은 가방을 메고, 수 리첸의 남편은 차우와 똑같은 넥타이를 맨 것이다.

차우와 수 리첸은 상처받은 마음을 공유하기 시작한다. 함께 밥을 먹고, 시간을 보내며, 각자 배우자의 관계를 이해해 보기 위해 가상 역할극마저 시도한다. 서로의 배우자가 좋아하는 음식을 먹고, 취향을 공유하고, 상대 배우자의 행동을 모사하기도 한다. 하지만 그 과정에서 두 사람은 서로에 대한 사랑의 감정이 피어난다. '우리는 그들과 다르다'고 말하지만 그 말은 도리어 이들의 감정이 이미 깊어졌음을 방증한다.

한편, 차우는 기자가 되기 전 꿈이었던 무협 소설을 쓰기 시작한다. 그는 소설을 핑계로 수 리첸과 시간을 보내는 날들이 많아진다. 늦은 시간까지 식당에서 함께 밥을 먹으며 시간을 보내고, 차우는 호텔 방을 빌려 글을 쓰기도 한다. 수 리첸은 그곳에 찾아가 그의 글을 읽으며 늦은 밤까지 시간을 보낸다. 결국 둘의 관계는 깊어지고 사랑과 두려움, 떨림 등 복잡한 감정들로 뒤얽히고 만다.

두 사람의 관계는 수 리첸의 회사 사장, 집주인 등 주변인들로부터 의심을 산다. 결국 차우는 사람들의 시선 때문에 싱가포르로 떠나기로 한다. 수 리첸은 "우리만 아니면 된 거 아닌가요?"라고 묻지만, 차우의 대답은 마음을 거스르는 응답일 뿐이다.

"나도 그들처럼 안 될 거라 믿었죠. 근데 아니었어요. 당신은 남편을 떠날 수 없잖아요. 그래서 내가 떠나려고요. 두 사람의 시작이 궁금했는데 이제 알겠어요."

마지막으로 조심스레 자신의 사랑을 고백한 차우, 둘은 그렇게 이별을 준비한다.

차우는 수 리첸에게 함께 떠날 것을 조심스레 제안한다. 하지만 수 리첸은 현실을 뿌리칠 수 없어서 떠나지 못한다. 결국 몇 년 뒤 차우를 찾아 싱가포르로 향한 수 리첸. 하지만 둘은 엇갈리고 사랑을 한순간도 말하지 못한 채 이별한다.

몇 년 후, 차우는 홍콩으로 다시 돌아온다. 과거를 회상하기 위해 머물렀던 아파트를 찾아왔지만, 수 리첸은 이미 그곳을 떠난 뒤다. 그렇게 둘의 사랑은 아름다운 추억 한 편에 묻힌다.

시간이 흐르고, 차우는 앙코르와트 사원으로 향한다. 앙코르와트는 언제나 그 자리에 변함없이 존재하기에 시간이 영원한 곳이다. 차우는 그곳에서 자신이 영원히 간직하고 싶은 비밀, 수 리첸과의 사랑을 사원 기둥 구멍에 속삭인다. 그리고 그 비밀을 영원히 지키려는 듯, 사원 구멍을 흙으로 막는다. 그렇게 차우는 끝내 이루지 못한 사랑을 가슴 속에 영원히 묻는다.

영화는 자막과 함께 막이 내린다.

"지나간 세월은 먼지 쌓인 유리창처럼 볼 수는 있지만 만질 수 없기에, 그는 여전히 지난 세월을 그리워한다. 만약 그가 먼지 쌓인 유리창을 깰 수 있다면 지나간 세월의 그때로 돌아갈지도 모른다."

인물의 정서가 형상화된 공간, 마카오

왕가위 감독의 영화 속 공간들은 언제나 인물들의 감정과 내면을 투영하고, 서사의 중심축을 이루는 중요 요소이다. 마카오는 포르투갈의 식민지였던 역사로 인해 서양의 이국적인 정취와 본토의 전통성이 아름답게 혼재된 곳이다. 이러한 공간성은 〈화양연화〉만의 고혹적인 미장센과 감각적인 분위기를 형성한다. 더 나아가 마카오의 좁고 굽이진 골목길, 포르투갈과 마카오가 이국적으로 뒤엉킨 분위기는 인물들의 복잡하고 섬세한 감정선을 시각적으로 드러내는 요소로 작용한다.

영화의 붉은색과 녹색 톤이 어우러진 색채감은 마카오의 식민지 시대 건축물의 색감들과 절묘하게 조화를 이루어 영화의 감각적인 스타일을 구축한다.

만약 이 영화가 계획대로 베이징에서 촬영이 진행되었다면, 〈화양연화〉는 오늘날 우리가 기억하는 작품으로 탄생할 수 없었을지도 모른다. 전적으로 마카오의 감각적인 요소들과 이색적인 정취가 영화의 미학성을 완벽의 경지로 견인했다고 볼 수 있다. 이 영화는 그 시절 마카오의 시간과 공간, 감정을 시각적으로 형상화하여 당대 최고의 비주얼리스트 왕가위의 탁월한 감각이 빛을 발한 작품이다.

밀란 쿤데라는 소설《불멸》에서 사랑을 이렇게 표현했다.

'진정한 사랑은 언제나 옳다. 비록 틀렸다고 할지라도. 사랑에 대한 모든 정의에는 언제나 한 가지 공통점이 있다. 삶을 운명으로 바꿔 놓는다는 점 말이다.'

이 구절처럼 이들의 사랑은 그릇되었을지언정, 운명이 바뀌어버린 애달픔과 처연함이 찬란하게 아름답다. 이들의 마음 빈틈 사이스며든 사랑은 많은 이들의 마음속에도 영원히 아로새겨질 것이다.

〈화양연화〉는 왕가위 감독이 만들어낸 영화 중에서 '사랑'에 관한 최고의 헌사 작품이다.

낭만과 몽상의 마침표, 홍콩

낭만과 몽상의 마침표, 홍콩

'사랑에 유통기한이 있다면 만 년으로 하겠다.' 홍콩의 대표 명작 〈중경삼림〉의 명대사를 빌려 말하자면, "홍콩에 대한 내 사랑의 유통기한은, 무한정으로 하겠다."

스무 살의 난, 그저 보통의 사람이었다. 집과 학교에 왔다 갔다 하는 게 전부였고 '모험'과 '도전'은 내 인생에 없는 단어들이었다. 두 단어가 결합한 '여행'이라면? 당연히 내 관심사 밖의 것이었다. 이제 막 대학생이 된 친구들이 젊음이란 빚쟁이에 쫓기듯 청춘을 불태우기 위해 밖을 헤맬 때, '대문자 I'인 난 하루 종일 집에서 방바닥을 긁었다.

내게 새로운 경험이란 영화와 책만으로도 충분했다. 이제 막 영화과에 입학한 갓 새내기는 몽상의 끝판왕이었고, 방구석에서도 스크린과 종이로 마음껏 상상의 나래를 펼쳤다. 에드거 앨런 포 소설 《엘레오노라》의 '화려한 공상과 열정으로 가득 차 있는 사람들이 있다. 나는 그런 부류에 속한다'라는 구절처럼 나 역시 그런 사람이었다. 발붙이고 사는 현실과 공상의 경계가 모호한 사람, 현실의 중력을 거슬러 자유로운 공상 속에서 쾌락을 느끼는 사람이었다.

이런 소극적인 몽상가가 제 발로 한국 땅을 떠나겠노라, 결심하게 된 건 바로 왕가위 감독의 영화 때문이었다.

스크린을 타고 흐르는 홍콩의 눅진한 습기, 텁텁한 여름 공기 속 사람들의 땀 내음, 어지러이 흔들리는 카메라 속 형형색색 네온사인들까지. 왕가위 영화 세상에 푹 빠져, 나도 모르는 새 홍콩 병을 앓고 있었다. 스탈당 신드롬이 아닌 왕가위 신드롬에 걸리고 만 것이다. 탐미주의 작가 샤를 보들레르 소설 속 문장 '거기에 부는 계절풍이 나를 그곳의 매혹적인 풍토로 실어준다'처럼, 홍콩에 간다면 〈중경삼림〉의 매혹적인 공기에 빨려 들어가 홍콩에 녹아들 수 있을 것만 같았다. 결국 〈중경삼림〉 속 '미드레벨 에스컬레이터를 기필코 내 눈으로 보고야 말겠다'라는 이상한 집념마저 생겼다. 그렇게 내 인생의 첫 배낭 여행지는 단숨에 홍콩으로 결정됐다. 결정 즉시 친구들 메신저에 이 내용을 뿌렸다.

"나 이번 겨울 방학에 홍콩 간다. 같이 갈 사람?"

"갑자기? 웬 홍콩? 첫 해외여행 국룰은 일본 아냐?"

"아니, 난 홍콩에 갈 거야. 홍콩에 가야겠어. 홍콩의 냄새… 공기… 온도… 그걸 느껴보려고 해."

"뭔 소리야. 시 쓰니?"

"특이하네. 냄새 맡으러 홍콩까지 가네."

"나 갈래. 대신 네가 여행 계획 짜줘."

계획을 나더러 짜라니, 그 친구에게 오히려 고마웠다. 왕가위 덕후의 홍콩 여행은 〈중경삼림〉 발자취 따라가기가 목적이었으니까. 사실 '모험'이라곤 내 이름 건 10분짜리 단편영화를 만든 경험

이 전부였던 내게 배낭여행은 꽤 큰 목표였다. 지금이야 스마트폰 하나면 모든 것을 찾을 수 있는 시대이지만, 그 시절엔 구글 맵조차 없었다. 목적지에 가기 위해선 종이 지도를 들고 다녀야 했고, 여행책을 수시로 꺼내야 하는 아날로그 시대였다.

그렇게 첫 배낭여행, 홍콩은 나에게 여행의 진정한 맛을 가르쳐 주었다. 이후 겁도 없이 여러 나라를 누빌 수 있었던 건, 홍콩에서 맛본 여행의 짜릿함 때문이었다.

홍콩, 낭만의 환각이 짙게 물든 곳, 여행이란 마약 같은 도파민이 혈관을 타고 흐르게 만든 곳. 도심을 걷는 것만으로도 영화 속 명장면에 들어간 것 같고, 귓가엔 배경음악이 맴돌게 만든 곳. 낭만을 좇고 몽상을 즐기는 이들에게 제격인 곳이 바로 홍콩일 것이다. 과거와 미래가 뒤섞인 홍콩은 시간 감각마저 마법같이 뒤튼다. 도심을 걷다 보면, 저 먼 기억 속의 옛날 내 모습이 불쑥 튀어나오고, 머나먼 미래의 상상 속으로 나를 던지게 된다. 여행이란 현재 진행형이지만, 홍콩에서만큼은 상상력만 있다면 과거와 미래를 자유롭게 넘나들 수 있다. 강렬한 영감과 상상력, 홍콩은 그 모든 것을 자극한 곳이었다.

10여 년의 세월 동안 나는 홍콩을 총 네 번 방문했다. 첫 홍콩 여행, 4박 5일은 왕가위 감독의 자취들을 쫓기 위해 하루 12시간씩 걸었지만, 요즘의 난 '최대한 준비 하지 않는 여행' 상태로 떠난다. 어차피 홍콩의 모든 공간이 영화 속 한 장면 같으니까. 그저 몸이 향하는 곳으로, 발이 이끄는 대로 휘젓고 다니며, 망상과 환상의 세계를 기분 좋게 헤맨다. 홍콩은 이곳만의 분위기란 환각에 흠뻑 취하는 것이 제격인 곳이다.

물론 목적지 없는 발걸음은 잘못된 선택지를 고를 확률도 있다. 가고자 하는 방향과 반대 방향의 버스를 탈 수도 있고, 기대했던 레스토랑에서 제일 맛없는 메뉴를 시킬 수도 있다. 하지만 거꾸로 탄 버스를 다시 제대로 된 노선으로 갈아타며 목적지와 또 다른 풍경에 감탄하고, 맛없는 레스토랑 메뉴는 재미있는 에피소드가 되어 독특한 추억으로 남는다. 홍콩에서만큼은 여행의 실패담이 재밌는 일화로 치환된다.

모든 것은 <중경삼림>으로 통한다, 침사추이

여행은 숙소를 고르는 것에서부터 시작된다. 스무 살 첫 여행 때는 새벽 비행기로 도착해 숙박비가 아까워 공항 노숙도 해보았고, 저렴한 게스트 하우스와 고급 호텔에도 묵어보며 다양한 숙소를 경험했다. 그렇게 홍콩 숙소를 선택하는 노하우의 귀결은 '침사추이'가 되었다. 언제나 홍콩에 오면 침사추이 숙소에 묵는다.

영화 〈중경삼림〉 첫 번째 에피소드에서 임청하 배우가 마약을 빼돌린 인도인들을 찾아 헤매던 곳. 그 장면이 촬영된 '청킹맨션'과 '미라도맨션'이 바로 침사추이에 있다. 사실 청킹맨션과 미라도맨션이 대단히 볼거리가 있냐면 그건 아니다. 높고 빽빽한 건물 외관이 독특하긴 하지만, 이곳에 꼭 와야 할 이유는 되지 못한다. 과거 이민자들의 불법체류로 홍콩의 대표 슬럼가였던 곳, 범죄의 소굴이었고, 홍콩에서 가장 위험하고 음침했던 곳으로 불렸다.

이러한 과거 때문에 영화의 첫 번째 에피소드에서 임청하가 마약을 빼돌린 이민자들을 쫓는 장면이 이곳에서 촬영된 것이다. 청킹맨션은 〈중경삼림〉 개봉 이후 엄청난 관광 명소가 되었다. 정부에서 범죄를 막기 위해 건물에 수백 대의 CCTV를 설치했다곤 하지만 여전히 분위기는 음침하고 소란스럽다. 하지만 왕가위 덕후가 홍콩에 왔다면? 청킹맨션과 미라도맨션에 오는 건, 공항 입국 심사대에서 입국 도장을 찍는 이치 같은 것이다. 대단한 볼거리는 없지만, 늘 이곳에 왔다.

홍콩 공항에 발을 들인 순간 '내가 또 홍콩에 왔소이다'를 알리기 위해 청킹맨션에 첫 발 도장을 찍는다. 게다가 청킹맨션 옆 미라도맨션에선 차찬텡(저렴한 홍콩식 브런치)을 파는 '란퐁유엔'까지

침사추이의 랜드마크 청킹맨션,
왕가위 영화 덕후가 이곳을 출석 체크하지 않는다면
그 홍콩 여행은 F 학점이다.

<중경삼림> 잔상이 흐르는
청킹맨션의 내부 공간,
영화의 눅눅한 공기는
이곳에서 시작된다.

미라도맨션, 임청하가 마약을
탈취한 인도인들을 쫓기 위해 배회하던 곳.
지금은 범죄 소굴이 아닌,
'제니 쿠키' 버터 향이 가득한 곳으로 바뀌었다.

있으니, 이곳의 홍콩 밀크티와 프렌치토스트를 먹기 위해서라도 무조건 오게 된다. 예전엔 〈중경삼림〉의 임청하를 흉내 내기 위해 카메라를 요리조리 비틀어 그녀의 포즈를 따라 하며 사진을 찍어 보기도 했는데, 그녀의 분위기 발끝도 따라갈 수 없었다. 요즘은 그저 관광객 1이 되어 눈으로만 열심히 감상한다.

침사추이의 청킹맨션과 미라도맨션을 거쳐 걸어 나가면, '빅토리아 항구'가 펼쳐진다.

매번 온 빅토리아 항구를 굳이 굳이 왜 자꾸 오냐면, 바로 '스타의 거리' 때문이다. 이곳에 내 인생 최고의 영화감독 왕가위 그리

침사추이의 밤,
네온사인은 사라졌지만
화려한 전광판들이
그 자리를 대신 메꿨다.

침사추이의 맥도날드,
<중경삼림> 첫 번째 에피소드에서
금성무(카네시로 타케시)가
이곳 입구에 앉아 치즈버거를 먹었다.

무지갯빛 팔레트 같은
한낮의 침사추이.

고 나의 영원한 이상형 양조위 배우, 장국영 배우의 핸드프린팅이 있기 때문이다. 홍콩에 올 때마다 이곳에 왔는데도, 그들의 손도장을 볼 때면 매번 흥분한다. 홍콩 덕후, 영화 덕후가 홍콩 스타의 흔적들 앞에서 나누는 대화라고 하면, 대개 이런 내용을 예상할 것이다.

"왕가위 감독은 〈중경삼림〉의 연출자로, 1997년 홍콩 반환 시기를 앞두고, 불안한 홍콩인의 삶을 녹여내어…."

아니다. 그런 지적인 대화는 해본 적 없다. 나와 친구의 대화는 대부분 이러했다.

"대박임, 양조위 손도장 찾음. 미쳤음."

"야, 숨 좀 쉬면서 말해라. 숨넘어가겠다."

"아니, 굿즈는 왜 아직도 안 파는 거야? 포카(포토 카드) 좀 팔아주지."

스타의 거리, 천년의 이상형 양조위의 핸드 프린팅.
사람들이 쳐다보든 말든 열심히 손을 갖다 댔다.

스타의 거리에서 바라본 야경,
마천루 빌딩 숲이 만들어낸 화려한 불빛들.

"너 파산할까 봐 안 파는 거야."

친구의 말이 맞았다. 스타의 거리에서 굿즈마저 팔았다면, 전 재산을 다 털렸을지 모른다. 이곳은 저녁 8시가 되면, 환상적인 홍콩 야경을 볼 수 있는 심포니 오브 라이트(레이저 쇼)가 펼쳐지는데, 난 늘 낮에 왔다. 홍콩의 사랑스러운 하버 뷰 때문도 아니고, 오직 스타의 거리를 더 자세히 보기 위해서. 낮에 와야 그들의 손도장 지문들을, 그 모양을 자세히 볼 수 있으니까. 영화 덕후에겐 홍콩 야경보다 이들의 핸드 프린팅이 더 중요한 것이다.

홍콩의 심장부, <중경삼림>의 숨결까지, 센트럴

우린 침사추이 바다를 건너 센트럴로 가기 위해 '스타 페리'에 올랐다. 단돈 천 원에 홍콩의 눈부신 오션 뷰와 시티 뷰를 한 번에 감상하기 위해서였다. 서울 유람선처럼 거대한 페리는 침사추이와 구룡반도를 천천히 가로질렀고, 홍콩의 마천루가 만들어낸 스카이라인은 너무도 찬란했다. 잠시라도 눈을 떼는 게 아까울 정도였다.

센트럴, 이름부터 심장이 뛰는 곳. 하늘을 찌를 듯 높은 고층 건물들이 줄지어 서 있는 홍콩 최대 중심지이자 대표 번화가. 센트럴의 진짜 센트럴다운 모습은 바로 '소호'이다. 스트리트 아티스트들이 만들어낸 예술 벽화가 벽면을 메우고, 감각적인 레스토랑과

카페가 가득하다.

하지만 나에게 센트럴은 오로지 미드레벨 에스컬레이터 하나로 통한다. 영화 〈중경삼림〉 때문이다. 영화의 두 번째 에피소드에는 왕페이가 미드레벨 에스컬레이터를 타고 올라가며, 양조위 집을 바라보는 장면이 있다. 심지어 이 장면은 너무 유명해 영화 포스터에도 쓰였다. 나에겐 세계에서 가장 긴 에스컬레이터란 이유보단 〈중경삼림〉 때문에 늘 이곳에 왔다. 그리고 미드레벨 에스컬레이터에 왔다면 무조건 따라 해야 하는 코스, 바로 '왕페이가 되어

그간 홍콩을 오가며 미드레벨 에스컬레이터에서 찍은 사진만
몇백 장인데, 그중 한 장을 엄선하느라 고심했다.
가장 <중경삼림>다운 사진으로 골랐다.

기념사진 찍기'를 실현해야 한다. 난 누구와 홍콩에 왔든, 그들을 미드레벨 에스컬레이터에 세워두고 "저 옆이 양조위 집이야. 45도 각도로 고개를 틀어 옆을 봐"라고 포즈를 요구하며 셔터를 눌러 댔다.

2025년 1월, 친구가 왕페이처럼 산뜻한 커트 머리로 홍콩에 왔다. 나는 그 친구에게 "넌 이제부터 전페이야(친구의 성이 전 씨였다). 내가 왕페이처럼 사진 찍어줄게"라고 말하며 50장 넘게 찍어줬다. 사실 이런 사진을 찍는 건 우리뿐만이 아니다. 많은 여행객이 미

미드레벨 에스컬레이터에서 바라본 센트럴,
밤이 되면 얼큰한 야장으로 변신한다.

蓮香
FOUR
"Wa On Lane"
華安里
STOP
停

홍콩 감성은 소호로 시작해 소호로 끝난다.

드레벨 에스컬레이터에 올라타면, 하나 같이 왕페이가 되어 45도 고개를 튼 사진을 찍으니까. 과연 〈중경삼림〉의 나라답다.

사진을 몇백 장쯤 찍으며 진땀을 빼고 나니 배가 너무 고팠다. 우린 주린 배를 채우려 미드레벨 엘리베이터에서 내려 소호로 향했다.

굽이진 골목을 감싸는 멋스러운 레트로 건물들, 그 사이 감각적인 스트릿 벽화들. 낡은 홍콩의 멋과 예술이 어울려 또 다른 정취가 가득한 곳, 홍콩 특유의 습기가 감도는 곳.

홍콩에서 커피는 사치에 가깝다. 그냥 동네 카페 아메리카노도 기본 7,000원이다.

"이왕 카페 갈 거, 돈 좀 써서 커피 진짜 맛있는 데 가자."

장국영의 단골 식당이었던 퀸즈 카페,
공중전화 부스에서 <영웅본색 2> 장면 인증 샷을 찍고 싶었으나
보는 눈이 너무 많아 자중했다.

"그래, 인테리어도 좀 괜찮은 데 가자. 여기 힙한 카페 많대."

맛있는 커피, '트렌디'와 '감각적인' 이 두 단어가 합쳐진 곳이 바로 소호였다.

우린 개성 있어 보이는 카페에 들어가 아아 수혈을 하고, 양조위 단골이었다던 카우키 식당으로 향했다. 역시 홍콩에선 어딜 가든 양조위와 왕가위 빼놓곤 여행이 안 된다. 양조위 맛집이라고 알려진 식당은 이미 사람들이 길게 줄을 서서 20분 넘게 기다려서야 겨우 들어갔다. 우리 역시 양조위가 즐겨 먹었다던 카레 국수와 소고기 국수를 시켰다. 솔직히 맛은 기대 이하였지만 양조위가 좋아하던 메뉴들이라니, 아마 내 입맛이 잘못되었을 것이다.

"장국영 단골 식당도 있대. 장국영이랑 양조위 중 누가 더 맛 잘

㉧ 장국영 pick 퀸즈 카페 vs ㉮ 양조위 pick Kau Kee(九記牛腩)
= 장국영이 이겼다. 아무리 양조위가 천년의 이상형이라 해도
장국영 손을 들어줄 수밖에 없었다.

알인지 궁금하다."

홍콩섬 노스포인트에 위치한 '퀸즈 카페'. 이곳은 〈아비정전〉 촬영지로도 잘 알려져 있고, 장국영의 단골 식당으로도 알려져 있다. 레스토랑 벽면엔 〈아비정전〉 포스터들이 붙어 있었고, 〈영웅본색 2〉의 장면이 떠오르게 만드는 공중전화 부스도 있었다. 장국영을 위한, 장국영에 의한, 장국영의 식당이었다. 이곳의 스테이크와 파스타는 정말 괜찮았다. 양조위보단 장국영이 더 맛을 잘 아는 것 같다.

"익청빌딩이라고, 요즘 뜨는 장소인데 〈트랜스포머〉 촬영지래. 그런데 넌 왕가위 덕후잖아. 〈트랜스포머〉 보긴 봤니? 안 궁금하

포토 스폿으로 더 유명해진
익청빌딩,
금방이라도 범죄 사건이
벌어질 것 같은 분위기였다.

면 굳이 안 따라와도 돼."

내가 왕가위 영화들을 지독히 사랑하는 건 맞지만, 블록버스터 영화들도 그 급으로 사랑한다. 〈트랜스포머〉 촬영지라니, 무조건 가보고 싶었다.

익청빌딩은 4개의 아파트가 서로 복잡하게 얽히고설켜, 마치 거대한 미로처럼 보였다. 특히 서로 마주 보는 아파트 위를 올려다보면, 거대한 사각 프레임처럼 보이는 독특한 뷰가 시선을 사로잡았다. 심지어 요즘 홍콩 기념사진 스폿으로 명성을 얻어서 많은 관광객이 줄 서 있었다. 우리도 그 줄을 기다렸다가 곧바로 프로 사진 촬영 모드에 돌입했다. 우린 영화과 3인이 아닌가. 1분 안에 최대한의 포즈와 최고의 카메라 앵글로 인생 샷을 만들어냈다. 그걸 본 관광객 가족이 우리에게 다가와 말했다.

"학생들, 우리도 좀 찍어줘요!"

우린 익청빌딩의 포토그래퍼가 되었다. 한 명은 DSLR 카메라, 두 명은 핸드폰을 들고 사진을 찍기 시작했다. 우린 결국 몇 팀의

감성 맛집 홍콩, 홍콩 감성을 제대로 느끼고 싶다면
트램 탑승은 필수다.

사진을 찍어주고 나서야 그곳을 빠져나올 수 있었다. 역시 사진은 한국인들에게 맡겨야 한다.

홍콩은 날마다 환각으로 만취하게 했다. '란콰이퐁'의 뜨거운 밤, 나른한 바다의 품 '리펄스 베이' 그리고 〈중경삼림〉의 숨결이 살아 있는 모든 공간까지. 홍콩은 도심 전체가 영화 속 무드로 가득했다. 그래서 더 애틋하고, 이유 없이 자꾸만 생각나는 곳이다.

어쩌면 홍콩은 나에게 '첫사랑' 같은 나라일지도 모른다. 첫 배낭여행을 꿈꾸게 만들었던 곳, 내 청춘의 조각들이 묻어 있는 곳, 나를 가장 자유롭게 만들었던 곳.

나는 여전히 홍콩에 대한 사랑을 쉽사리 잊지 못하고, 추억이 흐릿해질 때쯤 다시금 홍콩을 헤매는 내 모습의 상상에 빠진다.

"당신은 어느 나라를 가장 사랑하나요?"

나는 이렇게 대답할 것이다.

"바로, 홍콩입니다."

홍콩은 지하철역마다 각기 다른 시그니처 색상이 있다.
지하철역마저 영화적이다. 그야말로 '영화의 나라'답다.

사랑에 유통기한이 있다면, 나는 만 년으로 하고 싶다, 〈중경삼림〉

유년 시절 내내 가슴을 두드렸던 〈중경삼림〉은 나를 영화의 늪에 빠뜨린 인생 최고의 작품이다. 영화 속 명대사, '사랑에 유통기한이 있다면, 나는 만 년으로 하고 싶다'를 빌려 내 마음을 고백하자면, 이 영화에 대한 내 사랑에 유효기간이 있다면, '영원'일 것이다.

대체 나는 왜 이토록 이 영화를 사랑하는 걸까? 그 시절 홍콩 감성을 완벽하게 포착한 독보적인 영화라서? 영화의 고유한 시간 감각을 예술적으로 풀어낸 작품이라서? 물론 그러한 논리적인 이유도 한몫하겠지만 나의 애정은 객관적 사고를 초월한다. 사랑에 빠지는 데 정확한 이유가 없듯, 〈중경삼림〉에 대한 나의 사랑을 언어로 규명할 수 없다. 〈중경삼림〉은 인생 처음으로 나를 '영화적 환각'에 취하게 했고, '영화적 체험'을 온몸으로 감각했다. 스크린엔 세기말 홍콩의 눅진한 공기가 덧칠되어, 몽환적인 네온사인이 가득한 밤거리를 주인공들과 함께 떠돌게 했다. 그리고 그 생경한 감각은 시간이 흘러도 쉽사리 휘발되지 않았다. 나는 여전히 홍콩이 그리울 때면, 언제나 왕가위 영화 속에서 헤맨다.

유튜브 채널에 게스트로 출연했을 때, 〈중경삼림〉을 추천하며 '나는 이 영화를 적어도 백 번은 봤다'라고 말했다. '어떻게 한 영화를 백번씩이나 볼 수 있느냐, 허풍이 심하다'라는 반응도 있었지만, 사실은 본 횟수로는 백 번을 넘겼을지도 모른다. 영화 학도를 꿈꾸던 10대에도, 영화를 공부하던 20대에도, 영화를 업으로 삼는 현재까지도 셀 수 없을 정도로 많이 봤으니까.

나의 10대 시절은 OTT와 유튜브가 없었고, 유일한 낙은 강변역 DVD 상가를 서성이며 왕가위 감독의 영화 DVD를 하나씩 사 모으는 것이었다. 그중에서도 〈중경삼림〉은 영화 본편뿐만 아니라 평론가 코멘터리까지 여러 번 돌려볼 정도로 왕가위 작품 중 가장 추앙하는 작품이다.

〈중경삼림〉에 대한 내 사랑이 대단히 유별나다고 할 수 없는 이유는 이 영화 때문에 많은 사람이 홍콩에 매료되었고, 기어코 홍콩으로 떠나기도 했다. 물론 그중 한 명은 바로 나였다. 〈중경삼림〉의 등장은 관객뿐만 아니라 영화계에서도 엄청난 센세이션이었다. 왕가위 감독만의 독보적인 영상 미학과 비주얼은 90년대 영화, 영상 업계를 강타하며 많은 감독이 아류작을 만들었고, 그의 스타일은 'MTV 스타일'이란 호칭으로 불리며 각종 미디어 판도를 바꿨다. 그 시절 왕가위는 감독을 넘어서 하나의 장르였다.

정성일 평론가는 〈중경삼림〉의 DVD 코멘터리에서 이렇게 말했다.

"만일 당신이 새로운 21세기 영화를 만들고 싶다면 당신은 여기서부터 시작해야 할 것입니다. 〈중경삼림〉은 영화를 만들려고 하는 사람들에게 많은 것을 가르쳐 주는 영화입니다. 혹은 질문하는 영화입니다. 제 생각에 〈중경삼림〉은 1990년대에 만들어진 최고의 연애 영화입니다. 지금 사랑하고 있는 사람들 혹은 곧 사랑하게 될 사람들, 지금 사랑하고 있는 사람과 막 헤어진 사람들이 마치 치료하듯 보아야 할 영화라고까지 말하고 싶습니다. 그러니까 〈중경삼림〉은 훗날 20세기의 마지막 10년 동안 이 20세기의 마지막 연애 방식에 관해서 말하는 영화라고 기억될 것입니다."

이 영화는 사랑과 이별에 관한 영화다. '우연적 순간'이 만들어 낸 운명 같은 사랑 스토리의 옴니버스 영화다. 사실 내용은 한 문장으로 요약할 수 있을 만큼 간단하다.

"우연히 만난 남녀가 사랑에 빠진다."

이야기는 단순하지만, 영화의 비하인드 스토리와 그 시절 홍콩의 시대적 배경을 이해한다면 더 깊이 빠져들 수 있다. 사실 이 영화는 미완성 시나리오로 시작된 영화다. 전작 〈동사서독〉의 제작 시간이 수년간 이어져 지쳐 있던 왕가위 감독이 기분 전환 삼아 만든 영화가 바로 〈중경삼림〉이다. 가벼운 마음으로, 즉흥적으로 찍은 영화가 수십 년을 걸쳐 세대의 벽을 넘어 사랑받는 명작이 된 셈이다. 시나리오 미완성 상태로 촬영이 시작되었고, 우연히 마음에 드는 장소가 보이면 충동적으로 카메라를 켰다. 즉흥성과 우연으로 창조된 이 영화는 놀랍게도 단 23일 만에 촬영이 끝났다. 이러한 즉흥적인 제작 방식 덕분에 당시 홍콩의 리얼한 감성을 생생하게 포착할 수 있었다.

〈중경삼림〉이 제작된 당시 홍콩은 영국 식민지에서 중국으로 반환을 앞둔 과도기였다. 많은 홍콩인이 중국 반환 이후에도 자신들만의 고유한 정체성을 유지할 수 있을지 불안감과 상실감을 느끼던 시기였다. 이러한 시대적 분위기는 극 중 실연을 당하는 20대 청춘들의 이야기로 형상화되었고, 그들이 느꼈던 상실감과 고독, 불안의 정서를 극대화했다. 당시 홍콩인들의 불안은 끊임없이 흔들리는 핸드헬드 촬영(카메라를 손으로 직접 들고 촬영하는 방식으로 카메라가 거침없이 흔들려 현장감을 연출할 수 있다)으로 시각화했고, 불안정한 시대적 분위기를 선명하게 부각했다.

영화의 첫 번째 에피소드는 경찰 223(금성무)과 금발의 레인코트 여인(임청하)의 사랑 이야기이다. 223은 실연의 아픔을 겪으며 자신의 생일인 5월 1일 유통기한의 파인애플 통조림을 사 모은다. 그리고 5월 1일이 될 때까지 그녀가 돌아오지 않는다면 잊기로 결심한다. 금발 여인은 마약 밀매 업자이다. 그는 바(Bar)에서 자신의 보스에게 의문의 봉투를 받고, 마약 밀매를 위한 운반책으로 인도인들을 섭외한다. 그러나 인도인들이 마약을 갖고 사라졌고, 보스에게도 버림받는다. 결국 마약을 들고 튄 인도인들을 찾기 위해 유괴와 추격전도 벌이지만, 모두 실패한다.

한편, 223의 생일인 5월 1일이 되어도 그의 애인은 돌아오지 않는다. 그는 슬픔을 집어삼키듯 파인애플 통조림을 모두 먹어 치운다. 그리곤 바로 향하며, 이곳에 처음 들어오는 여자를 사랑하기로 마음먹고, 바의 첫 문을 연 금발 여인을 사랑하기로 결심한다.

둘은 시답잖은 대화를 몇 마디 나누지도 않고, 술만 실컷 마신 뒤 함께 호텔로 향한다. 술에 잔뜩 취한 금발 여인은 침대에 뻗어버리고, 223은 그녀의 곁에서 영화를 보다 호텔을 빠져나간다. 새벽녘, 이별의 아픔을 달래기 위해 조깅하는 223. 눈물 대신 땀으로 수분을 배출하며 이별을 극복하기 위해 몸부림친다. 이때 그의 삐삐가 울리고, '생일 축하해요'라는 메시지가 도착한다. 그 메시지는 금발 여인이 보낸 것이었다.

223은 그 메시지 때문에 그녀를 잊지 못할 것이라고 말한다. 그리고 "만약 기억을 통조림이라고 친다면, 영원히 유통기한이 없었으면 좋겠다. 유통기한을 꼭 적어야 한다면 만 년으로 하겠다"라는 명대사를 남긴다.

금발 여인은 보스가 있는 바로 다시 향한다. 그리곤 그를 총으로 쏘아 죽인다. 에피소드의 마지막, 금발 여인은 자신의 금발 가발을 벗어 던지고 카메라는 유통기한이 5월 1일인 통조림을 비추며 끝난다.

영화의 두 번째 에피소드는 페이(왕페이)와 경찰 663(양조위)의 사랑 이야기이다. 페이는 사촌오빠 식당에서 점원으로 일하며, 매일 〈California Dreamin〉을 듣고 실제 캘리포니아로 떠나길 꿈꾼다. 그러던 어느 날, 식당에 663이 찾아오고 페이는 그에게 첫눈에 호감을 느낀다. 하지만 663은 이미 스튜어디스 연인이 있었고, 페이는 그의 곁을 서성거리며 바라보기만 해야 했다.

이런 페이에게 기회가 찾아온다. 663의 연인이 페이의 식당에 찾아와 그에게 대신 전달해 달라며 편지봉투를 남긴다. 봉투 안엔 이별 편지와 함께 663의 집 열쇠가 들어 있었다.

페이는 그녀의 편지를 빌미로 663의 주소를 알게 되고, 그의 집에 몰래 드나든다. 페이는 663의 집을 청소하며 전 연인의 흔적들을 지운다. 그러던 어느 날, 663은 낌새를 차린다. 갑자기 전 연인이 돌아온 듯한 기묘함을 느낀 것이다. 근무 도중 급히 집으로 뛰어간 663. 하필 그날, 페이도 같은 시간에 663의 집에 갔고, 마주친 두 사람은 크게 당황한다. 페이는 너무 놀란 나머지 다리에 쥐가 난다. 663은 페이를 집 안으로 들여 그녀의 다리를 마사지해 주고, 나른해진 두 사람은 잠이 든다.

며칠 후, 또다시 663의 집에 찾아간 페이. 이제 그의 집은 자기 집처럼 익숙한 공간이 되었다. 심지어 페이는 창밖으로 종이비행기를 날리며 장난을 치다가 663과 마주치고 만다. 당황한 663이 집으로 달려오자, 페이는 황급히 도망친다.

그제야 페이의 마음을 눈치챈 663.

"8시, 캘리포니아 바에서 기다릴게요."

그는 페이에게 데이트 신청을 한다. 하지만 페이는 시간이 지나도 나타나지 않는다. 몇 시간 뒤 페이의 사촌오빠가 그녀가 남기고 간 편지를 건네준다. 편지는 장난스럽게 펜으로 그린 항공권 티켓이었고 출발은 1년 뒤, 목적지는 잉크가 번져서 알아볼 수 없었다. 그녀는 끝내 나타나지 않았다.

시간이 흐른 후, 663은 경찰을 그만두고 페이의 사촌오빠 식당을 인수한다. 그리고 페이는 663의 전 연인처럼 스튜어디스가 되었다.

사실 663이 데이트 신청을 한 날, 페이는 캘리포니아 바에 갔다. 그러나 문득 캘리포니아의 진짜 날씨가 궁금해졌고, 정말 그곳으로 떠난 것이다.

1년 뒤, 사촌오빠의 식당에 돌아온 페이는 그곳에 663이 있는 것을 보고 깜짝 놀란다. 663은 스튜어디스 제복 차림의 페이를 보고 환히 웃는다. 식당에는 페이가 늘 듣던 〈California Dreamin〉이 흐르고 있다. 어느새 페이는 663의 전 연인처럼, 663은 페이처럼 서로에게 스며들어 있었다.

663은 페이가 자신에게 남긴 편지를 보여주며 묻는다.

"이런 티켓을 내고도 비행기를 탈 수 있어요? 행선지가 안 보이는데 어딘지 알아요?"

페이는 천연덕스럽게 냅킨에 새로운 비행기 티켓을 그려준다.

"어디로 가고 싶어요?"

663은 대답한다.

"아무 곳이나 당신이 원하는 곳으로요."

영화는 사랑의 시작을 알리듯, 설렘 가득한 음악 〈몽중인(夢中人)〉과 함께 막이 내린다.

방황하는 청춘들의 도시, 세기말 홍콩

90년대 홍콩은 영화 황금기로 수많은 명작이 탄생했지만, 〈중경삼림〉만큼 홍콩의 향수와 세기말 분위기를 완벽하게 담은 작품은 없을 것이다. 〈중경삼림〉에 등장하는 홍콩의 공간들은 영화의 스타일리시하고 감각적인 미장센 수준을 넘어서, 홍콩으로 떠나는 이들에게 여행의 성지가 될 정도로 강렬한 인상을 남겼다.

영화의 주 배경은 센트럴과 침사추이다. 첫 번째 에피소드에서 레인코트를 입은 금발 여인이 마약 밀수 운반책인 인도인들을 찾아 헤매는 곳은 침사추이의 청킹맨션으로, 일부는 미라도맨션에서도 촬영되었다. 이곳은 1960년대 주거지 목적으로 건설되었지만, 당시 홍콩의 경제 불황으로 인해 마약과 범죄의 소굴이었다. 좁고 복잡한 청킹맨션의 구조는 90년대 홍콩 사회의 경제적, 사회적 혼란이 혼재된 상황을 상징한다. 특히 〈중경삼림〉 미장센의 핵심이라 할 수 있는 핸드헬드 촬영 기법과 스텝프린팅(필름 프레임을 반복적으로 붙여서 동작의 잔상효과를 만들어내는 기법)은 청킹맨션의 어두운 분위기를 강조하고, 영화의 몽환적인 분위기를 강조했다. 특히 이 기법으로 구현된 장면들은 〈중경삼림〉만의 시그니처 스타일이 되어, 여전히 가장 많이 회자하는 장면들이다.

두 번째 663과 페이의 에피소드는 센트럴을 배경으로 펼쳐진다. 센트럴은 홍콩 특유의 정취가 짙게 배어 있는 대표 지역이다. 극 중 663의 집은 미드레벨 에스컬레이터 앞에 있고, 엘리베이터를 타고 창 사이로 그의 집을 볼 수 있을 정도로 가까이 있다. 페이가 미드레벨 에스컬레이터에 탑승한 채 663의 집을 바라보는 장면은 영화의 대표 이미지로 남아 〈중경삼림〉의 촬영지 중 가장 상징적인 공간이 되었다.

페이가 일하는 식당 미드 나이트 익스프레스와 663이 페이를 기다리던 캘리포니아 바 역시 센트럴의 란콰이퐁에서 촬영되었다. 란콰이퐁은 서울의 을지로와 유사한 분위기로, 골목에 각종 펍과 클럽들이 밀집해 있어 밤거리가 화려하고 역동적이다. 이곳 분위기는 페이와 663의 사랑에 생기를 불어넣고, 이들의 관계를 더욱 감각적으로 만들었다. 센트럴은 〈중경삼림〉의 인기에 힘입어 명성을 얻었지만, 아이러니하게도 미드 나이트 익스프레스와 캘리포니아 바는 임대료 문제로 폐업했고, 편의점과 카페테리아로 바꿔었다. 노천 식당에서 밥을 먹는 663과 페이가 마주치는 곳 역시 센트럴의 '그레이엄 스트리트 마켓'이다. 이곳은 지어진 지 160년이 넘은, 홍콩에서 가장 오래된 시장으로 여전히 홍콩의 옛 정서가 고스란히 남아 있는 곳이다. 현재는 재개발 문제로 규모가 작아져 일부 상점들만 운영 중이다.

〈중경삼림〉은 홍콩의 정체성을 대표하는 아이콘 같은 작품이다. 많은 이들이 이 영화로 인해 그 시절 홍콩에 대한 동경과 낯선 향수에 사로잡혔고, 누구나 페이가 손에 쥔 빈칸 목적지 편도 티켓엔 '홍콩'이라고 적고 싶었을 것이다. 영화 속 엔딩크레딧이 올라간 뒤에도, 우리 귓가엔 여전히 〈California Dreamin〉이 맴돌고, 홍콩이 선사하는 감흥에 깊이 젖어 들게 된다.

홍콩은 중국 반환 이후 그 모습이 조금씩 변해가고 있지만, 〈중경삼림〉이 그려낸 그 시절의 홍콩은 내 마음속에 영원히 남아 있다.

영화감독 김문경의 영화 속 여행 에세이

영화처럼 걷고 여행처럼 찍다

발행일 | 2025년 5월 21일 초판 1쇄
지은이 | 김문경
펴낸이 | 장영훈
펴낸곳 | (주)이츠북스
편집 | 고은경, 김영경
마케팅 | 남선희, 김희경
디자인 | 디자인글앤그림
사진 | 김문경

출판등록 | 2015년 5월 12일 제2021-000111호
주소 | 서울특별시 강서구 화곡로 416, 1715~1720호
대표전화 | 02-6951-4603
팩스 | 02-3143-2743
이메일 | 4un0-pub@naver.com

홈페이지 | www.4un0-pub.co.kr
SNS 주소 | 페이스북 www.facebook.com/saungonggam
인스타그램 www.instagram.com/saungonggam_pub
블로그 blog.naver.com/4un0-pub

ISBN | 979-11-94531-11-1 [03810]

사유와공감은 (주)이츠북스의 출판 브랜드입니다.

사유와공감은 독자 여러분의 책에 관한 아이디어와 원고 투고를 기쁜 마음으로 기다리고 있습니다. 책 출간 아이디어가 있으신 분은 이메일 **4un0-pub@naver.com** 또는 사유와공감 홈페이지 '작품 투고'란으로 간단한 개요와 취지, 연락처 등을 보내 주세요.
여러분을 언제나 응원합니다.